D1722688

~ I ~

L'ÉVEIL DU FEU

Édité par Laura ESQUINE, 31600 SEYSSES
Dépôt légal : Septembre 2022
ISBN : 978-2-9584837-0-8

À ma famille,
Les sphères sont pour vous

Chapitre 1

21 h 45, le *Fiddlers Highland bar* était déjà plein. Le vendredi soir, leur salle se remplissait rapidement. Un mélange d'habitués, de travailleurs de la semaine et de touristes. Un lieu situé, près de la River Coiltie, non loin de l'embouchure du Loch Ness. Le *Fiddlers Highland bar* jouissait d'une terrasse plongeante, à la limite d'avoir les pieds dans l'eau. La soirée battait son plein à l'intérieur, les commandes s'enchaînaient au son de la cornemuse et des percussions d'un groupe de jeunes du coin, bien décidés à répandre leur musique autour du monde.

Léa jeta un énième coup d'œil à sa montre, cela faisait déjà quinze minutes qu'elle était dans la file d'attente qui menait aux toilettes. Il y avait toujours la queue aux toilettes des filles, c'était à se demander si toutes les nanas se donnaient le mot pour y aller en même temps. L'envie devenait si pressante que Léa envisagea l'espace de quelques secondes d'aller dans celles des hommes, mais se ravisa pour éviter tout problème avec Tobby, le gérant du bar. Être une habituée n'était pas une bonne excuse pour mettre certains clients mal à l'aise.

Cinq minutes passèrent encore, avant de pouvoir enfin arriver à l'entrée. Pas étonnant que ça n'avançait pas : sur deux toilettes, une seule semblait opérationnelle. Une jeune femme, un peu trop alcoolisée, tapait sur la première porte comme une acharnée. Elle parlait avec un accent écossais si prononcé que Léa eut du mal à comprendre ce qu'elle disait.

— Est-ce que tout va bien ? demanda Léa.

La jeune femme brune se tourna vers elle. Les yeux vitreux, le teint blanchâtre, elle la regarda de haut en bas, se demandant de quoi elle se mêlait. Sans prendre la peine de lui répondre, elle continua à s'acharner dessus.

Au même moment la seconde porte s'ouvrit et une jeune fille en sortit.

— La place est libre, dit Léa en désignant la porte ouverte.

— Je m'en fous, articula l'Écossaise.

Léa ne se fit pas prier et ferma la porte des toilettes derrière elle. Les coups continuaient de pleuvoir sur l'autre porte. Y avait-il seulement quelqu'un à l'intérieur ?

— Sors de là ! hurla la jeune femme.

Léa avait sa réponse. Elle finit de remonter son jean, s'assura que son haut était en place avant de sortir. À peine avait-elle franchi le seuil qu'une autre fille se rua pour prendre sa place.

— Tu vas sortir ton cul de là ou je défonce la porte ! maugréa l'Écossaise, tout en tapant du poing sur la porte.

— Ça ne la fera pas sortir plus vite tu sais, intervint Léa tout en se lavant les mains.

— De quoi je me mêle pétasse, lui lança-t-elle en titubant, le regard vitreux.

L'envie de lui mettre un coup de poing lui traversa l'esprit, mais Léa préféra jouer la carte de la diplomatie.

— Je dis simplement que taper sur la porte n'aidera pas la personne à sortir, suggéra Léa en serrant les dents.

— Putain, mais de quoi tu t'mêles, j't'ai rien demandé, beugla une nouvelle fois l'Écossaise.

Léa saisit vivement le bras de la femme avant que son poing ne s'abatte une nouvelle fois sur la porte :

— Voilà ce que je te propose, tu remontes dans le bar te payer un autre verre histoire de te remettre les idées en place ou je vais chercher Marley.

Marley était le videur du bar. L'alcool coulait tellement à flots que Tobby avait dû se résoudre à embaucher quelqu'un. 1 m 90, 100 kg de muscles, personne ne cherchait la bagarre avec Marley. Tout en essayant de soutenir son regard, l'Écossaise se demanda si Léa bluffait. Elle dégagea son bras d'un geste brusque et sortit des toilettes en donnant un coup de pied dans la porte.

— Hey, y'a quelqu'un ? Tout va bien là-dedans ? demanda calmement Léa.

Les toilettes s'étaient vidées. Léa hésita à remonter, mais par acquit de conscience, préféra s'assurer que la personne n'avait pas fait de malaise. Délicatement, elle frappa à son tour sur la porte.

— Est-ce que ça va ? s'inquiéta Léa.

Un sanglot jaillit de derrière la porte.

— Je veux juste m'assurer que tu vas bien. As-tu besoin que j'aille chercher une personne ? Une amie, un petit copain, une petite copine, un taxi ? demanda-t-elle en collant presque son oreille sur la porte.

Un « Non merci », d'une voix douce et larmoyante, retentit derrière la porte.

— OK mais... tu ne voudrais pas sortir pour que je m'assure que tu vas bien ? Il n'y a plus personne, tu peux sortir tranquille, la rassura Léa.

Pas de réponse. Inutile d'insister, la personne n'avait visiblement pas envie de discuter.

— Je vais remonter. Si jamais tu veux parler ou si tu as besoin qu'on te raccompagne, ou autre chose, je serai à la table dans le coin à droite sous la corne de brume.

Elle prit une nouvelle respiration et enchaîna :

— Voilà… même si j'aurais aimé voir ton visage, je te laisse prendre le temps qu'il te faut pour sortir.

Elle ne pensait pas que ça fonctionnerait, mais le bruit du loquet résonna et la porte s'ouvrit sur une jeune fille qui ne devait pas avoir plus de seize ans.

Léa fut surprise de sa jeunesse. Comment une ado avait pu rentrer dans le bar ? Il était vrai que Marley ne contrôlait pas les identités, il s'assurait simplement de la bonne ambiance, mais tout de même...

La jeune fille, d'une beauté naturelle à couper le souffle, avait de longs cheveux bruns aux reflets dorés assortis à sa tenue ; une longue robe descendant jusqu'à ses pieds, laissant tout juste apparaître ses ballerines. Les yeux rougis par les pleurs, elle devait être là depuis un petit moment.

— Contente que tu aies ouvert, lui dit Léa dans un sourire.

L'adolescente s'approcha du lavabo pour se rincer les mains et essuyer ses dernières larmes.

— Est-ce que je peux faire quelque chose pour toi ? C'est un garçon qui t'a mise dans cet état ? interrogea Léa en plissant les yeux, tout en lui tendant une serviette en papier.

— Ce n'est la faute de personne, c'est juste un trop-plein d'émotions, déglutit la jeune femme en acceptant le geste de Léa.

— Je peux comprendre, ça arrive.

— C'est la première fois pour moi, répliqua la jeune fille avec un regard penaud.

Sa réponse surprit Léa.

— La première fois... que tu pleures ?

D'une voix hésitante, la jeune femme hocha la tête pour confirmer.

Léa se caressa l'arcade sourcilière, légèrement perplexe. Ne sachant pas trop quoi répondre, elle décida de la faire parler d'autre chose, histoire de la mettre à l'aise.

— Tu es en vacances ici ?

— Plutôt en observation.

— En observation de quoi ? cogita Léa en croisant les bras.

— Du comportement humain.

— D'accord…

Elle avait certes enchaîné quelques bières, mais de là à ne pas comprendre la conversation…

— Tu fais des études de psycho ?

— C'est quoi ? interrogea-t-elle dans un sourire juvénile.

— La psychologie ? répéta Léa.

— Oui.

Léa laissa échapper un hoquet d'hésitation et se racla la gorge avant de reprendre :

— C'est l'étude du comportement humain. Et comme tu parlais d'observation du comportement humain, j'ai pensé que tu étais étudiante dans ce domaine.

— Ah non, rétorqua-t-elle, semblant vouloir en dire plus, mais encore hésitante.

— Tu es venue seule ? questionna Léa.

— Non, je suis avec mon mentor et... une autre personne.

— Est-ce que tu veux que j'aille chercher une de ces deux personnes ?

— Non non, je ne veux pas qu'ils me voient dans cet état, rétorqua-t-elle vivement, la gêne marquant ses traits.

— Il n'y a pas de honte à pleurer tu sais. C'est peut-être la première fois, mais ça arrive à tout le monde, répondit Léa en esquissant un sourire.

— Pas à nous.

— Comment ça pas à vous ?

— D'où je viens, on ne pleure pas, seuls les humains ressentent ça, expliqua-t-elle en levant les mains.

Elle venait bien de dire les humains, là ? Les effets de l'alcool devaient lui monter à la tête.

Au vu de l'incohérence de ses propos, l'adolescente semblait vraisemblablement perdue.

Sa montre affichait 22 h.

Merde, pensa-t-elle, cela faisait déjà trente minutes qu'elle s'était absentée.

— On dirait que tu es préoccupée ? lui demanda la jeune fille.

— C'est juste que ça fait un moment que j'ai quitté la table, mes amis vont s'inquiéter, expliqua Léa en sortant des toilettes.

— Je suis navrée de t'avoir embêtée, répondit-elle sur ses talons.

— Tu ne m'as pas embêtée. Je vais rejoindre mes amis. Tu es sûre que tu ne veux pas que je ramène quelqu'un pour toi ?

—Tout ira bien, je te remercie, se résigna-t-elle en s'appuyant contre le mur.

Une détresse émanait du regard de la jeune fille, comme si elle ne savait plus où elle était, ni ce qu'elle devait faire.

— Sinon, est-ce que ça te dirait de te joindre à nous ? Juste quelques minutes, le temps de boire un verre, histoire de discuter dans un espace plus sympa, s'amusa Léa en désignant les toilettes derrière elles.

Un grand sourire s'étira sur les lèvres de son interlocutrice.

— J'adorerais !

— Génial, allons-y ! Au fait, je m'appelle Léa.

— Et moi Edine.

— Enchantée, rebondit Léa un sourire aux lèvres, tout en lui tendant la main pour la saluer.

Edine pencha la tête sur le côté, observant son geste avec perplexité.

— Pourquoi tu me tends la main ?

— Euh… eh bien, histoire de se présenter et de se saluer officiellement. Normalement, tu es censée faire pareil et me serrer la main, conclut Léa en riant.

Heureuse de cette requête, elle mima le même geste. Pendant l'espace d'une seconde, son regard changea. Edine retira rapidement sa main et fut prise d'un léger frisson. Puis, comme si de rien n'était, elle enchaîna :

— Je suis heureuse d'avoir l'opportunité de vivre cette expérience !

Elle avait la réaction d'un enfant de cinq ans à qui on aurait promis d'aller à Disneyland. Bien que Léa en fût grandement étonnée, ce petit côté amusant et enfantin, lui fit chaud au cœur.

Chapitre 2

Elles remontèrent ensemble dans la salle, se faufilant entre les clients pour arriver à la table de Léa. Avant même d'avoir eu le temps de s'asseoir ou même de présenter Edine, Matt lui balança une pique.

— La bière est mal passée, se moqua-t-il.

— Même pas, répondit-elle du tac au tac.

Elle se tourna vers Edine pour lui indiquer d'avancer d'un pas et la présenta à la table, composée de Jasper, Lorie, Matt et Éric. Tout le monde se tourna vers la jeune femme et la fixa longuement. Jasper hoqueta, les yeux grands ouverts en découvrant la demoiselle, puis brisa la gêne qui venait de s'installer en lui faisant une place.

Tous finirent par lui faire un bon accueil malgré un regard interrogateur d'Éric.

La soirée s'enchaîna normalement. Edine prit part aux conversations avec un tel entrain que Léa eut du mal à reconnaître la fille perdue rencontrée plus tôt.

L'émerveillement se lisait dans son regard. Il y avait quelque chose de différent chez elle. Une naïveté et une curiosité rafraîchissantes qui la rendaient tellement mystérieuse...

— Elle est bizarre cette fille, murmura Éric en désignant Edine du menton.

Léa et Éric étaient ensemble depuis deux ans maintenant. Il était de Glasgow et avait emménagé au Loch Ness peu de temps après s'être mis en couple avec Léa. Il avait conservé son emploi à Glasgow mais avait négocié de travailler à distance la moitié du temps. Son job consistait à créer de nouveaux prototypes d'assainissement de l'air.

Loin d'avoir le profil de l'ingénieur classique, il ressemblait plus à un bûcheron qu'à un manager d'équipe : grand, costaud, de jolis yeux noisette, des cheveux attachés en queue de cheval et adepte des chemises à carreaux.

— J'avoue, lui répondit Léa avec un sourire en coin. Elle a des réflexions étranges.

— Et pourquoi tu l'as amenée ? souffla Éric après avoir bu une gorgée de sa bière.

— Elle pleurait dans les toilettes et semblait un peu perdue. Alors je lui ai proposé de nous rejoindre, histoire de lui changer les idées.

— Donc maintenant tu ramènes des gens que tu ne connais pas, trouvés dans les toilettes, pour partager des moments avec nous ? s'offusqua-t-il, en reposant une nouvelle fois sa pinte.

Ses propos la vexèrent légèrement. C'était l'un de ses défauts : une tendance à juger rapidement les gens et à manquer d'empathie.

— J'ai simplement voulu l'aider, et à part toi, je n'ai pas l'impression que ça dérange les autres, s'agaça Léa en montrant discrètement ses amis du doigt.

En effet, le reste du groupe semblait passer un bon moment et ne se souciait guère de savoir ce que cette étrangère faisait à leur table

— Toujours à vouloir aider les autres… Un jour, tu vas nous attirer des problèmes, capitula Éric, en finissant sa boisson d'une traite.

— Je crois en la bonté humaine, rétorqua-t-elle avec amusement, ce qui lui fit lever les yeux au ciel.

Léa l'observa attentivement. Quelque chose avait changé entre eux. Il avait un air blasé et semblait las. Elle préféra toutefois ne pas y penser ce soir et profiter de la soirée.

La soirée battait son plein, les rires et les discussions accompagnaient le son des instruments de musique. Le groupe sur scène s'en donnait à cœur joie. Il était presque minuit quand Léa proposa une autre tournée, acceptée à l'unanimité, bien entendu.

— Ramène-nous un pichet de bière ! hurla Matt en la voyant se lever.

— Ça marche. Et je te prends un jus de fruits, Edine ? proposa-t-elle en plissant légèrement les yeux, curieuse de sa réponse.

— Oui, merci, se réjouit Edine.

Léa se faufila jusqu'au bar et se hissa entre deux Écossais déjà bien éméchés. Elle fit signe au barman afin qu'il prenne sa commande dès qu'il aurait fini de servir les douze shots de whisky qu'on venait de lui commander.

Le temps que ses boissons lui soient servies, Léa jeta un coup d'œil à sa table. Elle eut du mal à apercevoir ses amis car deux personnes se tenaient debout devant leur emplacement. Un homme et une femme. Même s'il lui était impossible d'entendre ce qu'ils se disaient, cela n'avait visiblement rien d'amical.

La femme, brune avec un joli carré lui donnant un air strict, était vêtue d'une robe blanche qui laissait dessiner de jolies courbes. Léa ne distinguait l'homme que de dos. Il devait mesurer 1 m 80/85, cheveux bruns aussi, avec une carrure imposante. Lui était habillé d'un costume bleu nuit. Leurs tenues détonnaient avec le lieu.

Sa commande prête, Léa remercia le barman, paya ses consommations et revint à sa table en évitant de renverser les boissons.

— Excusez-moi, dit-elle à l'homme au costume bleu qui l'empêchait d'accéder à la table.

Il se tourna vers elle. Des yeux bleu azur, une mâchoire carrée, avec une légère fossette sur sa joue. En la voyant, la surprise put se lire sur son visage ; la bouche légèrement entrouverte, il mit quelques secondes avant de se décaler pour la laisser passer.

— Est-ce qu'il y a un problème ? interrogea Léa en posant les boissons sur la table.

— Effectivement, lui répondit la femme brune.

Malgré sa coupe stricte, elle avait un très joli visage avec des yeux verts, une bouche pulpeuse et une dentition parfaite. Le duo ne devait pas être plus âgé que Léa et à eux deux, ils auraient pu faire la couverture de magazines.

— Lequel ? demanda Léa en haussant les épaules.

— Il semblerait que notre amie se soit égarée.

Elle parlait d'Edine, visiblement. C'étaient donc eux, les personnes qui l'accompagnaient.

— Je ne me suis pas égarée, je ne me sentais pas bien et Léa a eu la gentillesse de m'aider, ajouta Edine en la désignant.

— C'est vrai, elle a eu un petit coup de mou dans les toilettes, je n'ai fait que l'aider. Puis on a sympathisé et je lui ai proposé de venir boire un verre avec nous, c'est tout. Il n'y a pas de quoi en faire une histoire, tenta de dédramatiser Léa sur le ton de la conversation.

— C'est vraiment typique de chez vous ce genre de comportement, s'exclama la jolie brune, le regard appuyé.

— Quel comportement ? Se montrer gentil ? se moqua Léa.

— Être égoïste.

— Pardon, mais en quoi inviter une personne à ne pas rester seule est égoïste ?

— Vous êtes-vous demandé si vous aviez le droit de vous immiscer dans sa vie ?! rétorqua la femme en poussant légèrement de sa main l'homme qui l'accompagnait.

— Ce n'est pas sa faute, intervint Edine en baissant les yeux.

— Je pense que l'expérience a assez duré ce soir, tu ferais mieux de rester discrète, répliqua-t-elle, le regard sévère.

En fin de compte, il n'y avait pas que sa coupe de cheveux qui était stricte, ses propos aussi. Tant de froideur et d'autorité se dégageaient d'elle. Malgré son admiration pour les personnes capables de s'imposer sans élever la voix, Léa ressentit l'envie irrésistible de la rembarrer.

Néanmoins, les paroles d'Éric lui revinrent en mémoire ; il valait mieux ne pas envenimer la situation. De plus, inutile de compter sur le soutien de ses amis, trop occupés à entamer le nouveau pichet de bière.

Sous le regard observateur d'Éric, elle tenta d'apaiser la situation :

— Écoutez, je ne pensais pas que ça poserait un problème qu'elle reste un peu avec nous.

— On a peut-être un peu surréagi, intervint finalement l'homme.

C'était la première fois qu'il prenait la parole. Par ailleurs, il n'avait pas cessé de la dévisager, ce qui la mettait mal à l'aise.

— Elle a déjà passé trop de temps en leur compagnie, tu sais les dégâts que ça peut faire, jugea la femme aux cheveux courts.

Léa fronça les yeux, ne comprenant pas sa réflexion.

— Je dis simplement qu'Edine n'a rien fait de mal, on s'est juste alarmés, reprit l'homme.

— Veux-tu bien arrêter de toujours prendre leur défense, reprit la femme.

Soudain, la conversation prit la tournure d'une dispute de couple, si bien qu'ils en oublièrent presque Léa. Elle regarda Edine qui, la lèvre tremblante, semblait à nouveau sur le point de s'effondrer.

— Pourquoi ne pas boire un verre avec nous et après, chacun pourra reprendre la soirée de son côté ? suggéra Léa en se pinçant les lèvres.

Tu parles d'une idée de merde.

Léa regretta aussitôt ses paroles malgré la lueur de joie qui se dessinait sur le visage d'Edine.

— C'est très attentionné de votre part, reprit l'homme d'un signe de tête.

— Vous ne comprenez pas. Elle a un autre but que celui de boire une boisson qui rend les humains aussi futés que des ânes, reprit la femme sans changer le ton de sa voix.

Elle attrapa Edine par le bras, la tirant hors du box. Léa voulut réagir mais pour la première fois, Éric intervint. Il saisit sa main, lui faisant signe de s'asseoir et de ne pas s'en mêler.

À contre cœur, elle ravala sa colère.

— Je suis navré, lui répondit l'homme aux yeux bleus, le regard insistant.

D'un signe de tête, il la remercia avant de rejoindre les deux femmes qui se dirigeaient vers la sortie.

— Attendez, hésita Léa.

Il lui fit face, en évitant habilement un serveur au plateau chargé.

— Euh... juste... je suis désolée. Prenez soin d'elle, c'est une gentille fille.

— Merci à vous d'avoir été là pour elle ce soir, conclut-il simplement d'un hochement de tête avant de partir.

Au-delà de l'agacement ressenti, Léa se rassit avec des questions plein la tête. Cette femme avait vraiment mal traité Edine, puis… venaient-ils vraiment se faire traiter d'ânes ?

— On n'a pas tout écouté, mais ils voulaient quoi les deux coincés du cul ? demanda Matt amusé en levant sa bière.

— Rien de particulier, ils cherchaient juste leur amie, résuma rapidement Léa.

Elle préféra laisser de côté l'histoire de l'âne, connaissant trop bien Matt ; il aurait démarré au quart de tour et cherché la dispute.

— En tout cas, elle était bonne, s'esclaffa Jasper en mimant les courbes d'un corps.

— Un avion de chasse, renchérit Matt avec un clin d'œil.

— Vous êtes graves les mecs, rétorqua Lorie en buvant une gorgée de son verre, le regard blasé.

— On a des yeux pour voir ! Tu ne serais pas jalouse par hasard ? ricana Jasper.

— Pff, n'importe quoi !

Lorie avait toujours douté d'elle et détestait son physique. Sa petite taille la complexait. Léa avait beau lui avoir répété des centaines de fois que ça ne bloquait en rien les hommes, c'était plus fort qu'elle.

Le début de leur amitié n'avait pas été des plus simples. La jalousie envers le physique de Léa, qui était grande, blonde avec les yeux verts, mêlée à sontempérament de feu n'avaient pas facilité leur relation. Être piquante envers les autres était sa seule défense. Mais au furet à mesure, elle avait réussi à apprécier Léa, allant jusqu'à lui montrer ses faiblesses.

— Est-ce que ça va ? lui demanda enfin Éric.

— Tu as vu l'agressivité de cette femme ?

— Elle avait visiblement l'air inquiète pour la jeune, tu ne peux pas l'en blâmer, soupira Éric en se resservant déjà un autre verre.

— Je ne la blâme pas, seulement se faire du souci est une chose, mais de là à nous parler comme ça…

— Tu réagis trop, hoqueta Éric en étouffant un rot.

— Par rapport à quoi ? s'exclama Léa, le fixant du regard.

— Tu es toujours comme ça !

— Attends, ça sort d'où ça ?

— Allez, sois honnête. Tu fais toujours des trucs de ce genre puis tu te plains quand les gens ne vont pas dans ton sens ou ne te remercient pas. D'abord tu croises une fille dans les toilettes, tu l'invites à notre table, sans nous en parler ni rien savoir d'elle, et pour finir tu joues les victimes parce que ses amis s'inquiétaient. Si je ne t'avais pas retenue, tu aurais envenimé les choses et ça aurait été à moi de tout calmer. Faut que tu arrêtes tes conneries.

— Tu es sérieux là ?! contesta Léa, les yeux écarquillés.

Ne prenant pas la peine de répondre, il avala une gorgée de sa bière, se tourna vers Matt et Jasper qui étaient encore en train de fantasmer sur la femme brune et se mit à rire avec eux.

Inutile d'essayer de lui parler. Il avait dit ce qu'il voulait dire et la conversation s'arrêtait là. Encore une discussion sans suite.

L'envie de faire la fête lui passa. Léa attrapa sa veste, salua ses amis en prétendant une fatigue liée à sa longue semaine et quitta le bar. À la sortie du pub, espérant qu'Éric la suivrait, elle attendit quelques secondes, mais il n'en fit rien. Laissant échapper un soupir, les yeux clos un court instant, Léa ferma son blouson tout en croisant les bras autour de sa taille. Au fur et à mesure qu'elle s'éloignait, le bruit du bar s'estompait, bientôt, seul le claquement de ses pas résonnait sur le béton.

Elle croisa un couple main dans la main. Tous deux bien apprêtés, ils devaient vraisemblablement rentrer d'une soirée plus chic que la sienne. Leurs rires lui provoquèrent un pincement au cœur. Léa ne comprenait pas ce qui s'était passé au sein de son couple. Les échanges complices d'avant avaient laissé place à des conversations vides et au silence. Sa peur de se lier aux gens avait-elle eu raison d'eux ?

Parfois, Léa prenait le temps de se regarder dans le miroir en faisant un point sur sa vie. Sa devise était de ne pas avoir de regrets. Depuis la mort de son père, vivre à fond était devenu son seul moteur, remplaçant tant bien que mal l'amertume du temps qui leur avait été volé.

Cela devenait évident, une conversation s'imposait entre eux. Pour comprendre ce qu'Éric lui reprochait vraiment. Et si jamais il voulait la quitter ? Un frisson parcourut son corps. Léa n'avait jamais craint les ruptures, mais ce dernier éveillait son sentiment d'abandon.

Sa rencontre avec Éric n'était pas un hasard. En tout cas, elle essayait de s'en convaincre.

Fermant la porte de son appartement tout en retirant ses chaussures, elle s'étira la nuque d'un côté et de l'autre. La soirée l'avait épuisée.

Après s'être écroulée sur le lit, son regard se fixa sur le plafond quelques instants.

Qui étaient vraiment ces gens ? Est-ce qu'Edine allait bien ? Avait-elle eu raison de laisser Éric la retenir ? Et pourquoi le type aux yeux bleus la dévisageait comme ça ?

Le regard hypnotisant de cet inconnu lui revint en tête. Impossible de s'en défaire.

Bataillant un moment avec son esprit, elle réussit finalement à s'endormir.

Chapitre 3

Il était encore tôt quand Léa ouvrit les yeux. La place à côté d'elle était vide, Éric avait dû aller chez Matt, cela devenait une habitude malheureusement. N'envisageant pas de se rendormir, elle décida de prendre une douche bien chaude. Les questions dans sa tête n'avaient pas eu de réponses et n'en auraient probablement jamais.

Elle enfila son leggings, sa brassière, un gros pull de sport, mit ses baskets et sortit marcher. C'était la seule chose qui pouvait l'aider à y voir clair.

Le voile de la nuit commençait à se lever tout doucement quand elle franchit la porte de sa résidence. Le froid lui fouetta le visage. Malgré son adoration pour ce pays, la chaleur lui manquait.

Tout en avançant le long de la River Coiltie, la sensation de ne pas être seule lui saisit le ventre. Des bruits de pas survinrent derrière elle. Se retournant d'un geste rapide, la présence d'Edine la fit sursauter.

— Tu m'as fait peur ! s'exclama Léa, une main sur le cœur.

Son pouls s'était accéléré en l'espace d'un instant.

— Ce n'était pas mon intention, s'excusa Edine.

— Vraiment ? Parce que surgir derrière une personne sans s'annoncer à 6 h du matin ne laisse pas de place à d'autres suppositions.

— Je voulais te voir afin de…

— Comment tu m'as trouvée ? M'as-tu suivie ? la coupa Léa en jetant un regard inquiet autour d'elle.

— Non, je ne t'ai pas suivie, j'ai… après l'échange que tu as eu avec Kayle et Valénia, je voulais te demander pardon. Je suis revenue dans le bar, mais tu étais déjà partie. Alors j'ai demandé à tes amis où je pouvais te trouver.

Léa jaugea les explications de la jeune femme d'un regard inquisiteur. Elle ne la trouvait pas très convaincante dans son histoire. Ses amis et surtout Éric auraient-ils vraiment donné son adresse ? Et puis, comment avait-elle su qu'elle sortirait aussi tôt ?

— Admettons que je te croie, tu fais le pied de grue devant mon appart depuis tout à l'heure ? suspecta Léa en croisant les bras.

— Je n'arrivais pas à dormir. Je suis simplement sortie marcher. Tomber sur toi est une coïncidence, répondit Edine, embêtée.

Léa l'observa. Il n'émanait rien de mauvais, ni d'effrayant, mais cela ne l'empêchait pas de scruter les alentours.

— Je suis désolée pour hier soir.

— C'est gentil, mais s'il y a bien une personne qui doit présenter des excuses, ce n'est pas toi, rétorqua Léa en relâchant ses épaules.

— Peut-être, mais je me sens quand même responsable par rapport à ce qui s'est passé. Tu m'as gentiment accueillie à ta table pour finalement te faire violemment agresser par Valénia en retour…

— C'est donc comme ça qu'elle s'appelle.

— Oui. Comment ça se fait que tu sois dehors aussi tôt ?

— Problème de sommeil aussi. Je me suis dit qu'une petite balade matinale me ferait du bien pour m'éclaircir les idées.

— Je peux venir avec toi ? demanda Edine en faisant un pas en avant.

Léa se frotta la joue, hésitant quelques instants mais, ne percevant rien de dangereux, décida de suivre son instinct.

Elles avancèrent ainsi ensemble sur le chemin, le silence accompagnant leurs pas jusqu'à l'embouchure du Loch Ness. L'immensité du lac surprenait toujours Léa.

Le passage entre la nuit et le jour offrait un paysage spectaculaire. Les couleurs commençaient à se former dans le ciel. Le noir de la voûte céleste laissait place à des teintes plus douces, plus claires.

— Alors, c'est quoi son problème ? questionna Léa en enfonçant ses mains dans ses poches.

— À qui ?

— À Valénia. Pourquoi cette agressivité ?

Edine haussa les épaules, un peu gênée de répondre.

— Elle ne vous apprécie pas beaucoup.

— Elle ne nous connaît pas, c'est un jugement un peu facile, avisa Léa.

— Oh ce n'est pas toi spécialement ou tes amis, ce sont les êtres humains en général.

C'était la seconde fois qu'elle parlait des êtres humains comme si elle ne s'incluait pas dedans. Cette fois-ci, stoppant sa marche, Léa saisit l'opportunité de demander :

— Elle ne se considère pas humaine ?

— Elle ne l'est pas, répondit simplement Edine sans un doute dans sa voix.

— Et toi ?

Elle sourit sans répondre tout en continuant d'avancer sur le chemin.

— Comme je te l'ai dit, c'est compliqué.

— En quoi ma question est compliquée ? rétorqua Léa en suivant la jeune femme.

— C'est la réponse qui l'est.

— Je n'en reviens pas de poser cette question, mais si vous ne vous considérez pas comme humains, vous vous considérez comme quoi ?

— Comme des Élérias.

Edine, s'arrêta, la fixa en disant ces mots, comme si sa réponse était une évidence.

— Je suis censée savoir ce que ça veut dire ? Vous êtes dans une sorte de secte ? répondit Léa en laissant échapper un rire moqueur.

— Pas du tout. Nous sommes différents de vous, c'est tout. Pas anatomiquement parlant, mais sur d'autres plans oui. Nous avons des capacités différentes des vôtres, expliqua Edine en appuyant chaque mot.

— C'est-à-dire ?

Léa plissa à nouveau les yeux, comme si cela lui permettrait de déceler la vérité.

— Je ne peux pas t'en parler.

— Tu en as déjà dit beaucoup il me semble, fit remarquer Léa.

Edine avança jusqu'à un banc qui donnait une vue panoramique sur le lac et prit le temps de s'asseoir. Léa resta debout et se mit à trépigner sur place. Le calme qui se dégageait de la jeune femme ne faisait que l'énerver davantage.

— C'est tout ce que tu as à me dire ?

— Ce n'est pas simple à expliquer.

— Tu sais quoi, je suis gavée, je rentre, enchaîna Léa, exaspérée.

— Non s'il te plaît, reste, supplia Edine en se levant d'un bond.

— Pourquoi es-tu venue me voir ? Tu débarques au petit matin devant chez moi pour me présenter des excuses, puis tu me balances des trucs comme quoi tu ne serais pas humaine sans rien ajouter derrière. Tu te fous clairement de moi, ajouta Léa, frustrée.

— Tu as l'air déçue.

— Plutôt prise pour une débile.

— Ça veut dire quoi ? demanda innocemment Edine.

Léa leva les yeux au ciel tout en laissant échapper un rire nerveux.

— Écoute, je suis totalement d'accord pour que les gens aient des secrets ou des croyances bizarres. Par contre, ce que je n'accepte pas, c'est être prise pour une idiote. J'ai suffisamment de choses à régler de mon côté sans me rajouter les problèmes des autres.

Sur ces paroles, Léa décida de faire demi-tour, c'était clairement une erreur d'être venue jusqu'ici.

— Non reste, s'empressa d'ajouter Edine en lui retenant le bras.

Léa fut surprise par ce geste, d'autant plus par le regard de la jeune femme. Edine la fixait comme si elle pouvait lire en elle.

— Tu es comme nous, s'exclama-t-elle, un sourire plein d'espoir se dessinant sur son visage.

— De quoi ?

— C'est toi !

— Je ne comprends rien à ce que tu dis, mais tu pourrais me lâcher le bras s'il te plaît.

Sa voix se durcit. Elle n'avait plus envie de rire.

— Tu ne ressens pas ? s'étonna Edine en resserrant sa main.

— Ressentir quoi ?!

— Hier soir je n'étais pas sûre, mais maintenant, c'est une évidence !

Léa sentit des fourmillements lui remonter le long du bras. Rapidement, elle se dégagea puis recula de quelques pas. Par réflexe, elle serra son bras contre elle. Sa respiration s'accéléra, laissant descendre un courant froid le long de sa colonne vertébrale.

— Tu as l'air d'une gentille fille. Je ne sais pas trop dans quoi tu trempes, mais dans tous les cas je ne suis pas intéressée, reprit Léa la voix tremblante. J'ai voulu t'aider car tu me semblais en avoir besoin mais voilà, ça s'arrête là.

Éric avait raison, elle s'occupait trop des problèmes des autres. Ce n'était plus son souci, elle devait arrêter de vouloir aider tout le monde.

— Tu ne comprends pas, mais ça viendra. On te cherche depuis des années, se réjouit Edine en avançant doucement vers elle.

Pour Léa, cela n'avait toujours pas de sens. Prise de panique, elle recula à petits pas comme si elle souhaitait ne pas l'effrayer.

— Ne pars pas ! reprit Edine, la voyant faire demi-tour.

— Non, je vais m'en aller.

Le tremblement dans sa voix la trahissait.

— On doit te protéger, je vais appeler Kayle, rajouta Edine avec précipitation.

Son estomac se noua, ses jambes se mirent à fléchir. Avoir peur, et paniquer, lui faisait perdre ses moyens. Léa s'apprêtait à prendre ses jambes à son cou quand un cri strident et lointain se fit entendre.

— Qu'est-ce que c'est que ça ?!

Léa se figea sur place. Tout son corps se raidit, comme paralysé par la peur.

— Tu l'as entendu aussi ? bafouilla Edine, le visage virant au blanc.

— Évidemment que je l'ai entendu, déclara Léa en regardant la jeune femme, visiblement aussi figée qu'elle. Je…

Puis plus aucun son ne sortit de sa bouche.

L'envie de courir se faisait grande, mais le cri lui avait glacé le sang. La sensation d'être coincée dans des sables mouvants l'empêchait de fuir. Prise dans ses pensées, elle ne remarqua pas l'eau du lac bouger. Seul le son de ce hurlement résonnait dans ses oreilles.

— Qu'est-ce que tu fais là ?

Une voix d'homme se fit entendre.

Léa leva la tête et fut surprise de reconnaître l'homme qui accompagnait Valénia la veille. Le regard confus, elle balaya la zone afin de comprendre comment il était arrivé là.

— Tu ne peux pas partir sans me prévenir, tu connais les règles, dit-il en s'adressant à Edine.

— Je sais et j'en suis désolée Kayle, mais je l'ai trouvée, balbutia Edine en retour.

— C'est dangereux ici. Et toi, dit-il en se tournant vers Léa, tu emmènes les gens sans prévenir ? Sa voix ne laissait trahir aucune agressivité, seulement de l'inquiétude.

La présence du dénommé Kayle permit à Léa de sortir de sa torpeur.

— Alors premièrement, je n'ai embarqué personne, et deuxièmement, on peut savoir comment tu es arrivé ici ?

Elle réussit à paraître confiante dans ses paroles, même si ses genoux tremblaient toujours.

Il ne répondit pas.

— Tu nous suivais ? finit-elle par demander en faisant un petit pas vers lui.

— Non.

— Alors quoi, tu t'es parachuté ici ? ironisa Léa.

— On va plutôt dire que j'ai nagé jusqu'à vous.

Elle fut amusée et en même temps vexée, car lui aussi se payait ouvertement sa tête. Un curieux mélange de curiosité et de peur la retenait de partir. Elle tendit l'oreille pour mieux les entendre.

— Kayle, c'est elle ! s'exclama Edine en désignant Léa du menton.

— De qui tu parles ? demanda-t-il en fronçant les sourcils.

— De la fille d'Hecto, enfin, sa descendance.

— Impossible, enchaîna ce dernier, le regard posé sur Léa.

— Je te jure que si, je l'ai senti.

— Tu as utilisé ton élément ? s'affola-t-il.

Les questions se bousculaient une nouvelle fois dans la tête de Léa. De quoi parlaient-ils ?

— Je n'ai pas fait exprès. Tu sais que je peux ressentir les éléments, et chaque cellule de son être en est imprégné. Il m'a suffi de la toucher pour qu'il s'anime, expliqua-t-elle.

Tous deux se mirent à la fixer.

— Super ! Il est temps pour moi d'y aller, ajouta Léa en levant les mains, visiblement gênée par leurs regards.

— Une seconde, ordonna-t-il.

Ne prenant pas le temps de répondre, elle rebroussa rapidement chemin, jetant de temps en temps un regard furtif en arrière afin de s'assurer de ne pas être suivie. À l'évidence non, puisqu'ils discutaient toujours ensemble.

Le second cri se fit entendre au moment où sa cadence s'accélérait. Une nouvelle fois, la tétanie s'empara d'elle. Impossible de savoir à quel animal cela correspondait.

Retourner auprès des deux illuminés pour ne pas rester seule ou bien courir jusqu'à son appartement – le choix fut vite pris. La surprise fut totale, quand elle remarqua leur disparition du chemin. Où étaient-ils passés ? Il n'y avait pas d'autres moyens de quitter ce lieu.

Cette fois, plus d'hésitation, plus aucune raideur, Léa s'élança sur le sentier parsemé de cailloux. Quelque chose était là. Elle pouvait sentir sa présence. Sa respiration s'intensifia, un point de côté finit par pointer son nez, ses jambes s'emballèrent, surtout ne pas s'arrêter.

Arrivant au bout de l'allée, Léa dut reprendre son souffle en s'arrêtant près des cabanes de pêcheurs. Le visage rouge, quelques gouttes de sueur perlaient sur son front. Elle renifla tout en appuyant ses mains sur ses côtes.

Les fourmillements dans son bras n'avaient pas cessé depuis qu'Edine l'avait touchée. Cette sensation étrange ne faisait que croître.

Le soleil apparut à l'horizon, créant une présence rassurante. Elle tenta de reprendre sa course, sachant que tout ceci serait bientôt un simple souvenir.

Comme sortie de nulle part, une immense créature surgit à quelques mètres devant elle. Le choc fut si violent qu'elle tomba à la renverse. Dans l'incapacité de détourner ses yeux du monstre, la bête hurla à nouveau dans sa direction. Elle devait mesurer trois mètres de haut et avait un corps musclé comme un buffle, accompagné de longues pattes. Des yeux rouges, deux cornes partant de la tête en direction du sol, laissant échapper une odeur de braise.

En panique, Léa se releva et fila vers les cabanes de pêcheurs dans l'espoir de trouver un endroit où se cacher. Ces anciens hangars servaient pour les bateaux de pêche. Ils seraient un refuge parfait.

Suffisamment grand pour se dissimuler à l'intérieur, tout en ayant l'avantage de pouvoir passer de l'un à l'autre.

Elle traversa la première cabane, ouvrit la porte sur le côté, emprunta le mini ponton puis pénétra dans la suivante. Des palettes étaient empilées les unes sur les autres. Des caisses de matériels de pêche visiblement non utilisés depuis des années ; tout était rouillé. Une épave de bateau gisait sur une armature en bois.

Agenouillée là au milieu de bouteilles de verre, Léa resta silencieuse afin d'écouter les bruits aux alentours. En dehors de sa respiration profonde et saccadée, seul le clapotis de l'eau était perceptible.

Où était donc passée la créature ?

Léa ne pouvait pas rester ici éternellement. Elle avait peut-être halluciné… Le manque de sommeil, l'alcool de la veille, toutes ses interrogations sur ces derniers jours, avaient peut-être eu raison de son état mental.

Elle recula vers la sortie, guettant toujours la porte avant. Mais c'est par le toit que l'attaque survint. L'animal traversa les fines planches en bois au-dessus d'elle. Puis la course reprit, après un vague instant de répit. En sens inverse, Léa traversa le ponton, cette fois-ci avec le monstre sur ses talons.

Renversant tout sur son passage afin de ralentir la créature, toutes ses tentatives se révélèrent pourtant vaines. Par miracle, elle réussit néanmoins à actionner le levier d'une remorque, éparpillant des caisses remplies de filets.

La bête se prit les pattes dedans, ce qui lui laissa le temps de s'enfuir. Elle courut sans savoir vraiment où aller. Les rues étaient encore désertes à cette heure matinale.

Elle jeta un rapide coup d'œil en arrière afin de s'assurer que la créature était toujours prise au piège. Et c'est en se retournant qu'elle tomba nez à nez avec Kayle.

— Ne reste pas là ! lui cria Léa à bout de souffle.

— Ne bouge pas, exigea-t-il en l'attrapant par les épaules.

— Tu ne comprends pas, on ne peut pas rester là, il y a un monstre après moi ! hurla-t-elle de plus belle.

— Je sais, dit-il en l'empêchant de continuer sa course. Fais-moi confiance.

Un autre cri se fit entendre. L'arrière du hangar explosa et la bestiole roula avec le reste de filets et de planches en bois qu'elle avait entraînés dans sa course.

— Il ne faut pas rester là, répéta Léa, terrorisée en essayant de le pousser.

— Regarde-moi, ne bouge pas.

— Quoi ? Tu es dingue !

— Fais-moi confiance, dit-il en plantant son regard dans le sien, ne bouge pas.

Aussi dingue que ça paraissait, elle décida de rester immobile, tout en se cramponnant à Kayle. La créature se remit sur ses pattes et hurla une nouvelle fois. Humant l'air comme pour chercher sa proie, le monstre avança dans leur direction.

Léa resserra son étreinte en posant ses mains sur la poitrine du jeune homme. Elle fut surprise par le calme de sa respiration. Tout l'opposé de ce qu'elle ressentait : ses genoux tremblaient, les battements de son cœur tambourinaient dans ses oreilles, quant à son estomac, il faisait du yoyo.

La bête les frôla de si près que Léa en retint son souffle. Elle leva les yeux vers Kayle qui suivait la créature du regard, aucune inquiétude n'émanait de lui.

Après quelques instants de fouille, le monstre abandonna ses recherches, prit son élan et disparut.

— Est-ce que ça va ? glissa calmement Kayle tout en la relâchant.

— Bien sûr que non ! Qu'est-ce que c'est que ce truc ?! Et comment tu es arrivé ici aussi vite ? dit-elle à bout de souffle, presque à deux doigts de s'évanouir.

Sa tête se mit à tourner, sa bouche était pâteuse, pourtant elle ne put détacher son regard de l'homme qui venait de lui sauver la vie.

— Je crois qu'il faut qu'on parle, décréta-t-il.

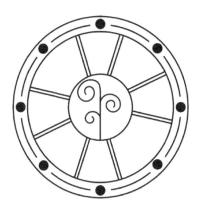

Chapitre 4

Ils prirent place dans son canapé. Kayle aurait voulu lui proposer un endroit neutre pour discuter, mais un lieu familier lui permettrait d'être plus ouverte à entendre ce qu'il allait lui révéler.

Léa n'avait pas prononcé un mot depuis qu'ils avaient quitté le bord du lac. Elle avait les yeux dans le vague, cherchant encore à comprendre ce qui venait de se passer. Kayle, marchant à ses côtés, avait respecté son silence. L'adrénaline avait alors peu à peu quitté ses veines, l'enveloppant dans une léthargie qui l'empêchait de prononcer un seul mot. Tel un somnambule, traînant les pieds, elle s'était assise machinalement sur son canapé. Le moelleux de ce dernier lui permit de légèrement se détendre, l'ambiance familière était réconfortante.

— Veux-tu un verre d'eau ? demanda paisiblement Kayle.

— Oui… merci, balbutia-t-elle.

Il alla dans sa cuisine et revint quelques minutes plus tard avec son breuvage. Elle en but une petite gorgée puis posa le verre sur la table basse du salon.

— Est-ce que ça va ?

— Non, dit-elle en secouant la tête. Je... je ne comprends pas, qu'est-ce que c'était, cette chose ? Comment tu as su où j'étais ? Qui es-tu exactement ?

Le débit de ses paroles fut rapide, comme si les mots avaient été trop longtemps retenus.

— Pour commencer, dit-il en s'éclaircissant la voix, cette chose est un percefor.

— Un quoi ? articula-t-elle.

— Un percefor, une créature créée pour tuer. Tuer les gens comme nous.

Les mains en prière devant sa bouche, Léa chercha ses mots.

— C'est du délire cette histoire ! Ça n'existe pas les monstres ! rit-elle nerveusement.

— Pas sur votre sphère.

—Sur notre sphère ? Elles viennent d'où ? De l'espace? ironisa-t-elle, les mains tremblantes.

Son pouls s'accéléra soudainement, tandis que ses jambes trahissaient sa nervosité. La panique revenait.

—Elles viennent d'une sphère parallèle à celle-là, reprit-il en marquant une pause avant de reprendre. Une sphère d'où je viens.

— Je... mais de quoi tu parles ? demanda-t-elle, irritée.

Soutenant son regard, elle essayait de déceler s'il mentait ou pas. Bien évidemment que c'était un mensonge, toutes ces choses n'existaient pas. Pourtant, aucune explication rationnelle ne pouvait justifier ce qui venait de se passer.

Kayle prit une feuille de papier qui traînait sur la table avec un crayon et dessina un cercle.

— Tu vois ceci, c'est la Terre, d'accord ?

Elle fit oui de la tête, l'encourageant à continuer. Il dessina un second cercle en dessous du premier.

— Et ça, c'est Éléria, l'endroit d'où je viens. En soi, c'est quasiment la même sphère, sauf que les êtres qui vivent dessus sont différents des humains.

— Différents comment ? questionna Léa en croisant les bras.

— Je vais y venir.

Il traça deux traits parallèles qui reliaient les ronds avec une flèche dans un sens et une flèche dans l'autre.

— Il existe des passerelles qui nous permettent de voyager d'une sphère à l'autre, dit-il en montrant les flèches. Nous pouvons effectuer des allers-retours plus ou moins à notre guise. Il y a tout de même certaines règles. De votre côté, vous ne pouvez pas. Tout simplement parce que vous n'en avez pas la connaissance… Est-ce que pour l'instant, c'est clair ?

— Dans le sens où je comprends tes mots, oui. En revanche, ça ne veut rien dire. Je me demande si tu n'es pas cinglé, répondit-elle, angoissée. Et elles sont où, ces passerelles ?

Il lui sourit gentiment.

— Tu m'as demandé en quoi on était différents. On se nomme les Élérias.

— Les Élérias ? Pourquoi vous appelle-t-on ainsi ?

— Parce qu'on peut manipuler les éléments.

— Effectivement, ça paraît complètement logique, ironisa Léa dans un rire nerveux.

Il ne releva pas son ton sarcastique.

— Il y a quatre grandes familles, commença-t-il en se raclant la gorge. Les Connaisseurs qui sont liés à l'élément de l'air, les Défenseurs au feu, les Protecteurs à l'eau et enfin les Créateurs à la Terre. Chaque famille possède différentes capacités en fonction de son élément et chacun a sa fonction dans le cercle de la vie.

Pinçant les lèvres tout en secouant la tête, elle ajouta :

— Admettons que je devienne folle et, pendant un instant, que je décide de te croire. Tu es quoi toi ? Un Défenseur ?

— Non, un Protecteur.

— Donc tu es du signe de l'eau.

— C'est exact, sourit-il fièrement de sa réponse.

— Et ton pouvoir consiste en quoi ?

— Je peux manipuler l'eau à ma guise, peu importe où elle se trouve, je peux y avoir accès et la ressentir. Par exemple, je ressens celle qui circule dans ton corps en ce moment.

Machinalement, Léa posa sa main sur son ventre comme pour l'empêcher de lire en elle.

— Ensuite, reprit-il, je peux créer des champs de protection. En tant que Protecteur, j'ai la capacité d'ouvrir des portails entre les mondes sans utiliser les passerelles déjà existantes. Mes voyages se limitent néanmoins aux lieux que je connais déjà. Je peux aussi créer un champ d'invisibilité autour d'un endroit ou d'une personne afin de ne pas être perçu par le monde extérieur. C'est de cette façon que je nous ai protégés de la créature et que l'on est en sécurité ici.

Les yeux de Léa balayèrent la pièce à la recherche de ce champ d'invisibilité. Puis, réalisant que c'était stupide comme réaction, Léa reposa son regard sur lui dans un haussement de sourcil.

— Bravo ! dit-elle en applaudissant, je vois que tu as bien bossé ton sujet.

— Je sais que ça peut paraître difficile à croire…

— C'est au-delà de ça ! l'interrompit-elle d'un signe de la main. Tu te rends compte de ce que tu me dis quand même ? Et pourquoi me le dire ? Tu veux me rallier à ta secte?

— Je te le dis parce que tu es l'une des nôtres.

— Mais bien sûr, se moqua-t-elle. C'est bien ce que je dis, tu veux m'enrôler au pays des barjots. Écoute, tu sais quoi, merci de m'avoir sauvée mais on va faire en sorte que…

— Pourquoi tu as autant de mal à me croire ? s'étonna-t-il.

— Parce que ça n'existe pas ! Je veux bien entendre que des personnes ont des dons particuliers. Je l'ai même vu, des personnes capables de soigner des brûlures d'un simple toucher. Des gens pouvant percevoir les énergies. Mais tout ça ! dit-elle en agitant les mains. Les éléments, les créatures, tout ceci, c'est de la folie ! Être capable de contrôler les éléments, ce n'est pas possible ! On ne voit ça que dans les films et...

Elle ne put finir sa phrase. Bouche bée devant ce qui était en train de se passer, Léa se leva d'un bond et recula dans la pièce.

L'eau de son verre était en train de flotter en dehors de son récipient. Kayle agita tout en légèreté sa main et s'amusa à faire danser le liquide dans les airs. Il forma plusieurs bulles d'eau avant de les remettre doucement dans son contenant de départ.

Les yeux écarquillés comme des soucoupes, l'espace d'un instant, aucun son ne put sortir de sa bouche. Posant les mains sur ses hanches, Léa essaya maladroitement de prendre un air confiant.

— Comment tu as fait ça ?

— Je te l'ai dit, je suis un Protecteur.

Sa bouche s'ouvrit et se referma, tâchant encore de trouver le subterfuge qu'il employait.

— N'aie pas peur, je n'ai aucune intention de te faire du mal, l'apaisa-t-il en l'invitant à venir se rasseoir.

— Je ne suis pas sûre de ça, rit-elle nerveusement en se passant une main dans les cheveux.

— Léa, si j'avais voulu te faire du mal, j'aurais eu des dizaines d'opportunités pour le faire sans avoir à attendre d'être chez toi.

— Ce n'est pas faux, acquiesça-t-elle en se mordillant un ongle.

Léa hésita un instant tout en analysant la situation. Malgré son envie de fuir très présente, sa curiosité l'emporta. Tout en continuant de se mordiller l'ongle du pouce, elle revint s'asseoir prudemment à côté de lui.

Un silence s'installa entre eux. Il ne voulait clairement pas la brusquer, ni l'effrayer.

— Tu as dit que j'étais comme toi… je peux donc faire toutes ces choses moi aussi ? questionna-t-elle angoissée par la réponse.

— Non, j'ai dit que tu étais l'une des nôtres, mais tu n'es pas un Protecteur, expliqua-t-il d'une voix douce.

— Je serais quoi dans ce cas ?

— Un Défenseur.

— C'est quel élément déjà ?

— Le feu.

— Pourquoi je serais de cet élément-là, et comment peux-tu le savoir d'abord ? Parce qu'aux dernières nouvelles, je n'ai encore jamais rien brûlé ! Sauf peut-être lejour où j'ai oublié de retirer la casserole du gaz et failli mettrele feu à mon appart… mais on est d'accord que ce n'est pasla même chose.

Il fit un non de la tête en souriant :

— Cela ressemble davantage à un accident. Ton histoire est un peu compliquée. Je vais essayer de faire simple. Notre cité est composée de quatre familles fondatrices. Un représentant de chaque maison est choisi pour régir nos règles et prendre des décisions, on les appelle les Fonnarcales. Quelques années en arrière, un des Fonnarcales de la maison du feu, appelé Hecto, a commis une grave faute. Il a eu une relation avec une humaine qui a engendré un enfant.

— Et tu crois que c'est moi ? Parce que si c'est le cas, je t'arrête de suite, tu t'es clairement trompé de personne, s'empressa-t-elle d'ajouter, espérant qu'il reconnaisse son erreur.

— Je sais que ce n'est pas toi. Mais tu es de sa lignée.

— Tu es en train de me dire qu'un de ces « Fonnarcales » fait partie de mes ancêtres ? ajouta-t-elle en mimant les guillemets.

Ce geste piqua la curiosité de Kayle.

— Pourquoi tu fais ce geste ? l'interrogea-t-il en mimant à son tour les guillemets.

— C'est une façon de dire que je reprends tes mots, mais en les utilisant avec précaution car je ne suis pas sûre d'être d'accord avec leur signification.

— Tu n'es pas sûre de quoi ?

— De ton histoire ! Enfin, mets-toi à ma place. Tu… tu arrives là en disant que mon ancêtre est un type appartenant à une civilisation différente de la mienne, qui peut faire flotter de l'eau dans l'air, excuse-moi de douter de tout ce que tu me dis.

Un large sourire se dessina sur le visage de Kayle.

— Et en plus tu te moques de moi, s'exaspéra Léa.

— Pas du tout. C'est simplement amusant la façon dont tu présentes les choses. Comment peux-tu douter de ce que je te dis après avoir vu ce que je peux faire ?

— Je ne sais pas, il y a sûrement une explication rationnelle à tout ça. Après tout, tu es peut-être un magicien, le taquina-t-elle avec un clin d'œil.

— Tu peux le voir de cette façon. La différence, c'est qu'il n'y a pas de ruse, finit-il en murmurant.

— Qu'est-ce que tu attends de moi ? soupira-t-elle.

À ce moment-là, même lui se rendit compte qu'il ne savait pas trop ce qu'il était censé faire. La révélation si soudaine de son existence ne lui avait pas laissé le temps d'anticiper la suite.

— J'estimais déjà que tu devais savoir. Si tu es la personne que je pense, il est nécessaire que tu saches dans quoi tu vas t'embarquer.

— Embarquer ? Oh, attends ! dit-elle en se relevant brusquement, moi je ne vais nulle part !

— Je veux juste te montrer ce qu'il y a en toi, glissa-t-il calmement.

Mains sur les hanches en signe de protestation, Léa resta à bonne distance de lui.

— Voilà ce que je te propose. Donne-moi quelques minutes pour te prouver que j'ai raison sur toi. Si jamais je me trompe, tu ne me reverras plus. Qu'en dis-tu ?

Léa prit le temps de réfléchir en tapotant ses doigts sur ses hanches.

— Ça ne prendra pas longtemps, ajouta-t-il pour la convaincre.

— Je le fais juste pour me débarrasser de toi, capitula-t-elle tout en reprenant sa place sur le canapé.

— Bien.

Kayle regarda autour de lui et vit quelques bougies sur l'étagère du salon. Après avoir eu l'autorisation de Léa pour les prendre, il les disposa en ligne droite sur la table basse.

— Tu as un briquet ou des allumettes ?

Elle lui montra du doigt la commode :

— Dans le tiroir. Tu comptes mettre le feu à mon appart et attendre de voir si je peux l'éteindre ?

Avec un sourire il lui répondit :

— Techniquement, ça serait plutôt l'inverse qui pourrait se passer.

Sa bouche se crispa dans une moue nerveuse. L'inquiétude la prit au ventre. Soudain, Léa redoutait ce qui pouvait se passer.

— Ne t'inquiète pas, je suis là, je ne te laisserai pas, reprit-il, décelant son stress. Tu es prête ?

— Bien sûr, dit-elle avec assurance alors que son ventre commençait à se tordre.

Il alluma les trois bougies posées sur la table du salon.

— Assis-toi confortablement, tends-moi une de tes mains et porte ton regard sur les bougies.

Le regard sceptique, Léa décida finalement de s'installer en tailleur, sa main droite tendue devant elle.

— Focalise ton attention sur la flamme. Observe ses couleurs, les nuances de jaune, de rouge, voire peut-être un peu de bleu. Concentre-toi sur le mouvement des flammes, la façon dont elles dansent sous l'effet de l'air.

Léa sentit son corps se détendre. La tension dans ses épaules se relâcha au fur et à mesure qu'elle respirait. La voix hypnotisante de Kayle lui berçait les oreilles. D'ailleurs, elle lui aurait bien suggéré d'enregistrer des CD de méditation.

— À présent, ferme les yeux.

Elle s'exécuta.

— Je veux que tu continues à visualiser l'image des flammes. De voir leurs couleurs, leurs mouvements. Maintenant, concentre-toi seulement sur une seule. Imagine-la grandir encore et encore. Imagine-la à l'intérieur de ton corps. Une flamme qui brûle et te réchauffe. Sens la chaleur à l'intérieur de ton corps. Elle se répartit dans tes bras, puis dans tes mains. Tu la laisses complètement t'envelopper. Tu te sens apaisée et sereine avec cette chaleur. C'est un feu bienveillant qui t'habite.

Après quelques secondes de silence, il lui demanda :

— Comment te sens-tu ?

— Bien, tu as une voix très apaisante, murmura-t-elle.

— Dans quelques secondes, je vais te proposer de rouvrir les yeux, d'accord ?

— D'accord, hésita-t-elle, sentant la nervosité reprendre le dessus.

— Mais avant, je veux que tu te souviennes de cette sérénité qui t'habite, de ce calme que tu ressens et surtout, souviens-toi d'ouvrir ton esprit à ce qui se présentera à toi.

— Mmmh... je vais essayer.

— N'oublie pas que je suis là, tu es en sécurité.

Léa secoua simplement la tête, n'ayant aucune idée de ce qui l'attendait. Son esprit calme commença à se remplir de pensées.

— Quand tu te sentiras prête, ouvre tes paupières.

Elle reprit une grande respiration, hésita encore un instant avant de s'exécuter.

Pendant un laps de temps, Léa ne comprit pas ce qui se présentait devant ses yeux.

Kayle avait pris une des bougies, l'avait portée sous la main de Léa, laissant la flamme envahir sa peau. Un court instant, elle observa sa main, brûlée. Littéralement en feu.

Léa commença à bouger ses doigts, Kayle en profita pour retirer la bougie qu'il maintenait toujours sous sa paume. Le spectacle était tel qu'aucune pensée logique ne pouvait se manifester. Aucune douleur, aucune chaleur n'émanait de sa main. Seul le crépitement des flammes retentissait.

Un léger sourire se dessina sur son visage, comme un enfant découvrant un tour de magie. Puis la raison dut prendre le dessus, car la peur l'envahit soudainement et elle commença à sentir la chaleur des flammes sur sa peau. Son corps se raidit et aussitôt, Kayle attrapa sa main. Un courant frais lui parcourut alors la paume, comme si elle venait de la glisser sous un jet d'eau froide.

— Tout va bien, la rassura-t-il.

— Qu'est-ce que tu as fait ? bafouilla Léa encore sous le choc.

— J'ai simplement activé ce qu'il y a toujours eu en toi.

Elle restait dubitative face à ses paroles.

— Je sais que c'est difficile à comprendre et à accepter. C'est pour ça que j'ai détourné ton esprit. Si je t'avais dit : « Viens, je vais mettre le feu à ta main. », ton esprit aurait associé les flammes à la brûlure. À peine aurais-je amené la bougie sur toi que tu m'aurais dit avoir mal. En faisant taire ta rationalité et tes croyances, du style « le feu brûle », j'ai pu te démontrer l'inverse, expliqua-t-il en soufflant sur les bougies encore allumées.

— Pourtant je me suis déjà brûlée plus d'une fois, rétorqua Léa, peinant encore à comprendre.

— C'est normal. Depuis toujours, tu as été conditionnée de cette façon. Ton esprit est basé sur ces croyances, mais je suis là pour te montrer que pour toi, c'est différent.

— Tu as rusé, ajouta-t-elle, un peu contrariée.

— Je préférerais dire que je t'ai convaincue de façon intelligente.

À nouveau debout, Léa regarda sa main. Aucune brûlure apparente, aucune trace ou résidu. Rien.

Comment est-ce possible ? Est-ce seulement possible ?

— Je croyais que si on utilisait nos éléments, les perce-trucs pouvaient nous trouver…

— Comme je te l'ai dit, je peux créer des champs qui protègent. J'ai sécurisé ce lieu depuis qu'on est arrivés.

Il se leva pour la rejoindre.

— C'est compliqué, je peux concevoir. Ton premier réflexe serait de fuir ou d'essayer de trouver une explication logique à tout ça.

— J'ai toujours cru aux légendes et au surnaturel, mais j'avoue que j'ai du mal avec tout ça, finit-elle par soupirer.

— Qu'est-ce que je peux faire de plus pour t'aider ?

Il était tellement attentionné et protecteur que Léa fut prise d'une envie de se blottir dans ses bras.

Ils se regardèrent sans parler. De son côté, Kayle trouva une certaine fragilité chez elle qui lui fit ressentir quelque chose de nouveau. Une bulle de douceur s'était créée autour d'eux, si bien que Kayle ne perçut pas le bruit de la porte d'entrée.

— J'arrive à point nommé il me semble, s'exclama Valénia derrière lui.

Tous deux furent surpris par sa voix qui sortait de nulle part.

Léa reconnut aussitôt la jeune femme brune, accompagnée cette fois-ci de trois autres hommes. Tous vêtus de blanc.

— Valénia, dit-il, que fais-tu ici ?

— Ça serait plutôt à moi de te poser la question, répondit-elle à Kayle avec fermeté.

La situation semblait l'irriter.

— Tout le monde sait où j'habite !? s'emballa Léa, cherchant à comprendre comment ils étaient arrivés là.

— Laisse-moi t'expliquer, démarra Kayle.

— Ne t'embête pas, je connais déjà la raison, l'interrompit Valénia rapidement. Edine m'a tout raconté. C'est donc elle !

Son regard bascula vers Léa.

— Oui.

— Je n'en suis pas très sûre. Elle semble trop fade pour être la fille d'Hecto.

— Redites-moi ça, je suis fade ?! l'interpella Léa.

Valénia posa un regard des plus dédaigneux sur elle.

— Je ne sais pas qui vous êtes, mais ne me manquez pas de respect, reprit Léa en serrant les dents.

La mâchoire contractée, les poings fermés, elle se rapprocha dangereusement de Valénia.

— Je suis Valénia, la sinola de Kayle, rétorqua cette dernière.

— La quoi ? lui répondit Léa, soudainement confuse.

— Tu l'apprendras bien assez tôt.

— Ça ne change pas le fait de devoir montrer du respect. Je vous rappelle que vous êtes ici chez moi et que je ne vous ai pas invitée à entrer.

Un sourire narquois en coin, cette femme avait le don de lui taper sur les nerfs. En plus, elle parlait comme si elle n'était pas là.

— Ce lieu de vie est chez toi, reprit Valénia en montrant la pièce. Laisse-moi te dire que c'est minable, mais à la hauteur des êtres humains.

Léa vit rouge. Serrant les dents, elle voulut armer son bras afin de donner l'occasion à Valénia de se faire refaire le nez, mais Kayle s'interposa. Il attrapa son bras et la fit légèrement reculer, derrière lui.

— Qu'est-ce que tu fais là ? réitéra-t-il en faisant face à sa sinola.

— Le conseil veut la voir, avoua Valénia en allant toucher les bibelots posés sur une étagère.

Kayle passa simultanément son regard de Valénia à Léa.

— Tu sais qu'on ne peut pas faire ça, protesta-t-il, inquiet.

— Pourquoi pas ?

— Tu connais les conséquences de ce geste, ajouta-t-il à voix basse en se rapprochant de Valénia.

Cette dernière lui sourit puis se retourna vers Léa.

— Le conseil a rendu son verdict et il est unanime, elle doit se présenter devant eux.

— Je n'ai pas l'intention de vous suivre, déclara Léa.

— Tu n'as pas vraiment le choix, contesta Valénia.

— On a toujours le choix ! Par exemple, j'ai une envie irrésistible de te mettre mon poing dans la figure, pourtant, je choisis de ne pas le faire.

Le visage de Valénia se détendit, une soudaine compassion s'en dégagea.

— On est parties sur de mauvaises bases toi et moi, commença-t-elle. Je reconnais mon agressivité, j'étais juste inquiète pour mon sinola. Je sais, on ne se connaît pas et tout ceci doit te paraître fou. Hier tu étais encore tranquillement à vivre la vie que tu souhaitais et aujourd'hui, tu apprends avoir des capacités différentes des humains. Je ne peux qu'imaginer ton ressenti. Ta réticence à nous suivre est justifiée. Surtout pour aller voir une bande de vieux qui vont te poser des tas de questions dont tu n'auras certainement pas les réponses.

Léa eut un léger sourire, elle l'avait peut-être jugée un peu trop vite. C'est vrai qu'au premier abord, Valénia semblait froide et hautaine, mais à ce moment précis, elle perçut comme un élan de sympathie.

— Alors voilà, serais-tu d'accord pour venir avec nous, histoire d'en apprendre un peu plus et surtout d'avoir des réponses ? Tu dois avoir un million de questions.

Elle avait des gestes très doux. Tout en parlant, ses mains effectuaient un ballet dans les airs, lui conférantencore plus d'élégance.

— C'est vrai, répondit Léa.

— Alors que dirais-tu de mettre de la lumière dans les zones d'ombre ?

Léa hésita. Était-ce bien raisonnable de partir avec eux ? Partagée entre l'envie de fuir et l'envie d'en savoir plus, ses pensées se bousculaient. Il y avait seulement cinq minutes encore, elle avait été capable de tenir du feu dans sa main. C'était de la folie.

— Ça ne te prendra pas plus de quelques heures, renchérit Valénia.

Léa jeta un rapide regard à Kayle, mais celui-ci ne laissait rien transparaître pouvant l'aiguiller sur la décision à prendre. Elle se dit qu'elle pourrait laisser un mot à Éric, lui expliquant être allée se promener et qu'elle serait de retour dans l'après-midi. Au vu de la soirée arrosée de la veille, il ne serait pas debout avant 14 h. Elle serait probablement rentrée d'ici là.

— OK, dit-elle, à condition que je sois rentrée au plus tard cet après-midi.

— Fantastique ! conclut Valénia.

Chapitre 5

Ils arrivèrent dans un immense couloir, tout en pierre avec de grandes colonnes. La cour centrale rappelait un peu les cloîtres que l'on pouvait trouver dans les églises ou les monastères. D'ailleurs, l'endroit lui faisait penser à une ancienne abbaye. La cour était remplie de fleurs roses, certaines dont elle ignorait l'existence.

Ils continuèrent à avancer dans ce long corridor, Léa regardait partout. Il y a encore une minute, ils étaient dans son appartement près du Loch Ness en Écosse, et la seconde d'après, les voilà dans ce lieu totalement inconnu. Un des trois hommes en blanc, qui accompagnait Valénia, avait ouvert une sorte de portail, d'un simple geste de la main.

Plusieurs personnes s'arrêtèrent sur leur passage, la dévisageant sans discrétion. Soit ils n'avaient pas l'habitude de recevoir des visiteurs, soit sa tête ne leur revenait pas. La première hypothèse serait toutefois plus flatteuse pour son ego.

Kayle se rapprocha afin de lui chuchoter :

— Il faut que tu saches : le conseil est composé des plus anciens et des plus puissants Élérias qui existent. Ils sont assez intransigeants et loin d'être des plus...

Il s'arrêta dans sa phrase, semblant chercher le terme le plus adéquat.

— Amicaux ? lui suggéra Léa.

— On va utiliser ce mot-là, oui.

— Super, tu viens littéralement de me remonter le moral, ironisa-t-elle.

Stressée, Léa commença à jouer avec une cuticule de son pouce, suivi d'une envie soudaine de se ronger les ongles.

Ils s'arrêtèrent devant une immense porte en bois. Valénia ne lui laissa même pas le temps de prendre une minute pour souffler. Elle poussa les deux portes, les faisant entrer dans une immense pièce haute sous plafond à la lumière traversante provenant d'une verrière servant de toit. Malgré cette belle luminosité, la pièce semblait austère. Une énergie des plus froides s'en dégageait.

Composée de quatre grands pupitres agrémentés d'armoiries au-dessus, Léa prit le temps de les observer, sans pour autant les comprendre.

Sur les côtés se trouvaient des sièges, déjà occupés par la foule qui s'amassait.

— On se retrouve tout à l'heure, lui murmura Kayle avant de s'éloigner et de prendre place à côté de Valénia.

Tout à l'heure ? Comment ça tout à l'heure ? Il ne va quand même pas me laisser seule face à eux ?

Visiblement si.

Léa se retrouva au milieu de la pièce sans savoir quoi faire. Le silence se fit entendre et les regards se posèrent une nouvelle fois sur elle. La panique la saisit. Tout en jouant avec sa bague située sur son majeur, sa jambe gauche se mit à trembler. Sa respiration s'accéléra, lui rappelant vaguement la sensation lors de son oral du bac.

Qu'est-ce que je fais là ? Qu'est-ce que j'ai voulu prouver ?

Trois personnes prirent place sur les pupitres face à elle. Deux hommes et une femme. Le dernier pupitre resta vide.

L'homme en face d'elle, âgé d'une soixantaine d'années, un peu enrobé, les cheveux grisonnants, prit la parole :

— Bonjour.

— Euh… Bonjour, répondit-elle avec hésitation.

— Commençons par les présentations. Je m'appelle Gorus, je suis de la famille de l'air, aussi appelée la famille des Connaisseurs. Voici mon partenaire Gilain, de la famille de l'eau, les Protecteurs, et enfin Mélaine, famille de la terre, les Créateurs. Nous sommes les Fonnarcales, régisseurs sur Éléria. Nous avons eu vent de ton histoire et de qui tu pourrais être.

Il marqua une pause avant de reprendre :

— Nous aimerions que tu partages ton histoire.

Le seul soutien qu'elle espérait trouver était dans le regard de Kayle. Ce dernier lui fit simplement un signe de tête, attestant qu'elle pouvait parler librement. Sauf qu'elle ne savait absolument pas quoi dire. Quelle histoire voulaient-ils connaître ? La sienne ? Depuis sa naissance ou ce qui s'était passé ces dernières heures ?

— Je ne sais pas trop par où commencer, bredouilla-t-elle.

— Tu pourrais déjà te présenter.

— Eh bien, Léa, je suis de la famille des Humains apparemment.

Elle leva les yeux au ciel tellement sa réponse était ridicule.

— Si ton histoire est vraie, alors tu fais partie des Élérias et non des Humains. Es-tu une descendante d'Hecto?

— De qui ? demanda-t-elle en fronçant les sourcils.

— Monsieur, interrompit Kayle, je n'ai pas encore eu la chance de tout lui dévoiler sur son histoire. Nous n'avons eu que très peu de temps, entre l'attaque et sa présence ici.

— Je vois. Je vais reformuler. Es-tu de la famille des Défenseurs ?

— Je ne suis pas sûre, hésita Léa en faisant tourner sa bague autour de son doigt.

— Pourtant, tu es venue ici.

Elle se sentit gênée par son affirmation. Pouvait-elle répondre que la curiosité l'avait poussée à les suivre ?

— Il s'est passé des évènements que je n'explique pas. J'aurais pensé, enfin, on m'a dit que vous pourriez m'éclairer, tenta-t-elle d'expliquer, le regard fuyant.

— Je ne suis pas là pour vous faire un cours. Ou vous êtes une Éléria ou vous ne l'êtes pas et dans ce cas, votre présence représente une menace.

Le vieil homme faisait partie de ces personnes qui pouvaient vous filer la chair de poule rien qu'avec des mots. Léa se sentit prise de sueurs froides. Pourquoi la considéraient-ils comme une menace ?

— Il n'y a qu'une façon de le savoir. Montre-nous de quoi tu es capable, reprit-il, voyant qu'elle ne répondait pas.

— Ce dont je suis capable ? balbutia-t-elle en jouant de plus en plus nerveusement avec sa bague.

— Exact.

— Si vous parlez du fait que ma main s'est retrouvée en feu sans aucune douleur, je n'ai pas vraiment grand-chose à vous montrer.

— Très bien, dans ce cas, une petite stimulation ne sera pas de trop, ajouta Gorus en faisant un signe de tête à Mélaine.

— Une seconde ! s'inquiéta Kayle. C'est trop tôt pour ça.

Mais personne ne semblait l'écouter. Léa ressentit dans l'instant même des sortes de fourmillements dans ses jambes qui remontèrent sur l'ensemble de son corps. Des mini-décharges électriques se mirent à lui brûler la peau.

Léa se plia en deux avant de tomber au sol. Kayle courut dans sa direction, essayant de l'aider. Il s'agenouilla à ses côtés pour la soutenir, mais la douleur était de plus en plus intense. La tête entre les mains, son visage se déforma sous la torture.

Elle leva les yeux et comprit que cette souffrance était provoquée par Mélaine. De fines particules sortaient de ses doigts, l'atmosphère devenait de moins en moins respirable. Une forte pression s'exerça sur sa gorge, comme si une personne lui serrait délibérément le cou. L'air commençait à lui manquer. Elle allait mourir là, sans que ça ne dérange personne.

— Arrêtez ! hurla Kayle essayant de la soutenir par les épaules.

— Retourne à ta place, Protecteur, ordonna Gorus en le projetant d'un geste de la main près des tribunes.

Au bord de l'évanouissement, quelque chose s'éveilla soudainement en elle. Une sensation étrange. Comme un fluide, qui d'un coup, parcourait ses veines. Une pure injection d'adrénaline.

Une chaleur intense monta en elle. En frappant le sol de sa main, Léa provoqua un chemin de flammes allant jusqu'au pupitre de Mélaine qui la fit basculer.

L'air revint dans ses poumons, la douleur cessa et, sans difficulté, elle se releva. Le silence était de nouveau présent. Son regard se tourna vers Kayle, encore au sol, qui lui souriait. Il ne s'était visiblement pas trompé sur son compte.

— Voilà une sacrée démonstration, reprit Gorus, enjoué.

Mélaine se faisait aider pour se relever, elle réajusta sa coiffure avant de reprendre sa place derrière le pupitre.

— C'est comme ça que vous fonctionnez ! hurla Léa.

— Ne me dis pas que tu n'as pas apprécié ce petit moment, ajouta Gorus avec un sourire en coin.

— Vous voulez dire le moment où vous avez essayé de me tuer ?! Non, je n'ai guère apprécié ! explosa Léa, les poings serrés.

— Le moment où tu as senti le pouvoir venir, enchaîna Gorus en posant les mains à plat sur le pupitre.

Léa se sentait habitée par une puissance inconnue. Son cœur battait la chamade. Son regard était noir, l'envie de tout enflammer se faisait de plus en plus forte.

— Vous êtes des malades !

Des murmures s'élevèrent de la salle. Visiblement, ils ne devaient pas avoir l'habitude qu'on leur hurle dessus.

— Je comprends votre agacement.

— Vous comprenez que dalle, l'interrompit violemment Léa. C'est quoi cette façon d'agir ?! Vous vous prenez pour qui ?

La mâchoire serrée, elle avait envie de tout casser.

— Sachez qu'il y a des règles ici et un protocole à respecter. Nous ne tolérerons aucune transgression ni aucun écart. Je vous accorde seulement celui-là.

Quelque chose dans sa voix lui faisait peur. Il n'avait même pas eu besoin de crier ou même de proférer de grandes menaces. Ces quelques mots suffisaient à lui flanquer la trouille.

— Bien, maintenant que le calme est revenu, nous allons poursuivre.

Pitié, je veux sortir de là.

— Nous allons réfléchir à votre sort : devons-nous vous garder ici ou vous renvoyer sur Terre ?

Renvoyez-moi sur Terre et faites-moi oublier tout ça.

— En attendant, veuillez ne pas utiliser votre élément, il est interdit de s'en servir contre un membre de votre famille ou d'une autre famille, sauf pour vous défendre.

Sans plus de cérémonie, elle fut raccompagnée en dehors de la salle.

Au milieu de cet immense couloir, avec tous ces visages sur elle, une seule envie lui vint : quitter cet endroit.

Chapitre 6

Léa avait le tournis, l'impression que son corps ne lui appartenait plus. Ses mains étaient moites, ses jambes tremblaient, des gouttes de sueur perlaient sur son front. En effet, elle ne réalisait pas encore tout ce qu'il venait de se passer.

— Tu veux aller prendre l'air ? lui demanda Kayle qui venait d'arriver à sa hauteur.

— Avec plaisir.

Côte à côte, ils avancèrent ensemble à travers le cloître en pierre grise, orné de magnifiques fleurs rouges qu'un peu plus tôt, Léa aurait juré roses. La vision de cette végétation abondante l'aida à se détendre.

— En dehors de votre hospitalité, c'est vraiment un lieu magique ici, se moqua Léa, tentant de reprendre son calme.

— Il est régi par les éléments. Ici, nous pouvons être libres de nos mouvements et de nos envies. Tu peux ressentir une connexion avec tout ce qui t'entoure.

Il poussa deux portes en bois massif débouchant sur un jardin des plus enchanteurs.

Léa laissa échapper sa stupéfaction. Elle était bouche bée devant le mélange des couleurs. Un dessin, une toile de maître s'offrait à elle.

Kayle la regarda, attendri en constatant son éblouissement devant leur monde.

— Ça doit être difficile à imaginer, déclara-t-il, heureux de voir le sourire revenir sur son visage.

— C'est carrément impossible. On a de magnifiques endroits chez nous aussi, mais rien de comparable !

— Viens, allons nous promener.

Ils se baladèrent le long des allées de fleurs. Certaines qui n'existaient pas sur Terre et d'autres plus connues ; Léa nota d'ailleurs un grand nombre d'orchidées. Elle prenait presque le temps de toutes les sentir. Sa main effleurait chaque pétale, chaque feuille qui se présentait sous sa paume.

— Fais attention aux orchidées orange, elles sont toxiques, avertit Kayle.

Léa retira brusquement sa main.

— Comment ça « toxiques » ? s'inquiéta-t-elle en inspectant ses doigts.

— Les orchidées orange sont toxiques au toucher. Rien qui ne pourrait être soigné ici, mais reste prudente quand même.

Après sa mise en garde, ils continuèrent à marcher en silence pendant encore un moment.

— Comment tu te sens après cette première rencontre avec le conseil ?

— Je dirais… malmenée, en colère et encore plus confuse, avoua-t-elle en baissant les yeux.

Elle commença à rejouer avec sa bague comme à chaque fois qu'elle était nerveuse.

— Je peux comprendre.

— C'est fou cette façon qu'ils ont d'agir… Tu te rends compte quand même de la manière dont ils m'ont traitée et de leur façon de parler ! Comment pouvez-vous tolérer ce type de comportement ? s'indigna Léa.

— Ils ne sont pas connus pour leur compassion ou leur patience. Ils n'ont pas l'habitude non plus que l'on questionne leurs dires. En général, on ne répond que quand ils nous donnent la parole.

Elle laissa échapper un rire étouffé.

— Vraiment ?

— Oui.

— Eh ben, ça fait un peu dictature votre truc, jugea-t-elle en haussant les sourcils.

— C'est quoi une dictature ?

Léa le regarda, toujours étonnée par ses questions.

— C'est quand, dans une société, le peuple n'a pas de pouvoir. Le gouvernement dirige et décide pour eux, c'est assez résumé, mais en gros c'est ça.

— Je vois, mais nous avons la liberté de faire ce qu'on veut.

— Tu es sûr ? ricana-t-elle. J'ai plutôt l'impression qu'il y a beaucoup d'interdictions.

— Parce que nous ne suivons pas les mêmes règles que vous. Tu trouves que nous avons beaucoup de prohibitions, mais contrairement à vous, nos lois ne nous font pas enfreindre les règles. Sur Terre, on vous empêche tellement de choses que vous passez votre temps à aller contre vos dirigeants.

La bouche ouverte, Léa se tenait prête à argumenter mais se rendit compte qu'il n'avait pas forcément tort. Elle préféra changer de sujet. Les conversations politiques pouvaient s'avérer souvent houleuses.

— Je peux te poser une question ?

— Bien entendu.

— Tout à l'heure, Valénia s'est présentée comme ta sinola, qu'est-ce que c'est ? demanda-t-elle intriguée.

— Une sinola, c'est ce qui équivaut à un époux ou une épouse chez vous. Mais nos relations sont très différentes des vôtres.

— Différentes dans quel sens ?

— À l'âge de quinze ans, on nous définit plus au moins un sinola. On passe les cinq années suivantes à vivre et comprendre la personne puis, quand nous atteignons nos vingt ans, le matiola est réalisé.

— C'est quoi un matiola ? demanda-t-elle en lui souriant.

— C'est l'équivalent chez vous du mariage. C'est un rituel que nous avons afin de nous unir avec notre sinola.

— Qui vous attribue un « sinola » ?

— Nous avons à notre disposition un bassin qui a certaines vertus, dont celle de nous faire voir notre sinola. Tu vois ce bracelet, lui dit-il en montrant son poignet droit, cela montre que je suis lié à une personne.

Le bracelet était en or, large de maximum 1 cm et plat. Aucune ouverture et aucun moyen de le sortir.

— Comment tu as fait pour le faire passer ? interrogea Léa en s'arrêtant pour observer le bijou en question.

— Ce sont des liens tout simples que nous nouons autour de nos poignets et lors du matiola, ils se changent en métaux. Ils sont incassables.

— Il n'y a pas de divorce chez vous, dit-elle avec un sourire moqueur.

— Nous restons avec notre sinola pour la vie.

— D'où la faute qu'a commise Hecto, ajouta Léa en reprenant sa marche. Il a trompé sa sinola.

— C'est exact, acquiesça Kayle, un léger pincement dans sa voix.

— Ça veut dire que vous venez souvent sur Terre ?

— Nous venons à certains moments de nos vies seulement. Nous ne sommes pas réceptifs comme vous aux émotions. Nous ne connaissons d'ailleurs que très peu d'entre elles. Elles sont connues pour être un signe de faiblesse. Mais pour les Créateurs, il est important d'apprendre à comprendre les émotions. Leur connexion à la terre les rend plus vulnérables à ces dernières.

— Charmant, dit-elle d'un ton sarcastique. Donc pour vous, nous sommes faibles.

Kayle semblait embarrassé par la réponse à donner.

— Je dirais que vous avez tendance à subir vos émotions plutôt qu'à les comprendre.

Léa avait envie de l'envoyer valser mais, à sa grande surprise, fut encore d'accord avec sa remarque.

Nous pouvions si facilement nous laisser submerger par les émotions. Qui n'a pas déjà hurlé pendant une dispute ou encore sombré dans les pleurs après une déception ? Mais vivre les émotions était aussi ce qui nous rendait humains.

— Je suis navré, dit-il, si je t'ai offensée.

— Non non, enfin, disons que tu n'y vas pas avec le dos de la cuillère, mais tu n'as pas complètement tort dans ce que tu dis.

— De quelle cuillère tu parles ? interrogea-t-il, confus.

— Pardon ? répondit-elle en fronçant les sourcils.

— Tu me parles du dos de la cuillère, je ne comprends pas.

Léa le regarda un instant puis éclata de rire. Sa non-connaissance de son langage était touchante.

— C'est une expression, ça veut dire que tu dis les choses franchement.

— Ah, d'accord.

Et pendant un bref instant, elle le trouva séduisant.

— Donc oui, je te disais que tu n'avais pas complètement tort dans tes propos. Il est vrai qu'on peut subir nos émotions et que parfois, on aimerait se libérer de certaines. Mais si tu supprimes les mauvaises, alors tu supprimes les bonnes. Personnellement, je ne pourrais pas vivre sans amour.

Kayle la regarda sans trop comprendre.

— C'est vrai que si tu ne connais pas les émotions, tu ne dois pas connaître l'amour, ajouta-t-elle en voyant son regard interrogateur.

— Tu pourrais me l'expliquer.

Léa fut cependant incapable de trouver les mots et sentit ses joues devenir rouges. Un sourire gêné se dessina sur son visage. Tant bien que mal, elle tenta de se faire un peu d'air avec sa main.

— Ça a l'air de te gêner ? Tu ne sais pas l'expliquer ?

— Pourquoi tu tiens tellement à en savoir plus sur... les êtres humains ? D'après ce que je vois, vous n'avez pas l'air de nous aimer beaucoup.

— J'ai toujours été fasciné par votre façon de vivre et curieux de ce que vous pouviez ressentir. Que ce soit de l'amour ou de la tristesse, expliqua-t-il en lui proposant de s'asseoir sur un banc en bois.

— Tu ne connais vraiment pas ces émotions-là ? demanda-t-elle en s'asseyant en tailleur.

— Non, je ne sais pas pourquoi vous pleurez par exemple.

— Il peut y avoir plusieurs raisons à ça, étouffa-t-elle dans un murmure.

Kayle remarqua que son visage avait changé à la suite de ses propos. Son regard était différent, plus lointain. Elle baissa légèrement son visage, laissant quelques mèches de cheveux blonds lui couvrir la joue. Il eut envie de lui poser la question sur ce changement soudain – ressentait-elle de la tristesse ? – mais se ravisa au dernier moment.

Léa rompit alors le silence qui venait de s'installer :

— Tu ne ressens ni colère, ni peur, ni joie ni... rien ?

— Je ne dirais pas rien. Nous ressentons la joie d'être présent, nous sommes reconnaissants d'être nés, nous chérissons nos familles et nos défunts. Mais oui, la colère, la peur, les émotions positives ou négatives ne sont pas éveillées en nous.

Elle écoutait attentivement ce qu'il disait.

— Mais tu sais, plus nous sommes à votre contact, plus nous les ressentons.

— C'est-à-dire ? demanda Léa en se mordant la lèvre du bas.

— Nous ne sommes pas dépourvus d'émotions, c'est simplement qu'elles ne sont pas actives. Par contre, en présence des humains, elles se développent, expliqua-t-il en souriant.

— Donc plus tu seras en ma présence, plus tu vas paniquer, c'est bien ça ! le taquina-t-elle.

— C'est possible, répondit-il en l'accompagnant dans son rire.

— C'est pour ça qu'Edine était si mal l'autre soir ?

— Elle a un lourd passé. Être sur Terre est assez stimulant pour elle. D'autant plus qu'étant un Créateur, elle ressent davantage les émotions des gens. Elle peut d'ailleurs les contrôler.

— Vraiment ? s'étonna Léa en écarquillant les yeux.

— Oui.

— Dans certains moments, ça pourrait être pratique, conclut-elle en baissant une nouvelle fois les yeux.

Sans se rendre compte du temps qui défilait, Léa et Kayle restèrent un moment seuls sur ce banc.

Chapitre 7

— C'est un style de vie assez particulier, s'amusa Léa.

Il sourit avant de répondre :

— Pour une personne extérieure comme toi, sûrement, mais quand tu as été élevé dans ce monde-là, il n'y a rien de surprenant.

— Quand même, attends, par rapport à ce que tu connais de nos coutumes, tu ne trouves pas ça étrange que pour concevoir des enfants, vous deviez aller déposer « vos essences », dit-elle avec des guillemets, dans un tronc d'arbre.

Il rit de bon cœur.

— Quoi, ce n'est pas ce que tu m'as dit ? répondit-elle en riant également.

— Plus ou moins. Je sais que ça peut paraître étrange par rapport à votre façon de procéder, mais pour nous, c'est parfaitement naturel. Et ce n'est pas juste un tronc d'arbre, dit-il sur un ton amusé.

— OK, OK, c'est un… naitronc ?

— Un naisronc, rétorqua-t-il en riant.

— Voilà c'est ça. Vous devez vous connecter à ce « naisronc » pour obtenir un enfant, se moqua-t-elle.

— En résumé oui.

Tout en se mordillant l'ongle du pouce, les yeux légèrement plissés, Léa tentait de visualiser leur façon de procréer.

— Nous avons la capacité de nous connecter à chaque être vivant, plantes ou animaux, reprit-il plus sérieusement. Il existe dans la nature une catégorie d'arbres ayant la capacité de créer les Élérias. Nous venons au monde de cette façon. Cet arbre, le naisronc, nous permet d'acquérir nos facultés. Quand deux Élérias s'unissent grâce au matiola, ils peuvent à un moment donné aller se connecter, via leurs énergies vitales, à cet arbre afin de créer une vie. Cet être aura nos gènes comme c'est le cas pour vous, sauf qu'il n'y a pas la souffrance de la naissance pour les femmes. Une fois les essences mélangées, l'arbre mettra quelques semaines à concevoir un enfant. C'est lui qui déterminera son élément. La nature nous crée entièrement.

Les lèvres pincées, Léa hocha la tête, toujours les yeux dans le vague.

Après quelques secondes, elle reporta son attention sur lui :

— Il n'y a pas... d'intimité ? Je veux dire, entre deux personnes ? hésita-t-elle de demander, embarrassée.

— Nous n'avons pas les mêmes rapports que vous, effectivement. Nous n'avons pas de relations sexuelles par exemple, ni tous les gestes que vous pouvez avoir envers l'autre personne. Deux Élérias ensemble ne peuvent pas concevoir d'enfant, enfin de votre façon bien entendu.

Léa ouvrit de grands yeux et fit claquer sa langue dans sa bouche.

— Je sais que ça doit te paraître bizarre, enchaîna Kayle.

— Bizarre ? Je dirais plutôt... triste, dit-elle dans un haussement d'épaules.

Elle mesura le poids de ses paroles, espérant ne pas le vexer, mais se dit qu'il ne devait de toute façon pas connaître cette sensation non plus.

— De ton point de vue, rétorqua-t-il.

— C'est sûr. Tu as des enfants ? finit-elle par demander.

— Non.

— Pourquoi ? Enfin... tu as une sinola, s'empressa-t-elle d'ajouter.

— Parce que Valénia souhaite devenir une Fonnarcale.

— Vos dirigeants ne peuvent pas avoir d'enfant ?

— Si, mais elle ne souhaite pas en avoir. Et mon devoir est envers ma sinola.

Léa perçut comme une légère pointe de déception dans sa voix.

— Un beau dévouement, reconnut-elle. Comment sont élus les Fonnarcales ? Il y a un vote ?

— Un vote ? questionna-t-il en ajustant les manches de sa veste.

— Oui, tu sais, laisser le choix au peuple de décider qui les dirigera et tout ce qui suivra.

Il eut un sourire, dessinant une fossette dans le creux de sa joue.

— Il n'y a pas de vote ici. Tout le monde peut prétendre à leur succession. Il suffit de se présenter et de montrer l'implication que l'on a eue pour notre peuple dans un premier temps. Une première sélection est faite. Puis il y a différents tests et épreuves à passer, que les Fonnarcales actuels décideront. Ensuite, la décision finale leur revient. Ça aide aussi si tu es déjà de la famille d'un Fonnarcale.

— Le piston ça aide toujours ! nargua-t-elle. Combien de temps restent-ils au pouvoir ?

— Vingt ans.

— Vingt ans ! s'exclama Léa. C'est énorme !

— Combien de temps vos dirigeants restent-ils au pouvoir ?

— Ça dépend des pays et de leur fonctionnement mais, majoritairement, on va dire cinq ans.

— Nous avons les mêmes Fonnarcales pour toute la sphère. Peu importe l'endroit où l'on se trouve sur Éléria.

— Ouais... on n'a pas ça sur Terre, dit-elle en haussant les sourcils. Depuis combien de temps les Fonnarcales que j'ai vus sont en place ?

— Pour Gorus et Mélaine, seize ans. Pour Gilain, quinze ans.

— J'avais cru comprendre qu'ils étaient tous élus en même temps. Pourquoi cette différence ? s'enquit-elle.

— À cause d'Hecto.

— C'est-à-dire ?

— Je vous dérange ? les interrompit Valénia.

Elle les avait rejoints dans le jardin, toujours accompagnée de ses trois gardes du corps. Timing impeccable, pensa Léa. C'était comme si elle pouvait savoir à quel moment intervenir.

Kayle se leva d'un bond, comme pris en faute.

— Tu ne nous déranges pas, lui répondit-il en venant se placer près d'elle. Je lui expliquais notre façon de vivre et nos coutumes.

— C'est ça, dit Léa se levant à son tour. J'avais quelques questions à poser.

— Le conseil est là pour te répondre, lui rétorqua Valénia.

Elle était à nouveau froide, visiblement sa bienveillance était restée sur Terre, songea Léa.

— C'est marrant, parce que moi je les ai trouvés tout sauf enclins à me répondre…

— Tu remets en cause le conseil, accusa Valénia en s'avançant vers elle.

— Plutôt leur capacité à répondre aux questions.

Valénia tira sur sa veste blanche, impeccablement repassée, puis inclina légèrement la tête.

— Pour l'instant, il y a des sujets plus importants que de répondre à tes questions, rétorqua-t-elle d'un regard dédaigneux.

Les deux femmes échangèrent un regard loin d'être amical.

— Pourtant c'est bien toi qui m'as dit que j'aurais des réponses à mes questions ? fit remarquer Léa en croisant les bras.

— Tu les auras en temps voulu, ajouta Valénia en la fixant de haut.

— J'ai l'impression que tu ne m'apprécies guère, constata Léa.

— Je sais que beaucoup de monde te donne de l'importance, répondit Valénia en lançant un regard furtif à Kayle, mais ne flatte pas trop ton ego. Tu n'es ni plus ni moins que le résultat d'une trahison.

Léa accusa violemment le coup. Les propos de Valénia étaient francs et dépourvus d'empathie.

— Je pense que vous me confondez tous avec quelqu'un d'autre, reprit Léa en essayant de digérer tant bien que mal cette pique.

— Non, reprit Valénia. Tu es bien la fille d'Hecto.

— C'est là que vous vous trompez tous. Je ne suis pas sa fille. Mes parents n'ont rien à voir avec cet homme ! s'emporta Léa.

— Je sais ce n'est pas simple d'admettre que l'on est de la famille d'un traître, pourtant, c'est ce que tu es.

Valénia repoussa délicatement une de ses mèches de cheveux. Il n'y avait aucune agressivité dans sa voix. Froide, le visage fermé, seul son regard laissait transparaître une sorte de dégoût. À l'inverse, Léa sentit son sang bouillir. Fermant les poings, elle fit un pas de plus vers Valénia. Les trois types en blanc se rapprochèrent en signe de protection, ou bien d'attaque ?

— Tu ne me connais pas, tu ne sais rien de moi, donc je vais te donner un conseil : surveille tes propos et ne me manque plus de respect ! fulmina Léa, les dents serrées.

Seulement cinquante centimètres séparaient les deux femmes, si bien que Kayle se sentit obligé d'intervenir. Il savait que Valénia n'hésiterait pas à se servir de son élément contre Léa ou pire encore, qu'elle laisserait ses gardes s'en occuper. Mais ce qu'il redoutait le plus, c'était que Léa utilise les siens. Une attaque de feu contre une Éléria signerait son arrêt de mort.

— On devrait retourner au Belvédère, je pense que le conseil a dû rendre son verdict, suggéra Kayle, tout en se positionnant entre elles.

Elles maintinrent encore quelques secondes leurs regards avant que Valénia reprenne la parole :

— C'est pour cette raison que je venais la chercher, reprit-elle, un sourire aux lèvres. Retournons voir les Fonnarcales.

Sur ce, elle leur emboîta le pas en direction du Belvédère.

Léa pénétra pour la seconde fois à l'intérieur de l'immense salle du conseil qui ressemblait davantage à un grand tribunal. L'atmosphère était toujours aussi pesante.

Léa se présenta de nouveau aux Fonnarcales et, sans grande surprise, Gorus prit la parole :

— Léa, famille du feu, nous avons fait notre choix, harangua-t-il.

Léa leva les yeux au ciel devant autant de manières.

— Nous avons jugé que tu avais ta place auprès des Élérias. Il nous semble judicieux que la fille d'Hecto reste près de nous. Tu apprendras nos coutumes et nos traditions. Tu te plieras à notre mode de vie et deviendras j'en suis sûr, avec le temps, une alliée précieuse.

— Est-ce que j'ai mon mot à dire sur votre décision ? interrogea Léa, surprise.

Sans grand étonnement, des murmures s'élevèrent à nouveau.

— As-tu quelque chose à redire sur notre choix ? s'étonna Gilain.

— Bien que je sois flattée par votre proposition, je... je ne peux pas rester.

Les murmures continuaient.

— Pourquoi donc ? reprit Gorus en faisant taire d'un signe de la main les chuchotements.

— Tout simplement parce que ma vie n'est pas ici. J'ai déjà une vie sur Terre, je ne peux pas quitter mes proches... je ne peux pas partir comme ça, déglutit Léa.

Il la regarda un instant.

— Vous fonctionnez différemment de nous. Votre attachement les uns aux autres est touchant. Mais en tant qu'Éléria, tu es au-dessus de ces êtres-là. Tu as de la chance d'être ici, parmi nous.

Décidément, la modestie ne faisait pas partie de leurs us et coutumes, pensa Léa. Elle allait les remercier avant de décliner une nouvelle fois leur proposition quand Valénia prit la parole :

— Père, puis-je suggérer mon avis au conseil ?

« Père », se dit Léa. Valénia était donc la fille de Gorus, son souhait de devenir une Fonnarcale prenait du sens. Léa comprit aussi d'où cette autorité lui venait.

— Tes conseils seront toujours les bienvenus ma fille, nous t'écoutons.

— Il serait peut-être judicieux de lui laisser le temps d'y réfléchir ? Après tout, c'est beaucoup d'informations et de remises en question qui s'imposent à elle.

— Quelle est ta proposition, ma fille ?

— Je vous suggère de la laisser retourner sur Terre. C'est un endroit qu'elle connaît bien, qui lui permettra de réfléchir à son choix, proposa Valénia avec douceur.

— Léa, serais-tu d'accord pour réfléchir à notre proposition ? questionna Gorus.

Valénia avait repris son ton compréhensif, à croire qu'elle devait être bipolaire, se dit Léa. Sa gestuelle était à nouveau des plus douces.

Elle hésita à donner une réponse, ne sachant pas trop sur quel pied danser. Depuis que les deux femmes s'étaient rencontrées, les réactions de Valénia étaient constamment changeantes.

Léa jeta un coup d'œil à Kayle qui lui fit un léger non de la tête. Fronçant les sourcils dans sa direction, elle voulut en savoir plus, mais Valénia ne lui laissa pas le temps de s'interroger davantage.

— Le conseil attend ta décision, s'impatienta Valénia.

Se passant une main dans ses cheveux, Léa pensa soudain à sa mère et à Éric qui devaient l'attendre. Sa montre indiquait 14 h 12. Elle devait rentrer.

— Votre proposition me convient, formula-t-elle.

— Très bien, reprit Gorus, nous te laissons deux jours afin d'y réfléchir. Nous t'accompagnerons.

— Je vous remercie, mais je n'ai pas besoin d'escorte.

— Je comprends ta réticence, mais c'est pour ta protection. Tu as déjà été attaquée par des percefors, nous ne pouvons pas prendre le risque que cela se reproduise.

— Mais Père… lui demanda Valénia.

Ce dernier l'interrompit d'un geste de la main.

— La décision a été rendue.

Elle se tut.

— Merci d'attendre dehors, dit Gorus en s'adressant à Léa.

Avant de sortir, son regard pivota sur Kayle ; il voulut la rejoindre, mais fut interrompu dans son élan par sa sinola. Murmurant des mots qu'elle ne put percevoir, ils étaient visiblement en désaccord. D'un pas hésitant, Léa prit la direction de la sortie.

Une nouvelle fois, cet immense corridor l'accueillit. Tout en s'appuyant contre le mur, se demandant ce qui la retenait ici, elle se laissa glisser jusqu'au sol.

— Alors ce conseil ? demanda Edine qui venait de la rejoindre.

— Je parlerais plus de jugement que de conseil, souffla Léa.

Edine prit place à côté d'elle.

— Ils peuvent être durs et comment dire…

— Froids ? On me l'a déjà dit oui.

Edine lui sourit.

— La compassion, ou même l'empathie, ne font pas partie de leurs manières.

— On est d'accord.

Léa se passa une main sur la nuque, sa tête reposant contre le mur en pierre. La fraîcheur qui s'en dégageait lui fit du bien. Sa jambe se remit à trembler, accompagnée de son ventre qui commençait à gargouiller. Tapotant du bout des doigts ses genoux, elle essaya de concentrer son esprit sur autre chose.

Elle observa les longues colonnes de pierre qui montaient jusqu'au plafond et se regroupaient pour former des arches, toutes reliées par un nœud central. Elle n'avait pas remarqué que chaque nœud était différent. Chacun avait un poinçon en son centre. Ces dessins, elle les avait déjà vus à l'intérieur du conseil. Ils étaient sur les piliers qui ornaient la pièce.

— Ça représente quoi, ces symboles ? interrogea Léa. Je les ai déjà vus à l'intérieur de la salle.

— Ça ? montra Edine en les désignant du doigt. Ce sont nos runes. Il y en a une pour chaque famille.

De son index, elle désigna le symbole le plus éloigné.

—Tu vois celui-là ?

— Oui.

— C'est le symbole de l'eau. Celui juste à côté, c'est la terre, puis l'air et le feu. Nous les possédons également sur nous.

— C'est-à-dire ?

Edine se retourna et souleva son haut, laissant apparaître sur le bas du dos, un tatouage représentant la rune de la terre. Edine rabaissa son tee-shirt.

— Vous vous les faites tatouer ? demanda Léa, perplexe.

— Ils apparaissent en même temps que nos animaux totem. Pour les Créateurs, il est en bas du dos. Les racines, la connexion avec la nature et les forces créatrices de la vie. Pour les Protecteurs, c'est au milieu du dos, il représente la protection, le bouclier qui nous protège. Pour les Défenseurs, comme toi, il est entre les omoplates. L'énergie vitale, la force du cœur. Enfin pour les Connaisseurs, il se situe dans la nuque ; le lien aux énergies supérieures, la connaissance et le savoir.

— Tu es en train de me dire que je pourrais avoir un tatouage dans le dos ?

En pianotant du bout de ses doigts sur ses jambes, Léa eut l'impression de faire de l'apnée.

— Oui. Il n'apparaîtra qu'une fois que tu auras trouvé ton animal totem.

Léa gonfla ses joues tout en laissant échapper un soupir.

— Et c'est quoi un animal totem ?

— C'est... commença Edine, mais la porte à côté s'ouvrit et interrompit leur conversation.

Valénia en sortit, accompagnée comme toujours de ses fidèles gardes. Les deux jeunes femmes se levèrent.

— Navrée de vous interrompre Mesdames, mais c'est pour te dire que tu es libre.

— Je ne savais pas que j'étais prisonnière, répondit Léa avec un sourire en coin.

Valénia pinça ses lèvres :

— Rien ne te retient, le conseil a donné son aval, tu as deux jours pour prendre ta décision.

— C'est ce que j'avais cru comprendre.

— Nous allons t'ouvrir une passerelle et mes hommes resteront avec toi.

Léa toisa les hommes de Valénia, tout en croisant les bras.

— Attendez, intervint Edine, vous allez la laisser repartir ?

— C'est exact ! Elle a le droit de choisir la vie qu'elle veut. N'est-ce pas ? ajouta-t-elle en se tournant vers Léa.

— Exact, répondit l'intéressée, toujours aussi méfiante.

— Mais… reprit Edine, est-elle au courant pour le…

Valénia la coupa dans sa phrase, d'un geste de la main. Tel père, telle fille, ils avaient la même gestuelle autoritaire.

— Edine, tu n'es pas à ta place. Le conseil a rendu sa décision, nous la respectons, tout comme celle de Léa d'avoir accepté de rentrer sur sa sphère pour deux jours afin de réfléchir à son futur choix. Elle est au courant de la situation.

Léa nota le regard de détresse qu'Edine lui portait.

— Quelque chose ne va pas ? lui demanda cette dernière.

— Elle va bien, répondit Valénia, elle est juste jeune et je pense qu'elle a développé de... Comment l'appelle-t-on chez vous ? Ah oui, de l'affection pour toi.

Le ton neutre et plat de ses propos déclencha la chair de poule à Léa.

— Mes gardes vont t'accompagner, ce sont des hommes de confiance et loyaux, reprit Valénia.

— Envers toi j'imagine, lui rétorqua Léa en riant nerveusement.

— Nous ne voulons que ta sécurité, ajouta Valénia.

— Tu as l'air bien pressée que je parte, soudainement…

— Je ne fais que respecter la volonté du conseil. Je pensais, peut-être à tort, que tu voudrais retrouver les tiens. Je me trompe ?

La question était évidemment rhétorique.

Léa regarda encore une fois Edine dont le regard était baissé. Jouant avec une mèche de ses cheveux, elle semblait comme un enfant qu'on venait de gronder. Pendant quelques secondes, elle se surprit à hésiter à rentrer. Valénia avait tout de même marqué un point. Retourner auprès de ses proches était primordial. Malgré tout, elle aurait aimé dire au revoir à Kayle, mais n'avait aucune envie de retourner à l'intérieur de la salle du conseil.

— On se voit dans deux jours, dit-elle à Edine tout en lui posant une main affectueuse sur l'épaule.

— Ne pars pas, murmura Edine en relevant la tête, laissant apparaître ses yeux remplis de larmes.

— Ne t'inquiète pas, il ne va rien m'arriver. On se voit dans peu de temps, glissa doucement Léa.

Étant donné le hochement de tête d'Edine, à peine perceptible, le doute s'immisça davantage chez Léa.

— Ne tarde pas, s'impatienta Valénia.

Léa serra Edine dans ses bras, qui fut surprise de son étreinte. Ce geste était totalement nouveau pour l'adolescente, et pourtant, elle le lui rendit instinctivement.

— À dans deux jours, lui souffla Léa à l'oreille.

Elle fit demi-tour et jeta un dernier regard à la jeune femme avant d'emprunter la passerelle ouverte par un des hommes en blanc.

Une seconde plus tard, elle se retrouva dans une cabane de pêcheurs, surprise d'être entourée de matériels de pêche, au lieu de l'intérieur de son appartement. Elle tâtonna pour trouver la porte, leva le petit loquet et sortit. La brume du matin était encore présente, le ciel gris ; la journée s'annonçait pluvieuse.

Le portail se referma, la laissant seule sans aucun moyen d'y retourner.

— Merde ! dit-elle, merci pour la protection Valénia !

Cependant, un certain soulagement l'envahit. Léa prit le temps d'inspirer l'air vivifiant du matin. Son ventre ne tarda pas à lui rappeler qu'elle avait faim. Un dernier coup d'œil en arrière et elle se dirigea, seule, vers le *diner*.

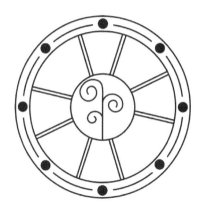

Chapitre 8

Les berges du fleuve étaient calmes à cette heure de la journée. Les touristes n'avaient pas encore envahi les rues. Le vent frais lui chatouillait les joues, la forçant à refermer ses bras autour d'elle. Son esprit, lui, tournait à plein régime.

Léa ne réalisait pas encore tout ce qui venait de se passer. Les questions se bousculaient dans sa tête. Sa raison lui hurlait de reprendre rapidement une vie normale, alors que son instinct la poussait à en savoir plus.

Rien ne serait plus comme avant. Elle ne pouvait ignorer le pouvoir qui régnait en elle. Est-ce que sa mère était au courant ? Après tout, si un de ses ancêtres était un Éléria, généalogiquement, son père ou sa mère descendait donc de lui. Elle n'avait que très peu connu ses grands-parents et malheureusement, son père était décédé d'un cancer foudroyant à ses quinze ans. D'ailleurs, sa mère ne s'était jamais véritablement remise de sa disparition.

Enfant, Léa se souvenait avoir toujours été fascinée de les voir tous les deux. Tellement en symbiose, elle voyait ses parents comme des âmes sœurs.

Tous les amours étaient différents et copier la relation de deux personnes serait une erreur. Mais trouver une personne qui la soutienne, l'écoute, la comprenne, c'était la promesse que Léa s'était faite.

Pendant des années, maudire tout le monde, les médecins, les guérisseurs, la vie, Dieu… avait été sa seule façon de surmonter la perte de son père. Impossible de comprendre pourquoi la vie leur avait ôté un homme si bon. L'équilibre sans doute, le bien n'existait pas sans le mal…

Il avait fallu des années à Léa pour faire le deuil de son père. Les années de lycée avaient été laborieuses, son seul moteur avait été d'obtenir son bac afin de pouvoir quitter sa ville natale. L'envie de voyager, de découvrir de nouveaux horizons, mais aussi de fuir tous les endroits qui lui rappelaient son enfance… Comprendre les cultures et les différents styles de vie.

Elle avait exercé des petits boulots par-ci par-là afin de subvenir à ses besoins. Payer son logement, la nourriture du jour et quelques vêtements. Vivre au jour le jour sans pression aucune, en se disant que la vie était courte. Ce mode de vie lui plaisait. Avoir l'opportunité de rencontrer plein de personnes différentes, de se lier d'amitié avec une grande communauté de gens à travers le monde, était un privilège. Chacun partageait son périple, son histoire, ses bons plans ; une entraide comme elle en avait rarement vu.

Elle avait petit à petit repris goût à la vie, comprenant que les choses arrivaient pour une raison, même dans les moments les plus douloureux.

En revanche, sa mère n'avait jamais compris le chemin de sa fille : « Pourquoi ne veux-tu pas te poser ? Que cherches-tu ? Tu ne souhaites pas des enfants ? Prendre un boulot stable ? Ce style de vie ne te mènera nulle part ! »

étaient toutes les questions que sa mère lui posait constamment.

Comment une pure citadine comme elle aurait pu comprendre le choix de vivre dans un van au fin fond du Tibet ? Aucun projet, aucune pression sociale, le seul tracas présent dans la vie de Léa était de choisir sa prochaine destination.

À peine le pied posé sur le tarmac de l'aéroport de Glasgow, elle avait néanmoins su que l'Écosse serait son pays de cœur grâce à cette envie foudroyante de parcourir cette lande, en long, en large et en travers. Comme poussée par une énergie vitale qui lui murmurait de poser ses valises ici.

Bien entendu, au départ, son plan avait été de simplement visiter, explorer, aimer ce pays avant de refaire ses valises pour de nouveaux horizons.

La vie en avait décidé autrement. Voilà deux ans que ses valises étaient posées en Écosse.

Sa culture, son histoire, ses grandes plaines verdoyantes, ses lacs, sa musique et bien sûr, les Écossais ; comment ne pas en être amoureuse ? Quel homme pouvait porter une jupe sans être ridicule ? Elle vous répondrait sans hésiter : un Écossais !

Les premiers mois, elle s'était installée dans un petit loft sur l'île de Skye et avait travaillé comme réceptionniste trois jours par semaine dans un B&B. Cela lui avait permis de manger, tout en continuant de visiter cette lande si mystérieuse.

Glenda était la propriétaire de son logement, une maman vivant avec ses deux fils, un de douze ans et l'autre de huit ans. Léa donnait des cours de français à l'aîné Ethan et s'occupait de quelques tâches ménagères en échange du garage que Glenda avait aménagé en loft après son divorce.

Son périple sur l'île de Skye arrivait à terme quand, par un soir d'orage, un homme était arrivé au B&B, trempé de la tête aux pieds. Le pauvre était tombé en panne de voiture à

5 km de là. Pas de dépanneuse, aucune habitation sur la route, il avait marché jusqu'ici sous une pluie battante, avec comme seul vêtement contre la pluie une veste en jean. C'est comme ça qu'elle avait rencontré Éric.

Léa lui avait gracieusement offert une couverture chaude, un thé et de quoi retrouver des forces. Il avait pris une chambre pour la nuit et était finalement resté trois semaines.

Ils avaient craqué l'un pour l'autre. Éric venait de Glasgow. Venu rejoindre un ami pour un mariage le temps d'un week-end, il était finalement tombé en panne sur le chemin du retour. Cet orage les avait réunis.

Au bout des trois semaines, ayant épuisé son quota de vacances, il avait dû repartir.

Léa n'était pas très adepte des relations longues. Après avoir vu le chagrin supporté par sa mère, elle avait refusé de tomber amoureuse. Ses liens avec les gens avaient toujours été éphémères : le temps de se lier avec d'autres personnes, elle était à nouveau sur la route.

Éric avait un peu changé la donne. D'un coup, cette envie de relation durable, de croire en l'amour, avait refait surface. Seulement voilà, avoir de vrais sentiments pour une personne, construire quelque chose de durable, ouvrir tout simplement son cœur à quelqu'un, la terrifiait.

C'était pour cette raison que son choix avait été de rompre avec Éric, le lendemain de son départ.

La peur lui avait saisi les tripes, mais le laisser partir lui apportait une certaine sécurité. Pas d'attachement durable, pas de souffrances.

Après ce coup de téléphone éprouvant, elle avait fondu en larmes. C'était à ce moment-là qu'elle avait décidé de dire adieu à l'île de Skye pour rejoindre le continent écossais. Le Loch Ness était sa dernière halte avant de s'envoler pour l'Italie. Le mystère autour de ce lac l'intriguait férocement. Sa légende était fascinante. D'où venait Nessi ? Qu'avez vraiment vu les gens ? Y avait-il une véritable créature ? Le

Loch Ness l'attirait, et elle avait gardé ce stop pour la fin de son séjour. Il y avait quelque chose là-bas qui l'envoûtait et l'appelait.

Son délicieux sourire ainsi que le fait d'être polyglotte lui avaient permis d'obtenir un poste saisonnier dans le musée du Loch Ness.

Après seulement un mois en tant que guide, sa mère était tombée malade. Elle avait développé une maladie dégénérative. Selon ses dires, il était intolérable de finir dans un lit d'hôpital H24, elle refusa donc tout traitement. Par ailleurs, n'ayant aucune envie de retourner dans le sud de la France vivre dans sa maison d'enfance, Léa lui proposa finalement de venir s'installer ici.

Léa lui avait laissé sa chambre afin que sa mère ait plus de confort.

Ses journées s'organisaient souvent de la même manière, des visites étaient programmées pour faire découvrir le musée puis elle racontait aux touristes diverses légendes entendues et bon nombre d'histoires sur les mystères de ce lac. Ainsi que parler de la nature bien spécifique de cette étendue d'eau, et de l'inconnu qui résidait encore au fond.

Parfois elle participait aux sorties en bateau sur le Loch Ness. La compagnie maritime adorait sa présence ainsi que sa capacité à raconter les histoires. Pour Léa, c'était loin d'être son moment préféré. Ancrée depuis toujours, sa peur de l'eau la tenaillait.

« Tu n'as jamais aimé l'eau. À la mer, tu restais toujours sur le sable et même le bain, enfant, c'était difficile, lui avait dit sa mère. « Tu n'as pourtant jamais eu d'accident, avec ton père on s'est toujours demandé si finalement, il ne t'avait pas transmis sa peur de l'eau… »

Même le fait d'être sur le bateau la rendait mal à l'aise. L'eau du lac était toujours noire, de plus, la météo était souvent grise et pluvieuse, entraînant une brume qui rendait les croisières passionnantes pour les touristes, mais difficiles pour elle.

Néanmoins elle tentait de se concentrer sur ses histoires et l'horizon, tout en faisant confiance au capitaine pour la ramener sur le rivage saine et sauve.

Cela faisait un mois que sa routine au Loch Ness était installée quand un matin, par un ciel dégagé, s'apprêtant à prendre sa première visite de la journée, elle avait été surprise de la présence d'un invité dans le groupe. Une personne à laquelle elle ne s'attendait pas. Éric.

Il était au milieu du petit groupe de Français qui, ce matin-là, attendait son récit avec impatience avant de partir en croisière. Quand elle l'avait vu, son visage s'était empourpré. Elle s'était sentie prise d'un vertige, ne comprenant pas sa présence ici. Un flot de questions affluait dans son esprit.

Le plus naturellement possible, elle avait commencé sa visite en français. Elle se doutait qu'il ne devait rien comprendre ; Éric ne parlait pas un seul mot de français.

Une fois la visite finie, elle avait remercié tout le monde pour leurs questions et leur intérêt, recevant à son tour des applaudissements.

Après avoir raccompagné les gens près de la boutique de souvenirs, Léa avait alors repris le chemin de son bureau, suivie de près par Éric.

— Très intéressante cette visite, lui avait-il dit.

— Vraiment ? Et quel passage avez-vous préféré ? avait-elle répondu, un sourire en coin car elle savait pertinemment qu'il n'avait rien compris.

— Eh bien, je dirais le moment où vous avez été surprise de me voir.

Elle avait rougi.

— Le hasard de la vie rend cette dernière intéressante…

— Et si ce n'était pas un hasard ?

— C'est-à-dire ?

— J'espérais te trouver ici.

— Vraiment ? Pourquoi ?

— Parce que tu me manques.

Elle avait souri.

Il lui avait alors raconté être venu chez Glenda pour la chercher et c'était de cette façon qu'il avait su où la trouver. Malgré leur dernier échange téléphonique, il ne voulait pas que leur histoire s'arrête. Comprenant les peurs et les réticences de Léa, Éric souhaitait néanmoins leur laisser une seconde chance.

Aussi romantique que cela pût sembler, Léa avait d'abord refusé sa proposition. Très insistant, il affirmait pourtant que jamais il ne la ferait souffrir. Ainsi, après quelques semaines et de longues conversations avec sa mère, Léa avait finalement accepté de lui donner une seconde chance.

Les souvenirs affluaient dans l'esprit de Léa tout en se rapprochant du *diner* qui se dessinait un peu plus haut sur la gauche. Bien qu'être rentrée sur Terre lui apportait un certain apaisement, elle ne put s'empêcher de ressentir un fort appel de retourner sur Éléria. Cette nouvelle force émergente l'attirait vers ce monde inconnu.

Elle franchit le seuil du café, encore dans ses pensées, ne prêtant pas attention à l'affiche placardée sur la porte. Prenant place sur un tabouret près du comptoir, elle s'assit dans un soupir. Les coudes sur la table, la tête dans ses mains, l'odeur des pancakes lui chatouilla délicieusement les narines. Elle chercha Lorie des yeux mais ne la vit pas. Bizarre, pensa-t-elle. Normalement, c'était son *shift* le samedi matin.

Une jeune fille rousse s'approcha d'elle :

— Vous désirez ?

— Un café et une assiette de pancakes, s'il vous plaît.

Ce devait être une nouvelle recrue, car Léa ne la connaissait pas. D'habitude, Lorie la prévenait quand il y allait avoir un nouveau membre du personnel, elle aimait bien les taquiner pour leur premier jour. Sûrement un oubli de sa part.

La jeune fille posa sur le comptoir une tasse de café fumante.

— Excusez-moi, Lorie est là ? questionna Léa tout en la cherchant du regard dans la salle.

— Lorie ne travaille plus ici, répondit la femme.

— Comment ça ?

— Elle a démissionné il y a quelques jours.

— De quoi vous parlez ?! Elle était encore là hier.

— Je pense que vous faites erreur, Madame, rétorqua-t-elle en dévisageant Léa.

La cloche de la cuisine se fit entendre, la serveuse l'abandonna à ses pensées et partit chercher la commande prête pour d'autres clients.

Léa ne comprenait rien. Si Lorie avait vraiment démissionné hier soir, elles en auraient parlé.

Portant le breuvage de café brûlant à ses lèvres, elle vit Millie, la gérante, sortir de la cuisine, des assiettes plein les mains. C'était une sacrée bonne femme. Cela faisait trente ans que son café était ouvert, aujourd'hui c'était un business des plus rentables.

Léa s'avança vers elle tout en continuant à chercher du regard Lorie, persuadée qu'elle allait surgir de derrière le comptoir en rigolant d'avoir réussi à la piéger.

— Bonjour Millie, as-tu vu Lorie ?

— Oh mon dieu, lâcha-t-elle en renversant les assiettes de nourriture qui vinrent s'exploser au sol.

— Millie, est-ce que ça va ? s'inquiéta Léa en voyant la pâleur de son visage.

— Léa ! s'exclama-t-elle à nouveau tout en la prenant dans ses bras.

— Millie, tu vas bien ? répondit Léa, un petit peu gênée par cette étreinte.

— Je pensais ne jamais te revoir !

— Pourquoi tu dis ça ?

Elle posa une main sur la joue de Léa, les larmes aux yeux.

— Je te croyais morte, bredouilla-t-elle dans un sanglot.

Elle renifla tout en sortant un gros mouchoir en tissu de son tablier.

— De quoi ! s'exclama Léa. Je ne suis pas morte enfin, pourquoi tu dis ça ?

Les yeux ronds, une légère goutte de sueur descendit le long de son dos.

— Tout le monde te cherche depuis des jours ! Où étais-tu passée ?

— C'est une longue histoire, mais attends, tu dis des jours ?! De quoi tu parles ? Millie, je ne comprends rien. Où est Lorie ? On m'a dit qu'elle avait démissionné, mais je l'ai vue hier soir au *Fiddlers Highlands Bar* et elle ne m'a rien dit de tout ça, enchaîna Léa, déroutée par les propos de son amie.

Les gens commençaient à la dévisager tout en chuchotant. Millie la regardait toujours comme si elle venait de voir un fantôme.

— Bon sang mais qu'est-ce qui se passe ici ?! s'agaça Léa, voyant tous ces regards sur elle.

— Léa, viens t'asseoir.

— Je n'ai pas besoin de m'asseoir, j'ai juste besoin de comprendre ce qui se passe et pourquoi tout le monde me regarde !

Son visage rougit sous le regard insistant des gens.

— Parce que tu as disparu il y a déjà presque deux semaines, reprit Millie.

La bouche ouverte, les yeux écarquillés, Millie dirigea Léa vers l'affiche présente à l'entrée.

Son affiche de disparition.

Chapitre 9

Léa avança vers l'affiche tel un zombie. Les mains en avant, les yeux écarquillés, la bouche entrouverte, avec l'incapacité de sortir le moindre mot. Touchant la feuille des mains, ses doigts tremblaient, sa bouche devenait pâteuse, le cauchemar se refermait sur elle.

« Avez-vous vu cette femme ? Léa WALLIN, 31 ans, disparue le 17 juin 2017, merci de contacter la police. » Une photo d'elle accompagnait le message.

Léa arracha l'affiche et se tourna vers Millie.

— Je… je…

Impossible d'articuler le moindre mot. Léa devint livide, sa tête se mit à tourner. Elle reprit son équilibre en s'appuyant contre la porte.

— Viens, lui dit Millie, en la soutenant par le bras. On va prendre l'air, ça te fera du bien.

Elle l'aida à s'asseoir sur une table devant le café. Léa fixait toujours l'affiche sans relâche.

Mais que se passait-il ? Était-ce une blague ? En tout cas de mauvais goût.

— Je ne comprends pas. Qu'est-ce qui s'est passé ? réussit-elle enfin à articuler.

— J'allais te poser la même question. Où étais-tu ? questionna Millie sans la brusquer.

— C'est un peu compliqué à t'expliquer mais... mais j'ai suivi des amis hors de la ville et... et... mais je ne suis partie que quelques heures, tenta-t-elle d'expliquer à son amie.

Millie prit les mains de Léa dans les siennes. Son toucher avait un côté maternel.

— Léa, tu as disparu depuis plusieurs jours, répéta cette dernière.

— C'est impossible ! reprit Léa en secouant la tête.

— Je t'assure que si.

Léa s'appuya contre le dossier de sa chaise, plongeant son regard dans le néant. Toute émotion avait quitté son visage.

— De quoi te souviens-tu en dernier ? finit par demander Millie avec un long silence.

— Tu veux dire hier ?

— Je veux dire, pour toi ? Quel est ton dernier souvenir ici ? reprit Millie en pointant du doigt le sol comme pour marquer l'endroit.

Devait-elle lui parler du monstre ? Plus encore, de sa rencontre avec Kayle ? Révéler l'existence d'un monde parallèle, des éléments, de son nouveau pouvoir ? Était-il possible d'en parler sans passer pour une folle ? Même en ayant vécu ces évènements, cela semblait dingue... Millie se moquerait d'elle, il valait mieux s'abstenir.

— Hier soir je suis allée au **Fiddlers Highland bar** avec Lorie et les autres, ce matin je me suis levée de bonne heure et j'ai décidé d'aller marcher près du lac.

— Toute seule ? dit-elle en fronçant les sourcils.

Prenant une respiration, Léa détourna le regard avant de répondre :

— Oui.

— Éric est rentré samedi après-midi, il a trouvé un mot disant que tu étais allée marcher, mais tu n'es jamais rentrée. Au bout de 24 h, on a signalé ta disparition et depuis on te cherche. Ils ont d'abord pensé à un malaise que tu aurais fait en sortant, sauf que les secours n'ont trouvé aucune trace. Ensuite les fouilles ont commencé dans le lac seulement, c'est compliqué. On n'avait aucune trace de ton passage.

Millie la reprit dans ses bras.

— Je suis tellement heureuse que tu ailles bien.

Léa resserra cette fois-ci son étreinte malgré son incompréhension totale de la situation. Les deux femmes échangèrent un doux regard amical.

— Quelle heure est-il ? questionna soudainement Léa.

— 8 h 30.

Léa regarda sa montre qui affichait 14 h 52. L'aiguille de la trotteuse fonctionnait pourtant toujours. Pouvait-il y avoir un décalage horaire entre les deux sphères ?

— Il faut absolument que je rentre chez moi prévenir Éric et les autres que je vais bien.

— Léa, lui dit Millie, il faut que tu saches quelque chose avant.

Son comportement changea et un certain malaise s'installa.

— Que se passe-t-il ? s'inquiéta Léa.

— C'est délicat.

Léa sentit la panique monter. Sans attendre les explications de son amie, elle se mit à courir en direction de son appartement, laissant Millie sur la terrasse du *diner* crier son nom.

Éric devait être au fond du gouffre. Elle l'imaginait déjà, en jogging, mal rasé, à s'être isolé de tout le monde ou même pire, c'est peut-être ça que Millie voulait lui annoncer… C'est au pas de course qu'elle déboula dans sa résidence, grimpa les trois étages quatre à quatre, pour finir à tambouriner sur la porte.

Pas de réponse. Elle insista de plus belle jusqu'à ce que la porte s'ouvre. Ce n'était pas un Éric mal rasé ni grossissant ou attristé qui lui ouvrit, mais un Éric bien coiffé, frais et reposé, un homme qui s'apprêtait à passer une bonne journée.

— Léa, balbutia-t-il, visiblement aussi surpris que Millie.

Léa se jeta dans ses bras. Que c'était bon de sentir sa présence après cette montée d'inquiétude ! Cela lui semblait une éternité. L'étreinte ne se referma pas immédiatement sur elle. Le cœur d'Éric battait fort dans sa poitrine, probablement dû au choc.

— Je sais, tu dois être surpris et avoir un million de questions. C'est une histoire de dingue, lança Léa, heureuse de le voir.

Elle pénétra dans l'appartement et avança machinalement vers le salon. Éric croisa les bras, sa réaction était toujours la même quand il était nerveux.

— Je comprends ta réticence, mais je te rassure, je ne suis pas un fantôme.

Son rire fut forcé, la nervosité ressentie la rendait maladroite.

— Je ne pensais pas ça… je ne comprends pas. Où étais-tu ? Je te croyais… bafouilla Éric.

— Oui je sais, morte.

Léa se surprit de répondre avec autant de désinvolture. Ces gens-là, les personnes qui l'aimaient, l'avaient cru morte. Instantanément, elle regretta ses mots. Prenant le temps de respirer pour se calmer, elle se rapprocha de lui pour prendre ses mains dans les siennes.

— Je suis désolée, ce n'est pas ce que je voulais dire. J'essaye encore de comprendre ce qui a pu se passer. Ça a dû être un enfer pour toi…

— J'ai cru que tu m'avais quitté, avoua-t-il en baissant les yeux au sol.

Il la prit dans ses bras, sentant ses larmes couler contre sa joue, Léa sentit sa poitrine se gonfler. Être à la maison lui faisait le plus grand bien. Toute cette histoire serait bientôt derrière elle.

— J'ai tellement de choses à te raconter. Cela te semblera dingue, mais tout prendra son sens.

Il relâcha son étreinte, et son regard changea.

— Tu ne voudrais pas qu'on aille parler ailleurs ? suggéra-t-il.

— Pourquoi tu veux aller ailleurs ?

Éric peinait à trouver ses mots. Il glissa ses mains au fond de ses poches, le regard fuyant, Léa sentit la panique reprendre le dessus.

— C'est un peu compliqué.

— Compliqué comment ? hésita Léa, sentant son pouls s'accélérer.

Elle fit un pas arrière, s'écartant de lui.

— Je veux que tu saches, jamais je ne t'aurais fait de mal. Ce n'était pas voulu.

— Putain mais de quoi tu parles ? s'impatienta-t-elle.

C'est alors que Lorie sortit de la salle de bain. Une serviette dans les cheveux, une autre autour de son buste.

— Léa ? dit-elle. Je… On te croyait disparue. Qu'est-ce que tu fais là ? bégaya Lorie.

— Ce serait plutôt à moi de te poser la question, non ? répondit Léa, le regard suspicieux.

Léa sentit son amie vouloir la prendre dans ses bras, mais fut prise de retenue. Une larme se dessina au coin des yeux.

— Je suis si heureuse de te voir, ajouta-t-elle avant d'éclater en sanglots. Je suis désolée !

Il fallut quelques secondes à Léa pour comprendre ce qui se passait. Lorie n'était pas de passage. Fuyant le regard de son amie, Lorie chercha une aide de la part d'Éric afin de la sortir de cette situation gênante.

— Vous vous moquez de moi ?! vociféra Léa, en passant son regard de l'un à l'autre.

Sa respiration s'accéléra, elle sentit la colère lui monter au visage.

— Écoute Léa, ce n'est pas ce que tu crois, reprit Lorie en fixant le sol de l'appartement.

— Ah vraiment ? Tu n'es pas en train de te taper mon mec ! hurla Léa.

— On te croyait disparue.

— C'est ça ton excuse ?! Tu me crois disparue donc tu en profites pour sauter mon homme ! Il t'a fallu seulement deux semaines pour t'approprier ce que j'avais. Tu me fais pitié.

Léa s'était rapprochée dangereusement de Lorie, les yeux rouges, un mélange de chagrin et de haine.

— Ne t'en prends pas à elle, intervint Éric en se glissant entre les deux femmes.

— Je m'en prends à qui je veux. Comment avez-vous pu me faire ça ? Vous me dégoûtez !

— Ça ne date pas de quinze jours, révéla trop rapidement Éric. Ça faisait un moment qu'on voulait t'en parler, mais…

— Mais quoi ? hurla Léa.

— Calme-toi, dit-il en l'attrapant par les épaules.

— Ne me dis pas ce que je dois faire ! cria-t-elle en se dégageant violemment de son emprise. Tu te tapes ma meilleure amie dans mon dos et je devrais rester calme ?!

D'un coup, tout prenait sens. La distance qu'elle avait sentie entre eux, le manque de conversation, l'air toujours blasé d'Éric en sa présence. Tous les vendredis soir où il avait découché en prétendant dormir chez Matt… Lui aussi avait menti ? Elle eut un haut-le-cœur en pensant à ce qu'ils avaient fait derrière son dos. Léa était en plein cauchemar.

Soudainement, une pensée pour sa mère survint.

— Où sont les clés de la voiture ? questionna Léa.

— Pour quoi faire ? reprit Éric.

— Qu'est-ce que ça peut te foutre ?

— Léa je suis désolée, essaya encore une fois Lorie.

Mais elle n'écoutait plus, cherchant partout les clés, sans faire attention au désordre qu'elle mettait.

— Léa, calme-toi. On va t'aider, glissa Éric, essayant d'apaiser la situation.

— Je me fous de votre aide, je ne passerai pas une minute de plus avec deux connards comme vous. Fais-nous gagner du temps à tous et donne-moi les clés !

— Où veux-tu aller ? Je vais t'accompagner, insista Éric.

— Je veux aller voir ma mère et tu rêves si tu penses que tu vas venir avec moi.

Sur ces mots, un silence s'installa dans la pièce. Éric regarda Lorie, dont les larmes ne cessaient de couler.

— Qu'est-ce qu'il y a ? demanda Léa d'une voix soudainement tremblante.

Au départ, Léa vivait avec sa mère. Quand son état s'était dégradé, elle avait été obligée de la placer dans une résidence médicalisée. Ça lui avait fendu le cœur, mais il n'y avait aucune autre solution. C'était après cet événement qu'Éric et elle avaient emménagé ensemble.

— Écoute Léa, ta mère n'est plus à Inverness… commença Éric.

— Où est-elle ? demanda Léa, horrifiée.

Éric posa une main sur son épaule. Cette fois-ci, Léa se laissa faire.

— Elle a fait un malaise et a été transportée à l'hôpital avant…

— Quel hôpital ? l'interrompit-elle, les yeux remplis de larmes.

— Léa...

— Mais tu vas me répondre putain ! Où est-elle ?!

— À Boleskine, au cimetière, articula-t-il dans un souffle.

Léa le repoussa violemment.

— T'es vraiment un fumier.

Face à ces deux personnes qu'elle aimait le plus au monde, face à leur trahison, la haine l'envahissait. Sa poitrine se gonflait, rendant son souffle plus fort. Une boule grandissait dans sa gorge et des picotements se faisaient sentir le long de son bras. Sa chaleur corporelle grimpait en flèche. L'envie de faire mal ! De les faire souffrir ! Tout détruire afin qu'ils subissent la même souffrance qu'elle.

Ses mains étaient bouillantes. Céder à la tentation, les faire payer.

Pendant un court instant, Léa hésita, mais laissa le chagrin prendre le dessus. Bousculant Éric, elle quitta l'appartement à toute vitesse, les larmes se déversant sur ses joues.

Une impression de vivre un horrible rêve sans pouvoir se réveiller, voilà ce qui habitait Léa quand elle franchit la porte extérieure de la résidence.

S'agrippant à la rampe, le souffle court, le cœur tambourinant dans sa poitrine à lui donner envie de vomir. Prise d'un haut-le-cœur, elle cramponna fermement la barre en métal pour se pencher en avant. Tout son corps tremblait, ses jambes ne répondaient plus, sa vie venait de voler en éclats. Ses larmes venaient s'écraser sur le bleu de la rampe, formant de petits cercles plus foncés. Elle se murmurait de ne rien lâcher, ne pas craquer.

— Je suis désolée.

Sans relever la tête, Léa reconnut la voix de la jeune Edine.

— Qu'est-ce que tu fais là ? Comment tu m'as trouvée ? bredouilla Léa.

Il n'y avait plus d'énergie dans sa voix, ses lèvres tremblaient sous chaque mot.

— Je peux ressentir les énergies, dont la tienne, c'est comme ça que je sais où tu te trouves.

— Qu'est-ce qui s'est passé ? Je ne comprends pas.

Le désespoir s'emparait d'elle. Les sons sortaient de sa bouche comme si elle récitait un texte appris par cœur.

— Ils ont décidé de te faire venir sur Éléria en omettant de te préciser un élément important.

— Que j'allais disparaître ici ?

— Le temps ne s'écoule pas à la même vitesse sur nos deux sphères. Ce qui t'a paru des heures sur Éléria, a été des jours sur Terre.

Ses yeux se fermèrent, prise de sanglots, Léa laissa échapper ses pleurs.

— Pourquoi on ne m'a rien dit ? questionna Léa, la respiration saccadée.

— Ils savaient que jamais tu n'accepterais de venir de ton plein gré en connaissant la situation. Le conseil ne pense pas à ce type de conséquence…

— Ce type de conséquence ?!

La barre en fer se mit à vibrer sous le poids de ses mains.

—Mais putain, c'est de ma vie qu'on parle !

— Je suis désolée…

— Kayle le savait ?

Edine baissa les yeux.

Léa serra les dents, sa vue se troubla sous l'afflux de larmes qui en sortait. Le métal se gondolait légèrement sous la pression de ses doigts quand sa bouche se déforma, laissant jaillir un cri. Un hurlement de douleur. Un son provenant de ses entrailles, libérant sa poitrine du poids qui l'écrasait.

Sans perdre une minute de plus, elle passa devant Edine et s'élança dans une course effrénée vers la tombe de sa mère.

Chapitre 10

Une main sur la grille en métal, Edine regardait Léa de loin. Cela faisait plusieurs minutes qu'elle n'avait pas bougé.

— Qu'est-ce que tu fais là ? s'exclama Kayle en attrapant Edine par le bras.

— Kayle ?

Edine savait qu'il la suivrait, mais fut tout de même étonnée de le voir ici si vite.

— Je t'ai déjà dit et répété de ne pas partir sans moi, tu sais combien c'est dangereux ici ! Et en plus, sans prévenir personne.

— Mais Kayle…

— J'attends de toi que tu restes près de moi, je ne veux pas qu'il t'arrive quelque chose, tu dois me dire où tu vas, d'accord ? ordonna ce dernier.

— Oui… mais il fallait que je la suive.

Kayle tourna enfin la tête et découvrit Léa. En s'apercevant qu'Edine n'était plus sur Éléria, il s'était douté de son retour sur Terre, auprès de Léa. Cependant, dans la panique qu'il puisse lui arriver quelque chose, il en avait oublié la raison première de sa présence.

— Quel est ce lieu ? lui demanda Edine.

Il avait entendu parler de ces endroits. La présence de Léa n'y présageait rien de bon.

— Un cimetière, dit-il avec une longue inspiration. C'est là que les humains enterrent leurs défunts.

Edine porta une main à sa bouche de stupéfaction. Elle avait suivi Léa dans sa course sans lui poser de questions jusqu'à ce grand terrain verdoyant. Il y régnait une atmosphère des plus tristes. Des morceaux de pierre sortaient du sol, avec pour seules inscriptions des noms et des dates.

Comme si le ciel avait entendu sa tristesse, une fine pluie se mit à tomber. Les nuages étaient bas, laissant le Loch Ness disparaître dans la brume.

Kayle passa la grille en fer qui menait aux stèles, avançant dans le plus grand des silences vers l'endroit où Léa était assise. Ses larmes se mélangeaient à la pluie, la tête baissée, laissant ses doigts effleurer les pétales d'un chardon. En ne s'opposant pas à la décision de Valénia de la faire venir sur Éléria, ses craintes sur les éventuelles conséquences s'étaient malheureusement concrétisées.

Restant à bonne distance, il prit le temps de l'observer. Hormis le sursaut de ses épaules sous les sanglots, aucun mouvement n'émanait d'elle.

Le peu de temps passé en sa compagnie avait suffi à éveiller de la compassion en lui, ainsi que de la peine. Joignant ses mains, il ignorait pourtant quoi lui dire. « Je suis désolé », furent les seuls mots qu'il jugea appropriés.

Dans un sanglot, Léa essuya ses larmes, les lèvres tremblantes, tentant de reprendre son souffle. Lorsqu'elle pivota la tête vers lui, il décela un mélange de tristesse et de colère dans son regard.

Après avoir déposé un baiser sur la pierre tombale, elle quitta le cimetière sans leur accorder d'attention.

— Où vas-tu ? lui demanda Edine en la voyant partir sans les attendre.

Léa poursuivit sa course, ignorant leur présence.

— Léa, laisse-moi t'expliquer ! reprit Kayle.

Le regard plein de colère, elle fit volte-face.

— Allez vous faire foutre ! Tous autant que vous êtes ! hurla-t-elle.

Refusant d'en entendre davantage, Léa leur faussa à nouveau compagnie. Kayle la rattrapa néanmoins par le bras, mais fut instantanément repoussé.

— Laisse-moi t'expliquer, supplia-t-il.

— M'expliquer quoi ? Que vous m'avez menti ? Que ma vie serait foutue ?

Elle le poussa une nouvelle fois.

— Vas-y, je t'écoute !!

— Je comprends ta contrariété…

— Contrariété ?! N'emploie pas des mots dont tu ignores le sens. Vous êtes dépourvu d'émotions, vous ne ressentez rien ! Ne viens pas me dire que tu comprends, ajouta-t-elle avec dégoût.

Ses yeux se remplirent à nouveau de larmes. Elle lui tourna le dos, une main sur sa poitrine, tentant de calmer sa respiration.

— J'aurais dû te prévenir de la différence de temps entre les sphères, glissa-t-il doucement.

— Pourquoi tu ne l'as pas fait ?

— On m'en a donné l'ordre. Quand Valénia est venue à ton appartement, j'ai essayé de lui faire comprendre que ce n'était pas une bonne idée, mais le conseil voulait te voir et…

— Et bien évidemment, tu suis toujours ce que le conseil te dit de faire, comme un bon petit soldat, gaussa-t-elle en mimant un salut militaire.

Elle tourna la tête dans sa direction, sa mâchoire était contractée, l'envie de lui hurler dessus était présente.

— Ce sont les règles…

— J'emmerde vos règles ! hurla-t-elle sans le laisser finir sa phrase. Quand quelque chose ne te semble pas juste, ne le fais pas. Je te faisais confiance !

Léa secoua la tête avant de l'abandonner une nouvelle fois.

Kayle ne comprit pas pourquoi ses mots lui faisaient si mal. C'était la première fois que des paroles le touchaient autant. Il leva la main pour la retenir mais aucun son ne sortit de sa bouche.

— Léa, attends-nous ! lança Edine restée en arrière, spectatrice de la scène.

Les gouttes de pluie tombant dans sa nuque, Léa resserra ses bras autour de sa taille pour éviter de trop frissonner. Elle avançait tête baissée le long de la River Coiltie, quelques mèches de cheveux collaient sur son visage, lui cachant partiellement la vue.

— Où penses-tu aller ?

Stoppant net sa marche, elle se retourna plus calmement.

— Je n'en sais rien. J'ai tout perdu ! TOUT ! Par votre faute. Mon mec s'envoie en l'air avec ma meilleure amie, ma m..ma… ma mère est morte, seule, en pensant que… qu'elle avait perdu sa fille. Je n'ai même pas pu lui dire au revoir, parce que vous n'avez pas pris le temps de m'expliquer les conséquences de mon absence. Elle est partie et je ne pourrai JAMAIS plus la revoir. Elle ne saura jamais que j'allais bien... Alors où je souhaite aller, ça ne vous regarde pas !

Du revers de la main, Léa retira les larmes de son visage, s'apercevant alors qu'elle n'était pas la seule à pleurer. Edine était visiblement touchée par sa tristesse.

— Tu as raison, je ne peux pas comprendre ce que tu ressens. Je sais que ce que tu traverses est entièrement de ma faute. Il n'y a rien que je ne pourrais faire pour effacer ta peine, mais je ferai tout pour regagner ta confiance, ajouta finalement Kayle.

Bien qu'elle soit toujours furieuse contre lui, tout n'était pas entièrement sa faute. Certes il lui avait menti, mais il ne l'avait jamais laissée seule dans cette épreuve. Il était même intervenu face au conseil, ce qui lui avait valu un joli vol plané.

Dans toute cette rage, Léa avait en réalité sa part de responsabilité. Sur un coup de tête, elle avait accepté de le suivre sans poser de questions.

Avec une main sur le cœur, Edine s'approcha de Léa, lui prenant délicatement la sienne.

— Moi je peux faire quelque chose.

De légers picotements remontèrent le long de son bras, accompagnés d'une sensation de douceur, et d'apaisement. C'était comme flotter à la surface de l'eau, sentir son corps en mouvement sans faire le moindre effort. Les pensées se turent un instant, Léa avait l'impression de nager dans la béatitude.

— Non !! s'écria Kayle.

Le mot fut si soudain que Léa eut la sensation d'être tirée d'un rêve.

Elle ne comprit pas de suite pourquoi Kayle les avait séparées si brutalement, mais la réponse ne se fit pas attendre. Ce cri ! Elle l'avait déjà entendu et il n'annonçait rien de bon.

— Oh non, pas encore ! s'exclama Edine, terrifiée.

— Il faut partir ! ordonna Kayle.

Mais Edine semblait comme figée sur place.

— Je suis... je suis désolée, balbutia-t-elle.

— Il faut partir, maintenant !

D'un geste de la main, il ouvrit une passerelle entre les deux sphères.

— Comment ils nous ont trouvés ? questionna Léa.

— Elle a utilisé son élément pour apaiser ton chagrin. Allez, on y va, décréta Kayle.

Mais ils n'eurent pas le temps de pénétrer à l'intérieur du portail que la créature surgit devant eux.

Aussitôt, il le referma afin qu'elle ne puisse traverser.

Le percefor se mit à hurler de plus belle avant de se jeter sur eux. Par un réflexe qu'elle ne put expliquer, Léa protégea Edine en faisant barrage avec son corps, prête à encaisser le choc, quand un mur d'eau se dressa entre elle et le monstre. Elle recula de quelques pas, impressionnée par ce qui se trouvait devant ses yeux. Kayle se tourna vers elles :

— Allez vous mettre à l'abri !

Léa regarda autour d'elle mais ils étaient au milieu de la nature, à quelques pas de l'embouchure du Loch Ness, sans vraiment d'endroit pour se cacher. Il y avait toutefois un amas de végétations sur le côté. Est-ce que cela serait suffisant pour les protéger ? Elle en doutait vivement mais agrippa tout de même Edine par la main, toujours pétrifiée devant le percefor. Les buissons étaient suffisamment hauts afin qu'elles puissent se dissimuler derrière.

Léa jeta un coup d'œil à Kayle qui maintenait toujours la bête à distance.

— Qu'est-ce qu'on fait ? demanda Edine, paniquée.

— On attend qu'il s'en débarrasse, puis on partira, rétorqua Léa, observant le Protecteur à l'action.

— Il n'arrivera pas à s'en débarrasser, ces créatures sont trop puissantes, il ne fera pas le poids et tout ça, c'est ma faute.

Elle se mit à sangloter en se prenant le visage dans les mains. Léa les lui attrapa :

— Regarde-moi Edine, regarde-moi ! On va s'en sortir. Je ne laisserai rien t'arriver !

Edine la regarda avec vulnérabilité.

— Edine, tu m'entends ?

— Oui, articula-t-elle, le regard penaud.

— On va s'en sortir !

— Tu vas l'aider ? balbutia Edine.

— Bien sûr, si seulement j'arrivais à…

— À quoi ? demanda Edine, perplexe.

Elle la regardait secouer ses mains, ne comprenant pas ce que Léa essayait de faire.

— Qu'est-ce que tu fais ?

— Il me faudrait un briquet ou quelque chose pour déclencher le feu.

— Tu n'en as pas besoin, tu dois juste trouver ce qui stimule ton élément.

— J'aurais pensé que dans une telle situation, ça viendrait tout seul, ironisa Léa.

Un autre cri retentit, elles regardèrent dans la direction opposée et virent un second percefor foncer droit sur Kayle. Il allait se retrouver coincé entre les deux.

Léa sortit du buisson et hurla pour attirer l'attention du second monstre sur elle.

— Tu es folle ! lui cria Edine en la rejoignant.

La créature se tourna vers les deux nouvelles proies.

— Tu aurais dû rester dans les buissons, lui dit Léa avant de la prendre par la main tout en se mettant à courir.

Kayle vit les deux femmes s'enfuir dans la direction opposée, pourchassées par le percefor. D'un geste de la main il propulsa son adversaire dans la rivière puis se mit à courir à la poursuite de la seconde bête.

La créature était sur leurs talons, Léa avisa un coup d'œil en arrière mais ne put esquiver l'attaque. Léa eut juste le temps de pousser Edine au sol avant d'être balayée dans les airs par un coup de patte. Les hautes herbes et la boue du bord du lac amortirent sa chute. Très rapide, Kayle les avait déjà rejointes. Une nouvelle fois il érigea un mur de défense.

Léa se releva difficilement. Malgré son dos trempé, les vêtements pleins de boue, elle ne pouvait pas rester là sans les aider. L'eau se mit alors à remuer, laissant sortir le premier percefor, jeté un peu plus tôt dans l'eau.

Parce qu'ils savent nager aussi !

Contre toute attente, la créature ne lui porta aucun intérêt. D'un bond elle se jeta sur le chemin recouvert de graviers. En se servant de la vague d'eau qu'il avait créée,

Kayle réussit à balayer les deux monstres à plusieurs mètres, laissant le temps à Léa de les rejoindre.

— Il faut partir, ordonna Kayle.

Mais les percefors se relevèrent trop vite. En un éclair, les créatures étaient à nouveau sur eux.

Ils subirent une nouvelle attaque. Une des deux bêtes fonça tête baissée sur Léa, tel un bélier, et cette fois-ci, c'est le sentier recouvert de cailloux qui réceptionna sa chute. L'atterrissage fut beaucoup plus douloureux. Ses mains et ses avant-bras la brûlaient, elle avait râpé le sol en tombant. Son dos la faisait souffrir et son visage saignait.

Elle se tourna et les vit tous les deux. Edine au sol presque inerte, Kayle venait de créer un bouclier de protection qui les entourait. Il était possible de voir au travers malgré sa couleur bleutée. Les deux percefors frappaient dessus avec leurs têtes, comme pour essayer de briser une vitre. Léa remarqua qu'ils possédaient des griffes sur les pattes avant, aussi longues que des cornes de rhinocéros. Ils continuaient à taper et griffer le cercle qui entourait Kayle et Edine sans relâche.

De légères fissures commencèrent à apparaître sur le bouclier bleuté, Kayle perdait de sa puissance et pour la première fois, il mit un genou à terre. L'écart entre lui et les montres se rétrécissait, bientôt les percefors pourraient passer à travers.

Soudain, le silence. Seuls les battements de son cœur résonnaient.

La douleur s'atténua, une énergie vive traversa son corps. Sa respiration s'intensifia et sans mal, Léa se releva. Ses poings s'embrasèrent comme deux boules de feu. Levant les bras en direction des créatures, deux jets de flammes en sortirent, projetant les percefors suffisamment loin des deux Élérias. Kayle abaissa sa protection, observant la scène tout en reprenant son souffle.

Comme des animaux affamés, les monstres revinrent à la charge. Sans hésiter, Léa se dirigea vers eux tout en protégeant Kayle et Edine. Son corps tout entier s'enflamma. Elle créa un cercle de feu autour des monstres, ne leur laissant aucune échappatoire. Des hurlements stridents se firent entendre avant de disparaître dans un tas de cendres.

Léa contempla les dernières flammes qui dansaient avant de sentir sa chaleur corporelle redescendre. Regardant ses mains s'éteindre, elle contempla sa peau blanche qui ne montrait aucune marque. Son regard se posa ensuite sur les deux Élérias qui venaient à sa rencontre. Dans un geste, Kayle lui proposa sa veste. Il lui fallut quelques secondes pour prendre conscience qu'elle était nue. Le feu avait tout consumé.

Par réflexe, elle se tourna, tentant au mieux de se cacher. Heureusement, la veste était suffisamment longue pour lui couvrir les fesses.

— Merci, lui dit-elle.

— C'est plutôt moi qui devrais te remercier, ajouta-t-il en observant ce qui restait des créatures. On est bien loin des bougies.

Ils échangèrent un sourire complice. Soudain, le visage de Kayle se crispa, il fit une légère grimace avant de tomber à genoux au sol. Léa accourut pour l'aider en l'attrapant par le bras.

— Qu'est-ce qu'il se passe ? dit-elle avant qu'il ne s'écroule au sol.

Son visage devint livide, sa peau moite, et il finit par se tordre de douleur.

— Qu'est-ce qui lui arrive ?! s'alarma Léa.

— Il a été piqué ! s'écria Edine.

— Quoi ?

— Cherche une piqûre !

Elles se mirent à chercher sur lui une trace de piqûre. C'est en soulevant son tee-shirt que Léa vit un point noir sur son abdomen. Le contour de la blessure était circulaire, une sorte de liquide noir semblait se répandre à l'intérieur de ses veines.

— Qu'est-ce que c'est ?

— Leur venin, ces créatures possèdent un venin capable de…

Sa voix s'étouffa, l'empêchant de finir sa phrase.

— Capable de ?

— Capable de nous tuer.

En panique, Edine se leva, ses mains dans les cheveux, elle secouait la tête en protestation.

Léa regarda Kayle au sol, plié en deux par la douleur. Pas question de le laisser mourir.

— Y a-t-il un antidote ?

Edine faisait les cent pas, se répétant que ce n'était pas possible.

— Edine ! hurla Léa, y a-t-il un antidote ?

— Il faut le ramener sur Éléria, là-bas on pourra le soigner.

— Il nous faut une passerelle, où est le portail le plus proche ?

Edine observa l'horizon, en pointant du doigt le lac :

— Quelque part dans le Loch Ness.

— Comment ça dans le Loch Ness ? Tu ne sais pas où ?

— Pas exactement… D'habitude, je viens ici avec Kayle. On ne passe pas par le portail. Et en venant te rejoindre, je n'ai pas mémorisé où j'étais sortie… Mais je peux te dire que l'entrée est sous l'eau.

— Sous l'eau ! clama Léa.

Pétrifiée, elle regarda l'immensité du Loch Ness. Sans point de repère, c'était perdu d'avance.

— Léa, qu'est-ce qu'on fait ? Je ne veux pas qu'il meure.

Edine avait les larmes qui coulaient le long de ses joues tandis que Léa attrapait le visage de Kayle dans ses mains :

— Regarde-moi.

Il avait les yeux perdus dans le vague, le bleu de ses pupilles commençait à virer au blanc.

— Je t'ai déjà vue, murmura-t-il.

— Oui on se connaît, mais j'ai besoin que tu te concentres. Tu dois nous ouvrir une passerelle. C'est le seul moyen qu'on a pour te sauver, implora-t-elle.

Il leva fébrilement sa main et caressa la joue de Léa :

— Je t'ai déjà vue.

— Il ne peut pas créer de passage, le poison coupe son élément, expliqua Edine, toujours en tournant en rond.

— Merde.

Léa tapotait nerveusement le bout de ses doigts sur ses genoux, cherchant une solution. Le temps commençait à lui manquer. Puis elle arrêta son regard sur les cendres des deux Percefors. Une théorie folle lui passa par la tête : si elle avait pu réduire en cendres deux de ces créatures, c'est qu'elles ne supportaient pas la chaleur.

Jetant un dernier coup d'œil sur Kayle qui s'enfonçait de plus en plus vers la mort, elle prit une grande respiration et enflamma sa main.

— Qu'est-ce que tu fais ? s'affola Edine, venant se rasseoir près d'elle.

— Je tente de stopper le venin.

— Comment tu comptes faire ça ?

— Je sais que ça paraît dingue, mais si je peux stopper la progression du poison dans ses veines, il sera peut-être en mesure de nous ouvrir un passage… hasarda Léa.

— Ou tu pourrais le tuer.

— Il va mourir de toute façon si on ne le ramène pas. Fais-moi confiance, ajouta Léa après une profonde inspiration.

Edine hésita un instant avant de lui faire un léger signe de tête. Léa appuya sa main contre la blessure. Kayle se mit à hurler de douleur. Son corps se contorsionna sous la pression de la chaleur mais Léa ne lâchait rien.

Les deux femmes firent le maximum pour le maintenir immobile, le temps que le venin ralentisse sa progression. De légères croûtes commencèrent à se former, le fluide venimeux ralentit son ascension. Elles échangèrent un regard d'espoir.

Au bout de quelques minutes, le liquide noir durcit, créant des boursouflures sur la peau de Kayle. Alors Léa retira délicatement sa main.

— Est-ce que ça va ? s'empressa-t-elle de demander.

— Ça fait mal ! dit-il en serrant les dents.

Elle lui sourit, heureuse de l'entendre plus cohérent que tout à l'heure.

— Ça a fonctionné ! s'exclama Edine, le sourire aux lèvres.

— On n'est pas encore tirés d'affaire. On doit le ramener pour le soigner. Te sens-tu capable de nous ouvrir un passage ?

D'un geste de la main, Kayle réussit péniblement à créer une passerelle.

— Génial ! Edine, aide-moi à le relever.

L'aidant à se mettre debout, chacune par un bras, c'est ensemble qu'ils traversèrent.

Léa reconnut le cloître d'Éléria qu'elle avait quitté un peu plus tôt ce matin.

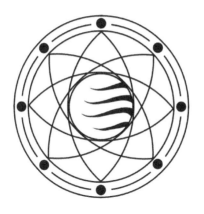

Chapitre 11

À peine eurent-ils posé le pied sur la sphère que déjà, tous les regards étaient tournés vers eux.

— On a besoin d'aide ! hurla Edine.

Aussitôt, des personnes accoururent pour les aider. En quelques secondes, un petit groupe se forma autour d'eux.

— Que s'est-il passé ? demanda une des femmes en robe bleue.

— Il a été piqué par un percefor ! reprit Edine

Comme si elle venait de mentionner une maladie contagieuse, les personnes reculèrent, le regard inquiet et sans la moindre réaction.

— Ne restez pas plantés là ! Il faut l'emmener à l'infirmerie, il a besoin de soins, s'empressa d'ajouter Léa, ne voyant personne bouger.

— Où ça ? questionna Edine.

Bon sang, dites-moi qu'elle plaisante...

— Vous avez bien un médecin ? rétorqua Léa, en ajustant le poids de Kayle sur son épaule.

— Il faut l'emmener au bassin, expliqua un des hommes qui venait les aider.

Il prit le relais et libéra les deux femmes du soutien qu'elles apportaient à son confrère.

— C'est quoi encore ce truc ? questionna Léa, en remuant son épaule, légèrement engourdie.

— Qu'est-ce qui se passe ici ?

Cette voix, Léa ne la connaissait que trop bien. C'était celle de Valénia.

Putain, cette femme est partout.

— On a été attaqués sur Terre et Kayle s'est fait piquer à l'abdomen par un percefor, expliqua Edine avec un débit assez rapide.

Valénia lança un regard noir à Léa.

— Tout ça, c'est de ta faute ! lui lança cette dernière.

— Ma faute ?! s'avança Léa en se pointant du doigt. Qui devait m'accompagner sur Terre ? Si tu avais été honnête dès le départ, tout ceci ne serait pas arrivé. Tu es la seule à blâmer.

Valénia vit rouge en découvrant la marque de brûlure sous le tee-shirt de son sinola.

— C'est toi qui as fait ça ? dit-elle en accusant Léa.

— Pour lui sauver la vie.

— Ce n'est pas sa faute, c'est la mienne, intervint Edine d'un air penaud.

Elle essayait désespérément d'apaiser les tensions entre les deux femmes.

— Ne t'embête pas Edine, elle n'en a rien à faire de connaître la vérité, rétorqua Léa.

Elle en profita pour lui envoyer un sourire moqueur. Malheureusement, c'était sans connaître le tempérament de Valénia et surtout, les effets de sa présence. Les émotions s'éveillaient visiblement rapidement chez eux.

Tout se passa très vite. D'un geste de la main, elle l'envoya valser contre le mur. Propulsée par une force invisible, mais bien réelle, Léa fut catapultée dans les airs par un ouragan. La paroi du mur réceptionna sa chute. Pour la troisième fois, Léa se retrouva au sol, ce qui l'agaça vivement.

— Valénia, arrête ! ordonna Kayle en grimaçant de douleur.

Mais elle n'y porta aucune attention et relança une nouvelle attaque. Comme un troupeau qui charge, Valénia se ruait sur Léa.

S'appuyant sur le mur pour se relever, Léa ne rencontra aucune difficulté à enflammer ses poings. Son adversaire stoppa sa course. Dans le couloir, toutes les personnes présentes eurent un mouvement de recul.

— J'apprends vite.

— Pas encore assez vite, lui rétorqua Valénia.

Deux lianes s'enroulèrent alors autour de ses poignets. Avec regret, son élément l'abandonna instantanément. Dans un premier temps, Léa tira dessus, essayant de se libérer, en vain. Son élément refusa de lui répondre, la laissant impuissante face à l'Éléria.

— Tu apprends peut-être vite, mais tu es seule. Seule, on ne survit pas longtemps, dit-elle en attrapant Léa par le menton. Tu aurais tort de te croire exceptionnelle.

Léa se dégagea d'un mouvement de tête. Cette haine que Valénia lui portait, ne pouvait s'expliquer.

Ses yeux se mirent à picoter, retenant un potentiel flot de larmes. Pas question de lui donner satisfaction. Serrant les dents, elle tira à nouveau sur les lianes, sans succès.

— Que signifie toute cette agitation ? demanda une douce voix.

Ils venaient d'être rejoints par une femme aux longs cheveux blancs. De légères rides apparentes, une longue robe blanche. Léa était persuadée de la connaître. Dans la salle du conseil, c'est là que Léa l'avait vue !

À la hâte, elle se dirigea vers Kayle.

— Il a été piqué par un percefor, réexpliqua Edine.

— Emmenez-le tout de suite dans un bassin ! ordonna-t-elle.

Sa voix reflétait un curieux mélange de douceur et d'autorité. Sa requête ne se fit pas attendre. Kayle fut aussitôt emmené, laissant Léa au milieu du corridor, toujours prisonnière.

— Je peux savoir ce que tu pensais faire ? dit-elle en interrogeant Valénia.

— C'est un simple incident.

La femme aux cheveux blancs plissa légèrement les yeux avant de reprendre :

—Libérez-la !

— Hors de question ! protesta Valénia. Elle a utilisé son élément…

— Tout comme toi.

— Elle a délibérément brûlé mon sinola ! s'exclama Valénia.

— Pour lui sauver la vie, intervint Léa.

Valénia lui lança à nouveau un regard noir.

— Tu n'as pas la parole…

— Elle a autant de droits que toi ici. J'ai donné l'ordre de la libérer.

Quelques secondes plus tard, Léa retrouva la liberté de ses mouvements. Elle ignorait qui était cette femme mystérieuse. Une chose était sûre, elle l'adorait déjà.

—Je m'appelle Mayanne.

Mayanne, mon ange gardien.

— Je suis Léa. Merci pour… Enfin, pour ça, dit-elle en levant ses mains.

Puis la femme remarqua ses différentes blessures au visage et aux bras.

—Tu es blessée ?

— Ça va aller, merci.

— Ne sois pas modeste, tu as besoin de soins. Je t'invite à me suivre.

Valénia était désemparée face à l'intérêt que Mayanne lui portait soudainement.

— Mais… tenta désespérément Valénia.

— Elle a sa place ici. Tu devrais t'estimer heureuse que je ne convoque pas le conseil.

Sur ces mots, Mayanne entraîna Léa vers le fond du couloir, laissant Valénia avec sa colère.

— Où va-t-on ? demanda Léa.

— Dans un des bassins.

— D'accord. Pourriez-vous m'en dire plus sur leurs fonctions ?

— Ils possèdent beaucoup de vertus, notamment celle de guérir.

Tout en sillonnant divers couloirs, elles abandonnèrent le verdoyant carré de fleurs central pour un chemin en pierre. Une fois la petite porte en bois passée, la pénombre les enveloppa. De simples petites lumières flottaient, éclairant le chemin telle une pluie d'étoiles. L'émerveillement se lisait sur le visage de Léa.

— C'est tellement beau ! s'exclama-t-elle, ébahie.

Le couloir voûté laissa ensuite place à un décor spectaculaire.

Le bassin était en réalité un trou creusé dans la roche en bord de falaise, d'une eau bleue limpide et brillante. Il surplombait une immense vallée à la végétation riche avec, à perte de vue, un paysage digne d'un tableau de Monet.

La nuit semblait pointer le bout de son nez, ce qui rendit Léa confuse. Sa montre avait fondu sous l'effet des flammes, ne lui laissant plus aucun repère de temps.

— Tout cela te semble confus, j'imagine.

— C'est peu de le dire… J'ai tellement de questions.

— Voyons si je peux répondre à certaines d'entre elles, proposa Mayanne.

—Vraiment ?

Elle acquiesça d'un signe de tête. Léa se sentit stupide, ignorant par où commencer.

— D'où vient le bassin ? L'avez-vous construit ?

—La nature nous a offert ce beau cadeau, glissa doucement Mayanne en désignant le lieu de la main.

— C'est incroyable ici. Tout semble possible.

— Embrasse ce nouveau chemin qui s'offre à toi. Et tout sera possible.

— Je ne sais pas encore si c'est ce que je veux... En l'espace de peu de temps, tout ce que je croyais solide dans ma vie s'est écroulé comme un château de cartes. J'ai perdu des êtres chers...

Une pensée pour sa mère et Éric surgit. Elle remarqua néanmoins que sa tristesse s'était atténuée ainsi que sa colère. Au bord du lac, Edine l'avait touchée, depuis, ses émotions semblaient différentes.

— C'est à la fois intrigant et effrayant. C'est complètement normal. Tu as vécu dans un monde différent. Depuis notre plus jeune âge, nous sommes bercés par cette culture. Nous vivons au contact de la nature et des éléments dès notre naissance. Nous ne possédons pas la même perception, expliqua gentiment Mayanne.

— C'est sûr.

— Quant aux êtres chers, je suis désolée pour ta perte.

— Merci, soupira Léa, plongeant son regard au loin. Il y a une chose que je ne comprends pas. Je devrais ressentir davantage d'émotions, même être anéantie, pourtant...

— Pourtant la tristesse s'est apaisée, finit Mayanne avec empathie.

— J'ai l'impression de faire mon deuil depuis déjà des semaines alors que ça vient de se produire.

— C'est l'ajustement du temps. Entre nos deux sphères, il est radicalement différent. Tu en as malheureusement fait les frais. Seulement quelques heures se sont écoulées, mais ton esprit et ton corps se réajustent au temps passé.

Avec tendresse, elle lui caressa le bras :

— Ne culpabilise pas. Tu n'es pas responsable.

— Je vais essayer de m'en convaincre, ajouta Léa dans un haussement d'épaules. Pourquoi avoir pris ma défense tout à l'heure ?

Un large sourire se dessina sur le visage de Mayanne.

— Aurais-tu préféré le contraire ?

— Je suis juste curieuse. Je ne suis pas très appréciée ici.

Elle voulut jouer avec sa bague par réflexe, mais se rendit compte que cette dernière avait également fondu.

— Tu as ta place ici. Ne l'oublie pas. Je te suis par ailleurs reconnaissante d'avoir sauvé mon filleul.

Léa laissa échapper un sourire en comprenant le lien des deux Élérias.

— Nous reprendrons cette conversation plus tard. Je vais te laisser te plonger dans l'eau maintenant, conclut Mayanne.

— D'accord, acquiesça Léa en prenant une longue inspiration

S'assurant de ne pas froisser sa robe, Mayanne alla s'installer sur un rebord en pierre.

— Je n'ai pas pris de maillot, taquina Léa, tout de même gênée.

Le sourire aux lèvres, Mayanne se leva avec délicatesse.

— Je te laisse apprécier ce soin.

— J'espère que ça ne vous dérange pas mais…

— Mais la nudité est gênante pour les humains, je sais, ajouta Mayanne sur le ton de l'amusement.

— Je ne la partage pas avec tout le monde, on va dire.

— Une dernière chose.

— Oui ?

— Le bassin a des vertus particulières, ne sois pas étonnée de ce qui pourrait se passer.

— Vous voulez dire de guérison ?

Fronçant les sourcils, une légère hésitation se fit sentir dans sa voix.

— Entre autres… ajouta Mayanne avant de s'en aller, le regard pétillant.

Allons-y !

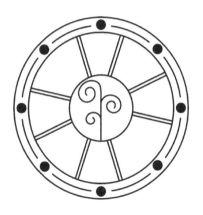

Chapitre 12

Léa retira la veste empruntée un peu plus tôt à Kayle.

La température était parfaitement dosée, une odeur de rose et d'eucalyptus s'en échappait. Elle admira encore la vue. Aucun spa ne possédait ce type de décor. Les parois étaient sombres, recouvertes d'une roche noire, qui n'enlevait aucune transparence à l'eau. Des orchidées bleues arpentaient tout le tour, déversant leur pollen dans l'eau.

Aussi bien que dans un bain, une sensation agréable d'apaisement l'envahit. Se laissant porter par l'eau, un creux dans la roche lui permit de s'installer confortablement. Léa ne savait plus depuis combien de temps elle n'avait pas dormi. La tête posée sur le rebord, ses yeux se fermèrent, lui offrant un pur instant de détente.

Comme dans un rêve, une multitude d'images se bouscula dans sa tête. L'impression de regarder un film en vitesse rapide. La création des énergies, les éléments, une histoire d'amour, deux personnes au soleil couchant. Un doux rêve racontant l'histoire d'amour de deux êtres vivants.

Puis le ton changea. Des cris, des larmes, la peur s'insinua dans son esprit. Les paupières de Léa effectuaient un balayage de droite à gauche, son corps se crispait sous l'effet de ces visions. L'image d'une femme avec un enfant lui apparut, le chagrin l'envahissait. On emportait son bébé au loin, laissant place à une déchirure que rien ne pouvait combler.

La scène s'enflamma soudainement, forçant Léa à ouvrir les yeux.

Une immense salle aux murs verts l'entourait. Simplement éclairés par des torches flottantes, il était difficile de distinguer autre chose. Perplexe, Léa ne comprenait pas ce qui se passait. En observant la pièce, elle se rendit compte d'une présence. Elle n'était pas seule.

— Qui êtes-vous ?

La voix provenait d'un homme à la forte carrure, un regard sombre, une cicatrice sur la joue qui descendait le long de son cou.

— Comment êtes-vous arrivée là ? répéta-t-il encore plus agressivement.

— Euh, je ne sais pas, bredouilla-t-elle, déstabilisée.

— On ne peut pas rentrer ici comme ça.

— Je suis désolée… bégaya-t-elle, cherchant désespérément une issue.

— Je répète : qui êtes-vous ?

— Et vous ? demanda-t-elle, la voix tremblante.

Son cœur s'accéléra, la forçant à faire un pas en arrière.

— Une personne qui n'aime pas qu'on vienne chez lui sans y être invité, dit-il en s'avançant rapidement vers elle.

Quand les yeux de l'homme s'enflammèrent, Léa prit peur et tenta de prendre la fuite. D'un sursaut, elle se réveilla dans le bain. C'était comme sortir d'un mauvais rêve. Ce laps de temps où l'on ne sait pas encore si l'on est réveillé ou non... Il lui fallut quelques secondes pour reprendre ses esprits.

Tentant encore vainement de comprendre ce qui venait de se passer, elle ne remarqua pas la présence de Kayle. D'un geste rapide, elle se cacha les seins, lui tournant légèrement le dos.

— Qu'est-ce que tu fais là ? interrogea-t-elle, confuse.

— Rêve intéressant ?

— Euh oui, on va dire ça mais je me répète, que fais-tu ici ?

— J'avais envie de te tenir compagnie, reprit-il, un sourire taquin se dessinant sur son visage.

— Je vois, mais dans ce cas, peut-être pourrais-tu m'attendre dehors, ajouta Léa, encore gênée de sa présence.

— C'est une idée.

Au lieu de partir, il commença à retirer ses vêtements.

— Mais qu'est-ce que tu fais ?! s'exclama-t-elle en tournant la tête pour éviter de le regarder.

— Comme je te l'ai dit, je viens te tenir compagnie.

Sur ces mots, il entra dans le bain tandis que Léa reculait le plus loin possible de lui tout en s'enfonçant un peu plus dans l'eau.

— J'en avais presque oublié la pudeur des humains.

— Disons que c'est une chose qu'on ne partage pas avec tout le monde. Il n'y a pas de honte à l'être.

—Tu n'as aucune gêne à avoir, tu es superbe.

Son visage s'empourpra sous les mots de Kayle. Sa poitrine se gonfla sous ses mains qui cachaient toujours ses seins.

— Par ailleurs, je t'ai déjà vue toute nue, ne l'oublie pas, dit-il en lui décochant un clin d'œil.

Il dégageait beaucoup plus d'assurance et semblait plus à l'aise. Son regard bascula légèrement sur la musculature parfaitement dessinée de l'Éléria. Léa se surprit à laisser ses yeux se promener sur son corps. Se mordillant la lèvre inférieure, elle ressentit l'envie d'être à son contact.

— Ce que tu vois te plaît ?

Oups, prise en flag.

— Je ne vois pas de quoi tu parles…

Rouge comme une tomate, elle détourna son regard aussitôt, ce qui l'amusa beaucoup.

— Je parle de ta façon de me regarder, glissa-t-il en laissant ses mains jouer avec l'eau.

— Ne t'enflamme pas tu veux !

— Non, ça je te le laisse, dit-il en avançant vers elle.

Le cœur de Léa se mit à s'emballer. Le souffle saccadé, resserrant ses mains autour de sa poitrine, elle se demandait quoi faire. Il dégagea une mèche humide de son épaule, lui provoquant un sursaut.

Tandis que son doigt descendait le long de son dos, avant de finir sa course le long de son bras, Léa sentit son ventre se contracter. Ses lèvres se pincèrent quand, dans le creux de sa nuque, il déposa un baiser. Sa respiration se coupa, alors qu'elle fermait les yeux pour ne pas céder à la tentation.

Son souffle chaud lui déclencha la chair de poule, éveillant tous ses sens.

Doucement, elle pivota la tête dans sa direction. Plongeant son regard dans le sien, le bleu hypnotique des yeux de Kayle lui fit lâcher prise.

Sans aucune hésitation dans son geste, il l'attira contre lui, l'embrassant à pleine bouche. Ses lèvres étaient humides, avec un petit goût salé, douces et sûres de leurs mouvements.

Elle relâcha tout son corps, repoussant l'envie de résister. L'étreinte devenait plus intense entre eux. Peau contre peau, la plaquant contre la paroi du bassin, il la souleva d'un seul mouvement. Instinctivement, ses genoux se refermèrent autour de sa taille ; elle le désirait.

Il fit descendre ses baisers dans son cou, s'attarda sur le lobe de son oreille tout en jouant avec sa langue. Une main dans ses cheveux bruns, elle laissa échapper un soupir. L'intensité grandit, son corps se crispa et elle but la tasse.

La tête hors de l'eau, elle toussota. Cherchant du regard Kayle, elle comprit rapidement que tout ceci n'avait été qu'un rêve.

Léa se mit à rire nerveusement. Sans rien comprendre de ses visions, le soulagement ressenti lui faisait néanmoins le plus grand bien. Mayanne lui avait parlé de vertus particulières, cela devait en faire partie.

Un peu déboussolée, elle décida de sortir du bassin. Aucune envie de revivre ça. À sa grande surprise, une serviette en soie accompagnée d'une robe blanche avec de jolies chaussures dorées avait été déposée. Donc quelqu'un était rentré là à son insu ?

Kayle ? Mayanne ? Pourvu que ce soit Mayanne…

À la hâte, elle se sécha, constata que ses blessures avaient guéri et enfila les vêtements propres.

En sortant, elle tomba nez à nez avec Kayle. Les images suggérées par son inconscient refirent surface et ses joues s'empourprèrent immédiatement.

— Est-ce que tout va bien ? demanda-t-il, visiblement confus par son état.

— Bien merci.

Elle prit une grande inspiration, tout en chassant ses pensées à son égard.

— Tu as l'air d'aller mieux aussi, reprit-elle.

— Oui, beaucoup mieux. Je te remercie pour ce que tu as fait.

— Tu n'as pas à me remercier, c'était la bonne chose à faire.

Ils abandonnèrent l'étroit couloir sombre afin de rejoindre la grande allée centrale.

— Cette première expérience du bassin, tu en as pensé quoi ? questionna-t-il tout en marchant à ses côtés.

— Je te répondrais… intéressante, même si je n'ai pas tout compris, ajouta-t-elle avec un sourire embarrassé.

— C'est normal, c'est toujours un peu confus au départ, mais on va t'éclairer.

— On ? C'est qui on ? paniqua Léa.

—Le conseil, tu vas leur raconter ce que tu as vu.

Le visage de Léa se décomposa. Une vague de chaleur la saisit, ses mains tremblaient et sa voix se cassa. L'envie de lui fausser compagnie se fit très présente, mais pour aller où ?

Cherchant un prétexte pour éviter cette nouvelle confrontation avec le conseil, elle avançait tel un robot vers eux.

Je suis foutue !

Chapitre 13

Rien que d'imaginer devoir exposer ce qu'elle avait vu lui donnait la nausée. Elle était partagée entre l'idée de tout dire afin d'obtenir des explications, ou simplement rester discrète. Redoutant surtout de leur faire confiance. Jusqu'à maintenant, ils n'avaient pas vraiment été des plus chaleureux.

Les Fonnarcales prirent place, encore une fois face à elle, et l'interrogatoire put commencer. La sensation pénible d'avoir passé les derniers jours dans cette salle, l'envahissait.

— Tout d'abord, commença Gorus, je tenais à m'excuser de la part de ma fille pour l'incident qui s'est passé.

Léa n'en croyait pas ses oreilles. Jamais elle n'aurait pensé que cet homme serait du genre à s'excuser. Elle jeta un coup d'œil rapide à Valénia qui la fusillait du regard, nullement prête à lui faire des excuses.

— Je vous remercie pour vos excuses. Maintenant je souhaiterais des explications, exigea-t-elle.

— Nous allons y venir. Le bassin doit être une expérience intrigante pour toi.

— C'est certain, mais je ne parlais pas de ça. Je veux que vous m'expliquiez la différence de temps entre les deux sphères.

Droite, confiante, aucune agressivité dans sa voix. Elle voulait simplement des réponses.

— Les évènements se sont passés il y a quinze ans.

Il marqua une pause avant de reprendre :

— Sur Éléria. Ce qui correspond à une centaine d'années sur Terre.

Léa resta sans voix. La bouche ouverte, les yeux écarquillés. Pour les Élérias, cela venait juste de se produire. Toutes les personnes présentes dans cette salle en avaient sûrement été témoins. Elle comprenait mieux pourquoi ils la nommaient souvent comme la fille d'Hecto.

— Pourquoi ne pas m'avoir parlé de tout cela avant ? dit-elle en croisant les bras.

— Nous l'avons fait.

Son visage était très peu expressif. L'absence d'émotion ne permettait pas de lire en lui.

— Jamais vous n'avez mentionné cet espace-temps entre les deux mondes, répliqua-t-elle en appuyant chaque mot de sa phrase.

— De notre côté, il n'y en avait pas l'utilité.

— De votre côté, murmura Léa.

Elle se souvint de ce qu'Edine lui avait dit sur les conséquences qu'ils ne mesuraient pas.

Les récents évènements nous ont été rapportés. Nous sommes impressionnés.

Il changeait déjà de sujet. Aucune compassion, aucun remords. Léa sentit une très légère pointe de colère l'envahir. Ses émotions semblaient toutefois toujours endormies.

— Tu as fait preuve d'une grande puissance, reprit-il.

Elle se demanda s'ils avaient peur d'elle. L'idée lui plaisait.

— Je n'ai fait que ce qui me semblait juste, répondit-elle dans un hochement de tête.

— Je suis sûr que les personnes concernées t'en sont reconnaissantes.

Il était évident qu'il parlait de Kayle.

— Nous devrions entrer dans le vif du sujet, intervint Mélaine.

— Sage décision, reprit Gorus. Tu as fait connaissance avec un lieu sacré appelé le bassin. Nous avons déjà dû t'expliquer ce qu'il en est.

— Brièvement.

Le stress monta, lui nouant le ventre.

— Cet endroit possède différentes propriétés, telle que la guérison, mais aussi la capacité de nous faire voir certaines choses. Les visions permettent de comprendre les clés de ton avenir.

Son rêve érotique était la clé de son avenir ? Amusée par cette pensée, elle pinça ses lèvres afin de retenir son sourire. S'agissait-il d'une attirance physique ? Éric était tellement différent. Les deux hommes n'avaient rien en commun. Le côté protecteur et charismatique de Kayle ne la rendait pas insensible. Penser à lui de cette façon fit naître de la culpabilité en elle.

De son côté, Gorus était en train de faire un laïus sur les bienfaits du bassin et l'importance de ce qu'on pouvait y voir, mais elle n'y prêtait guère attention. Les péripéties s'enchaînaient trop vite. Ses émotions étaient mises à rude épreuve. On ne lui laissait pas le temps de digérer les évènements.

— Nous te saurions gré de le partager avec nous, finit-il en désignant la salle des mains.

Les paroles de Gorus la firent sortir de ses pensées.

Merde.

Elle n'avait rien écouté de ce qu'il avait dit.

— Nous t'écoutons, reprit-il.

— Vous voulez savoir ce que j'ai vu dans le bassin ?

La pâleur envahit son visage, elle espérait ne pas se tromper.

— C'est exact.

Il était impossible de parler de Kayle devant le conseil sans rougir. Après un rapide coup d'œil sur lui, elle opta pour la discrétion.

— C'est assez confus. Il y a eu un flot d'images représentant votre sphère. Un homme et une femme étaient présents, ils semblaient amoureux.

Le regard froncé, elle tentait de se remémorer le film qui avait défilé dans sa tête.

— J'ai vu aussi la naissance d'un enfant, puis tout a pris feu.

De légers chuchotements s'élevèrent dans la pièce. N'y prêtant aucune attention, elle continua :

— Puis je me suis retrouvée dans une salle assez sombre… et j'avais cette impression de ne plus simplement regarder une scène. Je pensais être seule, avant de me rendre compte qu'il y avait une autre personne avec moi.

— Qui était-ce ? s'intrigua le Fonnarcale.

Elle nota, pour la première fois, un regard curieux sur le visage de Gorus.

— Je ne sais pas, reprit-elle en se raclant la gorge. Il ressemblait à l'homme présent dans ma précédente vision. Il était seulement plus âgé.

Les murmures s'intensifièrent. L'inquiétude pouvait se lire sur tous les visages. Même les Fonnarcales, d'ordinaire calmes, se mirent à s'agiter. Gorus semblait mal à l'aise. D'un geste de la main, il redemanda tout de même le calme dans la salle.

— Vous a-t-il dit quelque chose ?

— Il m'a demandé ce que je faisais là, répondit-elle dans un haussement d'épaules. Il avait l'air aussi surpris que moi.

— Continue, demanda-t-il en se frottant le menton.

— Il n'y a pas grand-chose à dire de plus. J'ignorais comment j'étais arrivée là. Il a commencé à se rapprocher de moi, j'ai paniqué et je me suis réveillée quand ses yeux se sont enflammés, conclut Léa.

Les voix s'élevèrent en même temps. Un brouhaha envahit le conseil. Le souffle court, Léa sentit sa nervosité grimper. Se grattant le bras, son regard se posa sur Mayanne, sagement assise. Visiblement, aucune inquiétude n'émanait d'elle.

Une nouvelle fois, Gorus réclama le silence d'un geste de la main.

— Je te remercie pour ton partage. Veux-tu ajouter autre chose ?

Te parler de la scène de sexe avec le mec de ta fille ? Non, sans façon.

Elle fit non de la tête.

— Dans ce cas, nous libérons le conseil.

— Attendez ! intervint Léa, légèrement nerveuse de poser sa question.

— Qu'y a-t-il ?

— Pouvez-vous m'en dire plus sur Hecto et ma lignée? Vous m'avez parlé de l'importance des visions. Pouvez-vous m'expliquer ?

Il échangea un regard avec les deux autres Fonnarcales qui acquiescèrent d'un signe de tête.

— Hecto est ton père, clama Gorus.

— Ça fait assez *Star Wars*, mais sans vous manquer de respect, dit-elle en joignant ses mains en prière, ce n'est pas possible. Mon père est mort il y a une dizaine d'années.

— Je ne te parle pas de ton père terrestre, je te parle de ton père sur Éléria. Le bassin t'a montré d'où tu venais. Par conséquent, l'homme et la femme présents dans ta vision sont les créateurs de ta lignée. En transgressant les règles du naisronc, ils ont eu un enfant. Non seulement cette naissance nous a été cachée, mais ils ont aussi cherché à nous détruire.

Léa prit le temps de digérer l'information, déglutissant difficilement.

— Pourquoi ont-ils voulu vous détruire ?

— Afin de cacher leurs fautes, faisant de ta présence un danger potentiel.

— Ou une opportunité, ajouta Gilain avec un léger sourire à vous glacer le sang.

Léa se ratatina sur elle-même. Cela n'annonçait rien de bon.

— Je n'ai pas l'intention de vous nuire, balbutia-t-elle d'une voix douce.

— Pas directement, mais s'il a compris qui tu étais, il fera tout pour te retrouver.

L'envie de fuir grimpa en flèche. La nervosité lui déclencha un spasme dans le genou, elle crut perdre l'équilibre. Se raclant une nouvelle fois la gorge, elle reprit :

— Où est-il en ce moment ?

— Nous l'ignorons, répondit Gorus. Quand la faute a été découverte, nous avons tenté de les ramener à la raison. Une de nos Bénalleachs est allée à leur rencontre, mais dans un accès de colère, il l'a tuée. Déclenchant chez lui la folie, Hecto assassina des dizaines d'êtres humains. Son élément était devenu incontrôlable. Nous avons fui afin de nous protéger. Cependant nous n'avons jamais pu retrouver la trace de l'enfant ni de la femme. Les percefors nous détectaient toujours.

— D'où viennent-ils ?

— Les Défenseurs les ont créés. Hecto a entraîné toute la famille du feu avec lui. Étant en sous-nombre, ils ont généré ces créatures. Mortelles pour les Élérias, sauf pour les éléments du feu.

Léa n'en croyait pas ses oreilles.

Donc ces monstres étaient la création de sa propre lignée ! À plusieurs reprises, ils avaient bien failli y laisser la vie. L'idée d'avoir un ancêtre responsable d'un massacre la rendait malade. Son bref échange avec Hecto confirmait bien les dires de Gorus : cet homme était mauvais. Il y avait des enfants ici, des familles, hors de question qu'elle leur fasse prendre un risque.

— Comme Gilain l'a soulevé, ta présence pourrait nous aider.

— En quoi ?

— Nous reviendrons là-dessus. La journée touche à sa fin. Le conseil va prendre congé.

— Mais...

Elle voulut les retenir mais cette fois, ils quittèrent la pièce sans se retourner.

Cela faisait beaucoup trop d'informations en peu de temps. Les Élérias restants sortirent à leur tour en la dévisageant.

Plantée au milieu de la salle, Léa contempla la verrière au-dessus d'elle. La fatigue lui tombait dessus comme une chape de plomb. Le ciel, couvert d'étoiles, offrait un instant d'évasion. Trop de questions, peu de réponses, ses yeux ne demandaient qu'à se fermer.

Léa ignorait quoi faire. Ici, tout le monde la jugeait et la craignait. Du réconfort, voilà ce dont elle rêvait. Mais comment l'obtenir de la part de personnes qui ignoraient même la signification d'un simple câlin ?

Chapitre 14

La tête lui tournait, Léa sentit ses jambes trembler, sa poitrine s'oppresser, sa respiration se saccader. Non loin de faire un malaise vagal, en plus de l'épuisement, son estomac lui rappela qu'elle n'avait rien avalé depuis des heures.

La salle du conseil s'était vidée, laissant Léa seule sans aucune idée de ce qui l'attendait. Kayle était parti sans un au revoir. En le voyant quitter la pièce, elle avait eu envie d'aller le questionner, mais son cerveau refusait d'absorber davantage d'informations. Un concert de tambours commençait à résonner dans sa tête. Si elle avait eu le pouvoir de se téléporter, ça aurait été directement sous sa couette.

— Est-ce que tout va bien ? lui demanda Edine qui venait d'apparaître.

— J'ai l'impression que je vais m'évanouir ! souffla-t-elle en se massant la nuque.

— Viens avec moi.

Le sourire aux lèvres, Edine l'entraîna par la main.

— Où est-ce qu'on va ?

— Dans un endroit où tu te sentiras bien.

Léa se mit à la suivre à travers cette sphère complètement inconnue. Elles traversèrent plusieurs champs d'orchidées, avant d'entrer dans une forêt. Devant ses yeux s'offrait à nouveau un paysage comme elle n'en avait jamais vu. Des arbres aux hauteurs vertigineuses, une végétation abondante, des troncs aussi gros que des voitures. Il y avait des maisons aussi bien au sol que dans les arbres. Des petites lumières flottaient dans les airs. Ce décor lui rappelait un peu le Sequoia Park aux États-Unis. Un endroit des plus apaisants. Il n'y avait que le chant des oiseaux qui lui berçait les oreilles.

Prenant le temps de respirer profondément, ses tensions s'apaisèrent, libérant la charge accumulée dans ses épaules. Ses jambes retrouvèrent leur stabilité, petit à petit, son corps lui appartenait de nouveau.

Edine se stoppa au pied d'un arbre. C'est en levant la tête que Léa découvrit une maison perchée au milieu des branches.

— Bienvenue chez moi, s'exclama Edine en ouvrant grand les bras.

— Edine, c'est magnifique ! répondit Léa, émerveillée.

— Tu veux rentrer ?

— Avec plaisir, sauf si tu me dis qu'il faut grimper à l'arbre pour y arriver.

Elles échangèrent un rire complice.

— Non je te rassure, il y a un moyen plus facile.

Edine posa sa main sur le tronc de l'arbre. Cette dernière s'illumina de fins liserés dorés et une branche descendit, venant se positionner à leur hauteur. Léa eut un mouvement de recul quand une immense main feuillue se présenta devant elle.

Est-ce seulement possible ?

— Tu grimpes ? lui demanda Edine déjà installée au centre de la branche.

Léa s'approcha, passa sa main sur l'écorce de l'arbre, caressant délicatement les feuilles. Saisissant une des branches pour se hisser au creux de cette dernière, elle prit place à côté de la jeune femme.

Quelques secondes après, l'ascension commença jusqu'à la maison suspendue dans les arbres. Devant la vue à couper le souffle, les yeux de Léa pétillaient en découvrant la magie qui habitait ces lieux.

La maison ne possédait pas de porte, ni de volets ; de simples morceaux de tissu servaient de fermeture.

Tout l'intérieur était en bois bien entendu. L'habitation était comme construite autour du tronc de l'arbre qui continuait sa course vers le haut. L'intérieur cosy créait une ambiance intimiste.

Soudain, un couple se présenta à elle.

— Léa, je te présente mes parents: Mira et Lunin.

— Enchantée, répondit Léa en voulant leur serrer la main.

Se souvenant que ce n'était pas commun pour eux, elle se ravisa aussitôt.

— Nous sommes aussi ravis de vous rencontrer, lui rétorqua Mira, avec un sourire chaleureux.

C'était une femme aux longs cheveux brun doré. Léa comprit d'où Edine tenait les siens. De beaux yeux noisette et une grâce naturelle. Lunin, quant à lui, était un homme de taille moyenne, une longue barbe brune, des yeux verts et une carrure assez imposante. Sur Terre, il aurait été joueur de rugby. Tous deux lui firent un accueil fort sympathique.

— Je vous remercie de m'accueillir chez vous, reprit Léa.

— C'est avec plaisir, lui répondit Mira. Viens t'asseoir, je vais vous amener quelque chose à boire.

Pendant que Mira allait chercher des boissons, tous les trois s'installèrent dans le salon. Léa regardait avec curiosité partout autour d'elle.

— Vous n'avez pas de telles maisons sur Terre ! s'amusa Lunin.

— Non, je vous le confirme. J'ai encore du mal à tout comprendre.

— Votre esprit essaye de trouver une rationalité dans tout ça.

— J'avoue et avec l'ajustement au temps, j'ai l'impression de subir un décalage horaire.

Lunin lui sourit pendant que Mira revenait avec des boissons. Une bonne odeur de chocolat chaud s'en dégageait.

— C'est du chocolat chaud ? questionna Léa, jetant un coup d'œil dans le récipient que la femme lui présentait.

— Exact, mais je ne pense pas que vous en ayez déjà goûté d'aussi bon.

Léa porta la boisson à ses lèvres. Le liquide chaud se répandit dans sa bouche. Mira avait raison, elle n'avait jamais dégusté un breuvage aussi délicieux. Il y avait une forte teneur en cacao, mais presque sans aucune amertume.

— Alors ? demanda Mira avec le sourire, bien qu'elle sache déjà la réponse.

— Il est exceptionnellement bon, répondit Léa sans perdre une seconde pour reprendre une gorgée.

C'était la première fois depuis son arrivée sur Éléria qu'elle se sentait bien. Edine avait des parents bienveillants et attentionnés. Être à leur contact lui faisait le plus grand bien.

— Edine nous a beaucoup parlé de toi, enchaîna Mira.

— Vraiment ? interrogea Léa en regardant rapidement la jeune femme.

— Oui. D'ailleurs, nous te remercions de lui avoir sauvé la vie, ajouta Mira en lui touchant gentiment la main.

Ce geste lui fit chaud au cœur.

—Je vous en prie.

— Les Fonnarcales n'ont pas été trop durs avec toi ? demanda Lunin en reposant sa tasse sur la table basse.

— Je n'ai pas vraiment de point de comparaison. Je dirais que j'ai déjà eu meilleur accueil.

— Ils sont réputés pour leur fermeté et leur loyauté, ajouta Mira en croisant les mains sur son ventre.

Léa acquiesça sans trop de conviction.

— Je trouve qu'ils ont une branche coincée dans les fesses, clama Lunin en éclatant de rire.

Léa faillit s'étouffer avec sa boisson. C'était une remarque à laquelle elle ne s'attendait pas.

Tous se mirent à rire de bon cœur. Enfin quelqu'un qui partageait son opinion, pensa Léa.

— Voyons Lunin, fais attention à ce que tu dis, le réprimanda Mira en lui tapant la main avec douceur.

Malgré son amusement, Mira ne semblait pas rassurée que son sinola tienne de tels propos.

— Viens m'aider à préparer le dîner, ça t'évitera des problèmes, reprit cette dernière en tirant son mari par la main.

C'était la première fois que Léa voyait deux Élérias se porter autant d'attention.

Elle entendit Lunin partir en rouspétant et perçut des bouts de phrases comme un « Que veux-tu qu'ils me fassent? », suivi par « C'est arrivé à certains ».

— Je suis contente que tu sois là, reprit Edine en rapprochant son fauteuil.

— Moi aussi, lui répondit Léa avec le sourire. Merci beaucoup de m'avoir amenée. Tes parents sont vraiment des gens adorables. D'ailleurs, j'ai une question. Ils ont l'air beaucoup plus…. je veux dire plus….

— Humains ? devina Edine.

— C'est ça.

Léa se sentit gênée de poser la question, mais il y avait une telle différence entre ces personnes et celles qu'elle avait quittées un peu plus tôt. La gêne l'enveloppa quand Kayle surgit dans ses pensées. Léa se dandina sur son fauteuil en s'empressant de le chasser de sa tête.

— Chaque famille vit dans son environnement. Les Créateurs vivent dans la forêt, les Protecteurs au bord du fleuve et les Connaisseurs en haut de la montagne.

— Et tous les gens qui sont dans le cloître ? questionna Léa en buvant une nouvelle gorgée.

— On appelle cet endroit le Belvédère. Il n'y vit que les personnes siégeant au conseil, leurs consultants, les enseignants et toutes les personnes ayant des responsabilités. Ici, nous sommes en constante connexion avec notre élément. Les Créateurs sont en communion avec tout ce qui les entoure. Étant reliés à la terre, nous ressentons chaque vibration émise. C'est ce qui nous permet d'être plus aptes à ressentir ce que tu appelles les émotions. Je peux d'ailleurs ressentir les tiennes.

Léa se sentit mal à l'aise. Pouvait-elle vraiment lire en elle ?

— Ah oui, et qu'est-ce que je ressens ? demande-t-elle intriguée, regrettant instantanément ses mots.

Mais pourquoi tu demandes, tu cherches les problèmes...

Edine lui sourit avant de reprendre :

— Je dirais que tu es partagée entre une certaine quiétude et une inquiétude. Mais je perçois aussi un sentiment que je ne connais pas.

— Le repas est servi ! cria Mira.

Sauvée !

Le dîner fut agréable. Mira et Lunin étaient vraiment des gens qui avaient le sens du partage et de la générosité.

Léa leur parla des coutumes terrestres et de son parcours à travers le monde. Edine semblait totalement subjuguée par ses propos. Partir à la découverte du monde, explorer les contrées lointaines, rencontrer des personnes différentes, était son souhait le plus cher. Puis les parents d'Edine lui parlèrent de ce qui s'était passé ici il y a quinze ans. Comment toute cette histoire avait commencé, comment *son* histoire avait commencé.

À l'époque, Hecto était membre du conseil et avait sa place parmi les quatre Fonnarcales.

C'était lors d'une excursion sur Terre qu'il avait rencontré une humaine. Les interdits ne l'empêchèrent pas de démarrer une relation. Quelque temps plus tard, cette femme était tombée enceinte. Deux Élérias ensemble ne pouvaient pas concevoir d'enfant de la même manière que les humains. En revanche avec une Terrestre, cela devenait possible.

Puis ils lui racontèrent la tuerie qui avait suivi. La mort de la Bénalleach. La disparition de l'enfant. Tous pensaient qu'il n'avait pas survécu.

— Comme tu sais, le temps s'écoule différemment entre nos deux sphères. Il a été difficile après quelques années de suivre une quelconque trace.

— Beaucoup me considèrent comme cet enfant, ajouta Léa, légèrement mal à l'aise.

— Pour nous, l'évènement s'est passé à une échelle de vie d'homme. Ta présence réveille beaucoup de peur et de questions.

— Je ne suis pas Hecto, reprit Léa en secouant la tête. Les quatre familles ont déjà vécu ensemble. Pourquoi je leur fais peur ?

— Tu réveilles un souvenir ancien et douloureux. Tu es de sa lignée. Les enfants descendant des Fonnarcales sont très puissants.

Léa inspira profondément, fixant ses mains.

— Tu vas lui faire peur, arrête, reprit Mira, une nouvelle tape sur la main de son sinola.

— Non non, ça va, je vous remercie de m'avoir raconté cette histoire. J'ai l'impression que pour avoir des réponses ici, c'est très compliqué, ajouta-t-elle en faisant la grimace.

— La communication n'est pas le point fort de tous les Élérias. Surtout ceux qui nous dirigent, reprit Lunin tout en rigolant.

Léa se mit à bâiller.

— Excusez-moi, s'empressa-t-elle de dire.

— Pas d'excuses, ma jolie. Tu as eu une rude journée, lui répondit Mira.

— En effet. J'ai l'impression de ne pas avoir dormi depuis des jours.

— Ça ira mieux demain, il faut laisser à ton corps le temps de s'habituer à notre sphère. Sans oublier, les épreuves que tu as vécues.

— Je vais te montrer ta chambre, s'empressa de dire Edine tout en sortant de la table, enjouée.

Léa les remercia encore une fois pour leur accueil et le repas. Elle se retrouva dans la chambre d'Edine qui ressemblait au reste de la maison. Que des meubles en bois. Des petites lumières illuminaient le plafond, sa chambre donnait sur une terrasse couverte de branches et de feuilles.

Léa s'assit quelques instants sur le lit.

— Tout va bien ? lui demanda Edine, le regard inquiet.

— J'essaie juste de comprendre ce que je ressens. Quand on était au bord du lac, Kayle a dit que tu avais apaisé ma peine, comment as-tu fait ?

— J'ai la capacité d'agir sur les émotions. Tu avais l'air de tellement souffrir que j'ai voulu t'aider… Je n'aurais pas dû ? expliqua Edine, la voix légèrement en détresse.

— C'est juste que ça me fait bizarre de ne plus ressentir de tristesse. J'ai l'impression de bafouer la mémoire de ma mère, reprit Léa, le regard plongé sur la végétation extérieure.

— Je suis confuse, je pensais t'aider… Tu m'en veux beaucoup ?

Sa voix était à la limite du tremblement.

— Je... je ne t'en veux pas, s'empressa de répondre Léa tout en venant s'asseoir à côté d'elle. Je comprends que vous n'ayez pas le même rapport que nous à la mort. Tu as simplement voulu m'aider à faire mon deuil à ta façon.

— Ce n'est pas une bonne chose que ta tristesse soit passée ?

— Dans un sens si, mais c'est normal de ressentir de la tristesse quand on perd une personne que l'on aime. C'est important de faire le deuil de son départ. Les émotions ne sont pas une chose facile.

Parfois elles sont tellement douloureuses qu'on aimerait les faire disparaître. Mais en effaçant les émotions désagréables, tu supprimes aussi celles qui sont agréables.

— Qu'est-ce que je peux faire pour t'aider ?

Léa lui sourit. Edine avait tellement d'empathie et de bienveillance qu'il était impossible de lui en vouloir.

— Rien de plus que ce que tu as déjà fait. Merci pour ce soir, ajouta Léa en lui prenant délicatement la main.

— Avec plaisir, s'enjoua Edine, le visage serein.

Elle lui prêta une longue robe fluide afin qu'elle soit plus à l'aise pour dormir. Léa l'enfila, posa la tête sur l'oreiller et s'endormit aussitôt.

Chapitre 15

Une bonne odeur de nourriture chatouillait les narines de Léa. Ouvrant doucement les yeux, elle s'étira et vit le lit de Edine vide. Ses pas suivirent instinctivement le délicieux fumet émanant de la cuisine.

— Bonjour, bien dormi ? lui demanda Mira avec un beau sourire.

— Très bien, répondit Léa en lui rendant son sourire.

Ce n'était pas complètement vrai. Certes son corps s'était reposé, mais son esprit était obnubilé par ses visions. Elles l'obsédaient. Comment avait-elle pu parler avec Hecto? Mais surtout, Kayle ne quittait pas ses pensées. Son regard intense, sa manière d'être, sa présence ; tout la charmait. Léa en était gênée.

—Tu es levée ! s'enthousiasma Edine. On va pouvoir y aller ensemble.

Elle frappa dans ses mains comme une enfant qu'on emmènerait au parc, ce qui fit sourire Léa. Vêtue d'une combinaison marron, les cheveux remontés en queue de cheval, sans artifice, elle était belle. Léa avait rapidement compris que les couleurs de leurs vêtements étaient associées à leur élément. Le peu de fantaisie n'enlevait rien au style tout de même travaillé de leurs tenues.

— Où est-on censées aller ? interrogea Léa en fronçant légèrement les sourcils.

— En cours ! s'exclama Edine.

— En cours ? répéta-t-elle, les yeux écarquillés.

— Maintenant que tu fais partie des nôtres, tu vas devoir apprendre notre histoire, nos coutumes, les éléments, la magie qui nous entoure…

— Doucement Edine, l'interrompit Mira en lui posant une main sur l'épaule.

— Euh…

Léa hésitait.

— Qu'est-ce qui ne va pas ? questionna Edine, confuse.

— Je ne savais pas que je devais aller en cours. Je suis un peu vieille pour ça, dit-elle dans un rire nerveux. Et puis, je n'ai pas encore décidé de rester.

Léa savait que ses mots ne seraient pas faciles à entendre pour la jeune Edine, mais c'était la vérité. La curiosité de ce monde l'intriguait, une force nouvelle l'appelait à rester. Pour autant, sa place était-elle vraiment ici ? Revenir sur Terre et tout recommencer à zéro, elle l'avait déjà fait. Gorus lui avait donné deux jours pour se décider. Un délai court mais elle comptait bien mettre ce temps à profit. Ce n'était pas tous les jours qu'on apprenait à manipuler le feu.

— Tu ne veux pas rester ? bredouilla Edine, dépitée.

Léa la prit par les mains et l'invita à s'asseoir à table.

— Ce n'est pas que je ne veux pas, c'est juste… je ne sais pas encore où je me situe dans tout ça.

— Ta place est ici, avec nous. Je le sais.

Le ton déterminé employé par Edine surprit Léa. Comme si la jeune femme lui cachait des informations.

— Allez, on mange et on ira voir quel Protecteur ils t'ont attribué.

— Un Protecteur ? s'enquit Léa, encore plus surprise.

— Quelqu'un comme Kayle ! Quand on débute, on en a tous un. Normalement, à ton âge, la phase de protection est finie… mais vu que tu viens d'arriver, tu en auras forcément un.

Super, quelqu'un qui va me suivre partout…

En pensant ces mots, Léa souhaita sur l'instant que ce soit Kayle.

Après avoir englouti son petit déjeuner, elle se dirigea vers une salle de bain totalement improbable. L'eau venait directement de l'arbre, aucun tuyau, ni pommeau de douche, la nature offrait ce dont ils avaient besoin. C'est avec un sourire d'émerveillement que Léa glissa sous la chute d'eau. Une sensation de détente l'envahit instantanément. Elle se sentait bien dans cette maison.

Mira lui avait prêté des vêtements propres. Un pantalon droit et un haut lacé dans le dos avec de jolis liserés dorés. Tout de marron, bien entendu.

— Tu es superbe ! s'extasia Edine.

— Merci, répondit Léa en inclinant la tête. Et merci Mira pour le prêt.

— Je t'en prie, tu les portes beaucoup mieux que moi.

Léa rougit.

— À ce soir, lança Edine d'un signe de la main avant de sortir.

Sur ses pas, Léa la suivit, amusée de constater que leur quotidien ressemblait beaucoup au sien. À la différence qu'on pouvait habiter et se connecter aux arbres.

— Pourquoi tu ne te sers pas plus de ton élément ? Quand on était sur Terre, tu aurais pu ? Pourquoi ne pas l'avoir fait, les percefors étaient déjà là ? s'interrogea Léa en voyant Edine appeler une branche à elles.

— Je ne veux blesser personne. C'est pour ça que je préfère ne pas m'en servir.

La tristesse s'empara de ses traits. Sans rien dire de plus, elle s'installa au centre de la branche, suivie de Léa.

— Je comprends ça, acquiesça Léa. Je n'y connais pas encore grand-chose, mais tu as l'air de bien t'en sortir pourtant.

— C'est ce que Kayle me dit aussi mais... enfin voilà, je préfère rester discrète.

Edine se recroquevilla sur elle-même. Léa comprit qu'un passé douloureux se dissimulait derrière son mutisme. Ainsi elle accepta son silence et se rapprocha délicatement d'elle.

— On s'aidera, ajouta Léa en lui prenant la main.

Charmée par l'idée, Edine posa, les dernières secondes de la descente, sa tête sur l'épaule de Léa.

— Après, niveau discrétion, je ne te garantis rien. Surtout si je finis à poil pendant un cours, enchaîna Léa en sautant de la branche, dans un éclat de rire.

Le chemin, légèrement humide, lui fit perdre l'équilibre. *In extremis*, elle fut rattrapée par le bras.

— Bonjour Mesdames, s'exclama Kayle avec un léger sourire.

Toujours impeccable dans sa façon de s'habiller. Rasé de près, pas un cheveu ne dépassait. Ce n'était pas son genre d'homme. Léa aimait les hommes plus baroudeurs, moins soignés et surtout plus cool. Éric était du style hipster, Kayle faisait plutôt penser à un *play-boy* de Wallstreet. Tout les opposait.

Plongeant son regard dans le sien, le bleu azur de ses yeux l'attirait. De toute évidence, il avait du charme. Elle croisa les doigts, espérant qu'il n'ait pas entendu leur conversation.

— Est-ce que tout va bien ? lui demanda Kayle en plissant légèrement les yeux.

Le rouge lui monta aux joues, gênée de l'avoir fixé aussi longtemps.

— Euh oui oui, ça va, merci. Elle
détourna rapidement la tête.

— Très bien, allons-y.

Comme pour désigner le chemin de la main, il les invita à le suivre.

Ils se dirigèrent ensemble vers le Belvédère, Léa quitta la forêt avec tristesse. Plus elle avançait, plus son ventre se nouait.

— Prête pour une nouvelle journée ? questionna Kayle.

— Ça dépend. Est-ce que je peux esquiver les cours ? Je ne suis pas une très bonne élève, blagua-t-elle.

Il sourit, amusé par sa réponse.

— On a prévu un programme un peu différent pour toi.

Edine était visiblement déçue. Elle avait espéré passer la journée avec Léa et bénéficier de son soutien.

— Super ! lança Léa, retenant son souffle, peu ravie de ce qui pouvait l'attendre.

—Je ne serai pas loin, ne t'inquiète pas.

— C'est-à-dire ? reprit Léa en l'interrogeant du regard.

— Je me suis proposé comme Protecteur pour toi. Normalement, on ne peut pas avoir deux Élérias en même temps, mais…

Il chercha ses mots, visiblement gêné.

— Mais personne n'a voulu se porter volontaire, termina instinctivement Léa.

—C'est une situation inattendue, beaucoup sont craintifs.

— Apparemment.

Elle était ravie que Kayle l'accompagne, mais blessée de ne voir personne d'autre lui donner sa chance.

Ils laissèrent Edine à l'entrée sud de la bâtisse. Avant de partir, la jeune femme proposa à Léa de la rejoindre plus tard dans la cour intérieure afin de partager leur déjeuner ensemble. Cette dernière accepta volontiers. Puis elle les salua avant de retrouver d'autres jeunes de son âge. Tous regardèrent dans leur direction. Léa, amusée, envoya un salut de la main qui visiblement, les déstabilisa.

— Pourquoi je ne suis pas les cours avec les autres ? dit-elle en désignant l'ensemble de jeunes qu'ils venaient de dépasser.

— Tant que tu ne maîtrises pas ton élément, il est plus sage que tu sois isolée.

Elle laissa échapper un petit sourire qui n'échappa pas à Kayle.

— Qu'est-ce qui te fait rire ?

— Vous ! Si on ne compte pas les quinze dernières années, les Défenseurs ont toujours vécu à vos côtés. Ils défendaient votre sphère et vos vies. Maintenant vous en avez peur. Où est la logique ?

— Les séquelles laissées par Hecto sont encore présentes, laisse-leur du temps pour t'accepter.

Haussant les épaules, elle restait dubitative d'être intégrée un jour.

Ils entrèrent au sein du Belvédère, sillonnant les couloirs. En passant devant la salle du conseil, Léa fut surprise qu'ils ne s'arrêtent pas.

— Quel est le programme ? demanda-t-elle en jetant un coup d'œil en arrière.

— Suite à ta conversation énigmatique avec Hecto, le conseil aimerait en savoir davantage.

— Comment j'en saurais plus ? Je ne l'ai vu qu'une seule fois, dit-elle en haussant les sourcils.

— Ils sont curieux de comprendre comment tu as fait pour interagir avec lui.

— Je le suis aussi. Je ne vois pas en quoi, ni comment je pourrais les aider.

— Je ne connais pas les détails, on en saura plus une fois là-bas.

Elle plissa légèrement les yeux, se demandant s'il était judicieux de lui faire confiance.

— Tout se passera bien, reprit-il en la voyant s'arrêter. Léa enfonça ses mains dans ses poches, pensive, son regard se posa sur la cour remplie de fleurs et d'oiseaux. Des enfants couraient après des animaux sauvages, leurs rires la firent sourire. Un poids écrasait sa cage thoracique, oppressant ses poumons. Une main sur son ventre, elle essaya de libérer sa respiration. Kayle perçut son inquiétude
quand elle souffla.

— Viens avec moi, lui dit-il en changeant radicalement de direction.

— Où va-t-on ? demanda-t-elle en le regardant brusquement partir.

Kayle la guida jusqu'à un atelier situé dans un recoin de la cour. La porte était ouverte, laissant entrevoir un lieu de travail. Il frappa sur le cadre de la porte afin de signaler leur arrivée. Un homme grand d'une soixantaine d'années, cheveux entièrement blancs, bien rasé, de jolis yeux verts, se trouvait installé derrière un pupitre. Il portait une multitude de bagues et de bracelets, ce qui lui donnait un côté rock'n roll.

— Dolum, excusez-moi de vous déranger, mais serait-il possible pour nous de pénétrer ce lieu ? J'aimerais beaucoup présenter à notre invitée notre sphère.

L'homme aux cheveux blancs toisa Léa de haut en bas, fit une moue en retroussant son nez avant de les inviter à entrer.

Elle prit le temps d'observer la pièce. L'espace était un mélange entre une volière et une bibliothèque. De la végétation courait sur les murs. Il possédait un laboratoire, rempli d'orchidées, de pierres et d'animaux. Le toit tout en verre avait une ouverture, permettant aux oiseaux d'entrer et sortir à leur guise. Dans un coin de la pièce, il y avait un canapé sur lequel un loup dormait. Léa eut un mouvement de recul en découvrant l'animal ainsi en liberté.

— Aucune inquiétude à avoir, ajouta l'homme aux cheveux blancs en voyant la réaction de Léa.

L'animal leva la tête, jugea ses nouveaux invités, puis referma les yeux.

Restant à bonne distance, Léa détailla les ouvrages éparpillés sur les massives tables en bois. Kayle attira alors son attention sur une immense toile accrochée au mur. Le tissu semblait ancien et rigide. De forme ronde, un arbre était dessiné dessus, entouré de deux cercles. Entre les anneaux se trouvaient d'autres cercles plus petits.

— L'arbre est un Biliome. Chaque sphère en possède un, ce qui nous permet de voyager entre les mondes en ouvrant un portail grâce à leur connexion.

Il se rapprocha de Léa et pointa du doigt la carte.

— Les petits ronds représentent les autres sphères.

— Éléria n'est pas la seule sphère parallèle à la Terre? s'étonna Léa, les yeux grands ouverts.

— Il y en a six autres.

— Tu es en train de me dire qu'au total, il y a huit sphères ! s'exclama-t-elle stupéfaite de cette découverte.

— C'est exact.

— Tu as la Terre en son sommet, puis Jorius sur la droite, Nokar, Axria, Madelle, Flénif, Éléria et Lébertas. Elles sont toutes différentes. Certaines sont habitées, d'autres non. Tu apprendras à connaître chaque sphère, leurs particularités, leurs dangers et les avantages que l'on peut en tirer.

— C'est-à-dire ?

— Tu as remarqué toutes les orchidées que nous avons ?

Léa hocha la tête tout en continuant à observer la carte.

— Les orchidées ne sont pas propres à notre sphère. Elles viennent de Flénif, la sphère des plantes. Au premier abord, la sphère peut te sembler magnifique, pourtant il faudra s'en méfier. Flénif est une terre volcanique, dangereuse mais pleine de ressources.

— Quelles sont leurs différences par rapport à celles que nous avons sur Terre ?

— Elles sont de teintes unies. Il n'y a pas de variation dans leurs coloris, pas de pigmentation ou de dessin, leurs pétales sont absolument uniformes en termes de couleur. Cette particularité ainsi que leurs vertus viennent de leur germe. Elles se trouvent exclusivement à l'intérieur du volcan présent sur Flénif. Il est impossible pour nous d'y pénétrer.

— Pourquoi ?

— Le cratère est toujours en fusion, donnant l'énergie à la sphère. Ces semences viennent de plantes poussant à l'intérieur. Au départ, ce sont de petits bulbes rouges. Chauffés par la chaleur de la lave, ils gonflent jusqu'à explosion, projetant ensuite ces petites graines de couleur qui, en retombant sur les bords du volcan, créent les orchidées. L'énergie du volcan contenu à l'intérieur donne aux plantes la faculté de créer des sorts.

— Vous allez les cueillir là-bas ?

— On y va régulièrement, en effet. Nous ramassons celles qui n'ont pas encore germé pour les planter ici. Grâce à l'aide des Créateurs, nous pouvons espérer de belles récoltes.

— Il y en a de toutes les couleurs ?

— Presque. Les bleues et les noires sont rares.

Il saisit un livre posé sur une étagère et invita Léa à le consulter. Chaque fleur était dessinée avec ses caractéristiques.

— Pourquoi ? reprit Léa tout en feuilletant l'ouvrage.

— Elles ont des vertus vraiment puissantes, ce qui attise leur convoitise. Beaucoup de peuples sont à leur recherche, ajouta Dolum depuis son pupitre.

Il descendit de son estrade et alla ranger l'ouvrage qu'il avait dans les mains.

— Quelles sont leurs vertus pour être autant convoitées ? lui demanda Léa.

Un sourire se dessina sur son visage, qui lui donna légèrement froid dans le dos. Il faisait visiblement partie des personnes qui recherchaient activement ces fleurs.

— Combinées ensemble, les pierres et les orchidées nous permettent de créer des sorts, plus communément appelés des Brixma.

— Ça ne répond pas à ma question, lui rétorqua Léa en posant ses coudes sur la table en bois.

Dolum contourna l'îlot central afin de s'approcher de Kayle, faisant mine de lui murmurer à l'oreille.

— Le conseil a-t-il donné son aval pour que vous ameniez cette étrangère ici ?

— Vous savez que j'entends tout ce que vous dites, lui fit remarquer Léa, les yeux ronds.

— Peut-être serait-il plus sage que vous partiez, suggéra-t-il en lui désignant la porte de la main.

— C'est une blague ? rétorqua Léa en croisant les bras.

Dolum posa un regard insistant sur Kayle avant de reculer de quelques pas, l'invitant à sortir.

Léa perçut l'hésitation dans son regard. Violemment, elle referma le livre avant de quitter la pièce en trombe.

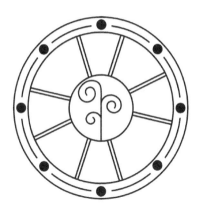

Chapitre 16

Kayle la rattrapa dans le couloir alors qu'elle fonçait sans savoir où aller.

— Je suis navré de son comportement, d'habitude...

— D'habitude, ce ne sont pas des étrangers qui viennent le voir ? le coupa Léa en lui faisant face. C'est quoi votre problème à tous !

— Ils ne sont plus habitués, laisse-leur du temps.

— Et eux, ils m'en laissent ?! s'exclama-t-elle en se passant une main dans les cheveux. Le conseil m'a proposé de rester, mais pour quelle raison ? Personne ne veut de moi ici.

Elle se laissa tomber sur le rebord en pierre qui entourait la cour, la tête en appui sur une des colonnes. Ses yeux se fermèrent quelques secondes, Léa prit le temps de respirer afin de libérer l'oppression ressentie dans sa poitrine. Kayle s'assit à ses côtés.

— Je pense que beaucoup ont encore peur, commença-t-il en posant son regard sur les enfants qui allaient et venaient. Quand la guerre a éclaté, il a été très difficile pour les gens de se reconstruire après. Perdre une famille entière a brisé les liens qui unissaient les Élérias. Ce qui faisait notre force nous a rendus vulnérables.

Léa pianotait des doigts contre son sternum. Bien que leur accueil fût à revoir, elle éprouva de la compassion envers ce peuple. Les temps d'après-guerre étaient toujours difficiles, qu'ils se méfient de sa présence pouvait se justifier. Par ailleurs, si elle les aidait, cela faciliterait sûrement son intégration.

— Où devais-tu m'emmener ? finit-elle par demander en soupirant.

—Viens avec moi, dit-il en se levant.

Elle l'accompagna dans son geste et se mit à le suivre dans les corridors du Belvédère. Empruntant un couloir plus étroit et sans ouverture, Léa sentit son pouls s'accélérer.

— Où m'emmènes-tu ? demanda-t-elle intriguée, voyant des escaliers descendre devant elle.

— Dans le globe.

— C'est quoi ?

— C'est un espace conçu pour contenir la puissance des éléments sans mettre en danger le reste des Élérias.

Un frémissement la parcourut. Quelques marches en contrebas, Kayle s'arrêta, constatant son hésitation.

— Ça ne va pas ? dit-il remontant à sa hauteur.

— Qu'est-ce que c'est vraiment, cet espace ? questionna-t-elle en observant la descente afin de percevoir un éventuel indice.

— Je viens de te le dire, c'est un endroit…

— Pour supporter les éléments, j'avais compris ta phrase. Ce que je ne comprends pas, c'est qu'est-ce que je vais y faire ? le coupa-t-elle dans son élan.

Le regard fermé, elle recula un peu dans le corridor.

— Je ne sais pas vraiment ce qui est prévu. Tout ce que je sais, c'est qu'ils veulent voir ton échange avec Hecto pour connaître son emplacement. Cette pièce est conçue pour résister au feu. C'est juste une précaution. Comme tu ne maîtrises pas encore ton élément, ils ne veulent pas prendre le risque que tu embrases toute la cité.

Elle hocha la tête avec scepticisme.

— Je comprends le concept de la pièce, mais il serait plus simple d'utiliser le bassin, non ?

— Ce n'est pas moi qui décide des méthodes employées.

— Je n'ai pas envie de faire ça ! contesta-t-elle en croisant les bras.

— Léa, je te promets que tout va bien se passer, répétat-il avec douceur, se rapprochant davantage d'elle.

— Ce n'est pas juste une question de comment ils ont prévu de m'interroger, quoique je ne sois guère rassurée vu leurs méthodes. Mais… mais je n'ai pas envie de participer à un génocide.

— Personne n'a parlé de génocide, s'exclama Kayle. Léa, on veut seulement savoir où sont les Défenseurs.

— Admettons ! Vous allez leur faire quoi après ? questionna-t-elle, préoccupée.

— Hecto sera jugé pour ce qu'il a fait et pour le reste du peuple... je ne sais pas.

Elle sourit nerveusement.

— Tu me demandes de descendre dans une pièce sous terre sans savoir ce qu'ils vont me faire et sans connaître ce qui attend tout un peuple. Tu es dingue si tu crois que je vais te suivre, reprit-elle, sidérée.

Elle fit marche arrière et commença à repartir en sens inverse.

— Parfait, je vois que vous êtes déjà là ! s'exclama avec enthousiasme l'homme face à elle.

Les cheveux poivre et sel, le visage assez ridé, habillé de gris, une grosse moustache ; une forte odeur d'épices émanait de lui. Il était accompagné de trois hommes et d'une femme. Léa reconnut Mélaine, celle qui s'était déjà amusée à la torturer.

— En réalité, j'allais repartir.

— Pourquoi donc ? demanda-t-il, étonné.

— Ça ne me dit rien de participer à vos petites expériences, reprit-elle en fronçant le nez.

— Il s'agit simplement d'approfondir ce que vous avez vu, ni plus ni moins. Nous avons juste besoin de voir.

— Comment vous allez procéder ? reprit-elle, intriguée.

— Je vous passe les longues explications, mais je vais me servir d'une simple orchidée. Et d'une pierre.

— Vraiment ? dit-elle avec méfiance.

— Je vous rassure, je n'ai besoin de rien d'autre.

Il laissa échapper un rire grinçant, qui fit frissonner Léa.

— Peut-être pourrait-on le remettre à plus tard ? intervint Kayle.

— Pourquoi ferions-nous ça ? Je suis sûr que notre invitée comprend nos inquiétudes par rapport à la menace des Défenseurs, ajouta l'homme aux cheveux gris en croisant les mains devant lui.

— Sont-ils vraiment une menace ? interrogea Léa, tiraillée.

— Que voulez-vous insinuer ?

— Ils ont disparu depuis des années, pourquoi viendraient-ils soudainement vous attaquer ?

— C'est justement ce que nous voulons éviter.

Les images qu'elle avait vues lui revinrent en tête, il y avait quelque chose qui clochait.

— Je vous assure que si vous nous aidez, vous nous sauverez tous, la flatta-t-il.

Malgré leur façon brutale et dépourvue d'émotions de faire, ils n'avaient pas cherché à lui nuire. Seule Valénia s'était montrée hostile. En fin de compte, elle ignorait tout d'Hecto. En dépit de sa réticence, Léa décida donc de les suivre.

L'homme aux cheveux gris passa devant eux, suivi des quatre autres personnes. Léa prit une grande inspirationavant de descendre à son tour.

— Je ne laisserai rien t'arriver. Je te fais la promesse de veiller sur toi et de m'assurer qu'aucun mal ne te sera fait, chuchota Kayle avec conviction.

Ses mots lui apportèrent du réconfort. Il ne mentait pas et elle décida de lui faire pleinement confiance.

Ils pénétrèrent dans une immense salle ronde toute blanche. Les murs du globe étaient recouverts d'un matériau inconnu, qui ressemblait étrangement à du carrelage. Un seul fauteuil trônait au centre de la pièce.

— Prenez place, je vous prie, lui indiqua le type aux cheveux gris.

S'asseyant sur l'unique siège, elle eut la sensation d'être prise pour un rat de laboratoire.

— Je m'appelle Mult. Cette salle est conçue pour résister à de fortes pressions, telle que la vôtre, dit-il en désignant l'ensemble de la pièce de la main.

— S'il vous suffit d'une orchidée et d'une pierre, pourquoi avoir besoin d'une telle pièce pour réaliser un simple sort ? questionna-t-elle, hésitante.

— Je vais pénétrer votre esprit. Votre premier réflexe sera de lutter contre. C'est une réaction instinctive ! De plus, ayant été élevée sur Terre, votre résistance sera plus grande. Il est possible que dans un mouvement involontaire, vous perdiez le contrôle de vous-même.

Ses mains se crispèrent sur les accoudoirs. Soudainement, l'idée de prendre ses jambes à son cou lui parut la meilleure option. Ne lui laissant pas le temps de réagir, Mélaine utilisa son élément pour nouer des liens autour de ses poignets.

— Qu'est-ce que vous faites ? demanda Léa en tirant dessus, terrifiée.

— C'est pour vous éviter de bouger. Détendez-vous ! reprit-il d'une voix apaisée.

Facile à dire, connard ! ce n'est pas toi qui es ligoté sur une chaise.

Kayle ne semblait pas complètement serein quand elle posa son regard sur lui. Les bras croisés, il lui fit malgré tout un signe de tête rassurant.

Mult s'approcha d'elle, tout en sortant une fiole de sa poche. Le contenu était jaune et scintillait. Il l'ouvrit et prononça un simple mot : DÉVOILER. Alors, le liquide se transforma en gaz, se mit à flotter dans les airs quelques instants avant de pénétrer dans les narines de Léa. Elle sentit au départ un picotement, eut envie d'éternuer, mais les particules remontèrent le long de sa cloison nasale avant de s'engouffrer dans son esprit.

Ce fut comme si des mini-décharges électriques lui picotèrent le cerveau. Sous cette sensation désagréable, Léa serra les poings, contenant la douleur.

Mult posa ses deux mains sur la tête de Léa.

— Montrez-moi ce que vous avez vu, dit-il, excité.

Léa serra les dents tout en revivant la scène. Elle se vit discuter avec Mayanne dans le couloir menant au bassin. Puis entrer dans l'eau. Les images passèrent comme la dernière fois avant d'arriver à sa rencontre avec Hecto.

— Nous y voilà, ajouta Mult avec un sourire flippant.

Il semblait parler tout seul. Les autres personnes de la pièce restaient de marbre tout en portant une oreille attentive à ce qui se passait.

Maintenant, Léa était dans cette immense salle sombre, mais quelque chose n'allait pas. Son esprit se mit à lutter. Elle refusait de se retourner. Son corps était dans le globe, son esprit près d'Hecto. L'impression d'être à deux endroits en même temps.

Mult ressentit sa résistance. Impossible de voir au-delà de cette pièce sombre.

— Ne luttez pas, lui demanda-t-il avec insistance.

Plus elle résistait, plus la douleur s'intensifiait dans son esprit. Mult répéta à nouveau le mot « DÉVOILER », provoquant des crispations supplémentaires chez Léa.

— On devrait s'arrêter là ! demanda Kayle alarmé, voyant la douleur se dessiner sur le visage de Léa.

N'y portant aucune attention, Mult maintenait son accroche.

— Ah, te voilà ! dit-il avec enthousiasme.

Il voyait à présent le visage d'Hecto qui s'approchait de Léa. Elle ressentit l'envie de lui dire de se cacher, de disparaître. Mais comme dans un rêve, aucun son ne sortit de sa bouche.

L'image se floua, ce qui renforça la pression de Mult. Son esprit luttait férocement pour stopper le partage de mémoire, sachant pertinemment ce qui venait après.

— Qu'est-ce que tu veux me cacher ? demanda-t-il, intrigué.

Hors de question qu'il découvre la suite. Elle commença à se débattre sur la chaise. D'abord en tirant sur les liens, sans résultat, puis en tournant sa tête dans tous les sens pour se dégager.

— C'est terminé ! ordonna Kayle, irrité.

Les deux hommes qui accompagnaient Mult l'empêchèrent toutefois d'avancer.

— Laissez-la ! Ça suffit les expériences ! hurla-t-il.

Mais rien à faire, Mult poursuivit.

La douleur devenait trop forte, Léa se débattait férocement, forçant Mult à resserrer son emprise. Les images se mélangeaient dans sa tête, elle ne devait absolument pas le laisser accéder à ses souvenirs. Il devait sortir de son esprit. La souffrance devenait insurmontable.

Elle sentit une ombre qui s'avançait, une présence malsaine et dangereuse. Un cri sortit de sa bouche, forçant Kayle à réagir. La voyant se débattre ainsi, il fit une clé de bras à un des hommes qui le tenait. Le second voulut le bloquer mais Kayle, plus rapide, lui envoya un coup de pied dans le tibia. Le type se retrouva plaqué au sol. De la même manière, il retourna ensuite le bras de son premier adversaire et l'envoya voler à travers la pièce d'un revers de la main accompagné d'une propulsion d'eau.

D'emblée, il se précipita sur Léa, mais il devait y avoir une sorte de protection autour d'elle et Mult car il se retrouva éjecté en arrière. C'est en reprenant ses esprits qu'il vit le feu commencer à sortir des mains de Léa.

— Arrêtez tout ! hurla-t-il à Mult.

Mult sentit soudainement ses mains chauffer. Il voulut les retirer, mais le geste fut impossible, elles étaient collées sur la tête de Léa. Sous la pression de la chaleur, sa peau se mit à fondre. L'intensité se faisait de plus en plus forte. La terreur se lisait sur le visage du vieil homme.

Léa sentit son sang bouillir, son cœur s'emballait. Une onde de feu jaillit de son corps quand elle se mit à crier, projetant toutes les personnes présentes contre les parois de la pièce.

Kayle s'abrita derrière son champ de protection, lui épargnant le choc. Il en profita pour protéger les autres Élérias des flammes avec son élément. L'onde de feu commençait à se répandre sur les murs. Le globe s'embrasait.

Entièrement en feu, Léa ne bougeait plus, comme hypnotisée. Ses yeux, complètement enflammés, fixaient le mur. La chaleur commençait à grimper, intensifiant la hauteur des flammes.

— Léa, tu m'entends ? demanda Kayle en se précipitant vers elle.

Aucune réponse. À genoux devant elle, il lui saisit les mains. La chaleur et le feu n'avaient pas vraiment d'impact sur lui, tant qu'il faisait circuler de l'eau à la surface de son épiderme.

— Léa, écoute-moi. Focalise-toi sur ma voix. Je sais que tu es là. Regarde-moi, reprit-il avec tendresse.

C'était comme flotter dans les airs pendant un instant. Totalement absente du monde, Léa ne ressentait plus de douleur, plus de peine. Une voix lointaine se faisait entendre, lui disant de revenir. Le visage de Kayle se dessina devant elle.

— Léa, je sais que tu m'entends. Ne laisse pas l'élément prendre le dessus. Ne fais pas comme ton ancêtre. Ne perds pas le contrôle, supplia-t-il.

Elle posa son regard sur lui alors que les murs de la pièce commençaient à craqueler sous la chaleur.

— Sois plus forte que lui. Reviens.

Sa conscience reprit peu à peu le dessus. À chaque respiration, sa poitrine gonflait, la ramenant dans le moment présent. Des gouttes d'eau remontaient le long de ses bras, la fraîcheur des mains de Kayle l'invitait à reprendre possession de son corps.

— C'est ça, lui dit paisiblement Kayle. Respire, reviens.

La pièce retrouva son calme en même temps que Léa. Kayle retira ses mains avec douceur en lui souriant.

Léa regarda autour d'elle, perdue. Les murs étaient devenus noirs. Les Élérias se relevaient péniblement, la peur marquée sur leurs visages. C'est en regardant Mult, toujours au sol, qu'elle fut horrifiée par la vision de ses mains complètement brûlées.

Chapitre 17

Léa sortit de la pièce en courant. Ses vêtements avaient cette fois résisté aux flammes. En effet, ils étaient tissés dans une matière capable de supporter les éléments. Elle grimpa les escaliers à vive allure, courut dans les couloirs en bousculant quelques personnes avant de sortir du Belvédère. La lumière du jour lui fit plisser les yeux. Ignorant totalement où aller ou ce qui allait se passer, la seule envie qu'elle avait était de fuir.

Longeant le bâtiment, avec un bras en appui sur les briques beiges, sa tête se mit à tourner, son estomac se souleva, il lui était impossible de rester là.

En contrebas se distinguait un sentier à la végétation dense. Les branches des arbres s'entremêlaient, un tapis de fleurs vint s'étaler sous ses pieds. Elle continua à avancer sur ce chemin qui s'enfonçait davantage. L'endroit étaitpaisible, lui permettant de reprendre ses esprits.

Un petit muret en pierre lui servit de siège. Le visage entre les mains, Léa avait la sensation que Mult était toujours dans sa tête, tout comme la pression de ses mains sur son crâne. Bien que la lutte fût terminée, sa voix résonnait toujours dans son esprit.

Un flot de questions envahissait son esprit. Les Fonnarcales n'allaient pas se montrer cléments suite aux incidents.

Pendant la connexion, elle avait ressenti les intentions de Mult. Une envie de vengeance et de haine, voilà ce qui se dégageait de lui. Son intuition lui avait dit de se méfier.

La fatigue l'écrasait une nouvelle fois. En basculant la tête en arrière, Léa laissa échapper un profond soupir. L'utilisation de son élément l'épuisait. Ses yeux se fermèrent quelques instants afin d'apprécier le calme de cet endroit.

Au bout de plusieurs minutes, sa main s'engourdit et elle se mit à remuer les doigts afin de faire disparaître la sensation. C'est à ce moment que son regard fut attiré sur la droite. Tellement prise dans ses pensées, elle n'avait pas vraiment fait attention à cet arbre.

Son tronc était épais, certaines de ses racines sortaient du sol, quant aux branches, elles retombaient en arc de cercle. Un dôme de feuilles le recouvrait, laissant passer les doux rayons du soleil. Il y régnait une ambiance magique.

— Je peux m'asseoir ?

Elle sursauta. Hypnotisée par ce décor, elle n'avait pas entendu Kayle arriver.

— Comment tu m'as trouvée ? demanda-t-elle, troublée.

— Tu pensais vraiment que j'allais te laisser seule ? répondit-il paisiblement.

— Je suis sous surveillance ? dit-elle d'un ton moqueur.

— Ce n'est pas la raison de ma présence. Est-ce que ça va ?

— Non !

Brusquement elle se leva du banc et comme à son habitude, elle se mit à marcher.

— Comment ça pourrait aller ? Tu as vu ce qu'ils ont voulu me faire ! répondit-elle, écœurée.

— Je n'avais pas la moindre idée de ce qui était prévu... reprit-il, confus.

— C'est bien ça ton problème. Tu leur es tellement loyal que tu ne te poses aucune question. Ton dévouement à leur cause affecte ton jugement. Un pion sur un échiquier, voilà ce que tu es !

Ses mots n'étaient pas tendres. Son corps entier se contractait. Le regard dur, Léa lui en voulait de l'avoir envoyée là-bas. Plus encore, elle regrettait ses choix.

— Nos dirigeants ne sont pas parfaits mais les vôtres non plus. Protestes-tu contre tes leaders dès qu'une de leur décision ne te convient pas ? Les Fonnarcales ont toujours veillé au bon déroulement de notre communauté. Et tu es injuste avec moi. Je n'ai pas hésité à intervenir quand la situation m'a semblé dangereuse, rétorqua-t-il, consterné.

Aussi difficile qu'il fût pour elle de l'admettre, ses propos n'étaient pas complètement faux. Les Fonnarcales n'étaient pas très différents des politiciens terrestres – c'étaient leurs intérêts d'abord. Dans cette situation, ils avaient l'opportunité de retrouver un de leur ennemi. Pourquoi la laisser passer ? Elle ne serait qu'un dommage collatéral si les choses tournaient mal...

Lisant la fatigue et la peur sur son visage, Kayle se sentait désemparé.

— Je vais te montrer quelque chose, reprit-il sereinement.

Il l'invita à le suivre près de l'arbre. Tout en évitant les racines qui sortaient du sol, ils se positionnèrent à quelques centimètres du tronc. Sa main gauche apposée dessus, de jolis fils dorés se mirent à parcourir sa peau et par le plus grand des mystères, l'arbre en fit de même.

Léa recula d'un pas, regardant émerveillée cette magie opérer. Les écorces se couvrirent de parures dorées.

— C'est notre Biliome, dit-il avec douceur. Pose ta main dessus.

Avec prudence, elle imita son geste en posant sa main droite sur le tronc.

Les écorces s'illuminèrent sous sa paume et une vive sensation de chaleur lui pénétra la peau. L'énergie vitale de l'arbre, ainsi que de toute vie, remonta le long de son avant-bras. Une parfaite connexion entre l'homme et la nature.

Son visage s'éclaira d'un magnifique sourire quand l'énergie traversa tout son corps. Chacun de ses membres fut touché par cette source de chaleur. Elle ne s'était jamais sentie aussi vivante. Pour la première fois, Léa prit conscience de son élément, de sa puissance. Le feu habitait chaque cellule de son être, il était vivant et coulait dans ses veines.

Une légère brise se leva, faisant tomber une pluie de feuilles au-dessus d'eux. Léa leva les yeux pour admirer cette magie avant de poser son regard sur Kayle.

Elle avait l'impression qu'ils ne faisaient qu'un. Elle perçut la chaleur de sa main proche de la sienne. Paume contre paume, leurs doigts s'entrelacèrent légèrement. Les battements de son cœur, sa respiration, ses pensées, ses émotions, c'était comme partager un seul corps.

Leurs regards se croisèrent. Plongeant ses yeux dans ce regard si envoûtant, Léa approcha son visage du sien. Aucune peur, aucun doute, n'étaient présents, juste l'instant qui s'offrait à eux. Leurs bouches se touchèrent. Douces, humides, elle saisit délicatement sa lèvre du haut. Un des baisers les plus tendres qu'elle n'ait jamais goûté.

En ouvrant les yeux, elle se rendit compte avoir simplement rêvé ce baiser.

Merde.

Elle retira d'un coup sec sa main, vacillant quelques instants sous l'effet de la rupture de connexion. De justesse, Léa se rattrapa en reculant.

Sa poitrine se serra, la honte lui colora les joues. Une chose était sûre, il l'avait vu aussi.

— Je suis désolée, s'empressa-t-elle de dire, embarrassée.

La confusion se lisait dans le regard de Kayle. Voyant qu'il ne parlait toujours pas, elle paniqua et renchérit :

— Je… je ne sais pas ce qu'il s'est passé.

— Je ne comprends pas, finit-il par répondre, les yeux complètement écarquillés.

— Je me doute. Je ne sais pas ce que tu as vu ou cru voir mais ça n'aurait jamais dû arriver.

Elle continua à reculer, mettant de l'espace entre eux.

— Il faut que je te dise une chose Léa…

— Tu n'as pas besoin d'expliquer, l'interrompit-elle paniquée, en mettant les mains en avant. Je comprends et je suis désolée. D'ailleurs, si ça pouvait rester entre nous, ça serait bien.

Il secoua vaguement la tête, toujours aussi perplexe.

— Je vais remonter, on se voit plus tard.

N'ayant aucune envie de s'étendre davantage sur le sujet, elle rebroussa chemin à grandes enjambées. Léa s'en voulait d'avoir pensé à lui de cette façon. Ses pensées étaient venues sans aucun contrôle. La situation devenait complexe par sa simple présence, ce qui rendait les événements compliqués.

Elle pénétra dans le couloir du Belvédère, Edine n'allait sûrement pas tarder. Son regard se posa sur le mur à sa gauche. Pour la première fois, Léa découvrit le portail de passage. Un simple cercle dessiné dans la pierre. Un cadran plus petit se situait sur le côté, comportant les deux anneaux extérieurs avec les huit sphères. Les mondes étaient reliés entre eux. Curieusement, le passage était ouvert. Les briques avaient laissé place à une lumière bleutée. Ce qui était encore plus étrange, c'était que le couloir était vide. D'habitude, le corridor regorgeait de personnes, or à cet instant, elle était seule.

— Moment intéressant ?

La voix de Valénia survint derrière elle, la faisant sursauter.

Manquait plus qu'elle.

— Je peux savoir à quoi tu joues ? reprit Valénia, visiblement contrariée.

— À quoi je joue ? Tu es sérieuse ? Tu penses vraiment que je suis en train de jouer à un jeu ? Depuis que je suis arrivée, je ne fais que subir vos règles et les effets de ce monde. Crois-moi Valénia, je n'ai pas le temps de m'amuser, rétorqua Léa, hors d'elle.

— Il est peut-être temps de te rendre compte que tu n'as pas ta place ici.

— Je sais que tu ne m'apprécies guère, mais je ne sais pas pourquoi tu me détestes à ce point. Qu'est-ce que j'ai pu te faire ?

— Rien que le fait que tu existes suffit à ce que je te déteste, lui balança Valénia, irritée.

Léa accusa le choc de ses paroles. La violence de ses mots lui fit bouillir le sang.

— À ce point-là !

— Tu représentes tout ce qui me répugne : les humains, les émotions, votre avidité du pouvoir, de la luxure, votre besoin de contrôle et de prendre ce qui n'est pas à vous, n'est-ce pas ?! finit-elle par dire d'un ton accusateur.

Les avait-elle surpris ? Léa se sentit obligée de mentir pour éviter le conflit. Les incidents survenus plus tôt avec Mult rendaient déjà la situation compliquée, nul besoin d'en rajouter.

— Si tu parles de Kayle, tu n'as pas de souci à te faire. Quant au reste, je n'ai pas encore pris ma décision sur le fait de rester.

— Laisse-moi te donner un coup de main avec ça.

Sans prévenir, Valénia planta une dague dans le ventre de Léa.

— NON !!!!

Le cri s'éleva du fond du couloir. Edine venait d'entrer et courut vers Léa pour l'aider.

Valénia retira la dague dont la lame, jadis orangée, s'était recouverte d'une teinte rougeâtre. Un sourire diabolique habitait son visage. Une main sur le ventre, Léa vit le sang jaillir de sa blessure avant de tituber en arrière et de s'écrouler au sol.

— Il faut l'emmener au bassin ! hurla Edine qui venait de la rejoindre.

Valénia la saisit violemment par le bras et la jeta contre le mur.

— Il faut toujours que tu sois là !

— Laisse-la tranquille ! lui ordonna Léa en serrant les dents.

— Ou tu vas faire quoi ? demanda Valénia, le regard méprisant.

Léa ferma son poing qui alla s'écraser sur le visage de Valénia. La surprise, plutôt que le coup en lui-même, l'envoya au tapis. Edine en profita pour se relever et aller soutenir Léa.

— Viens vite, il faut trouver de l'aide ! ajouta Edine, alarmée.

Mais leurs corps furent projetés en avant après seulement quelques pas.

L'atterrissage fut lourd. La tête de Léa heurta le sol et un bruit sourd retentit dans son oreille.

Valénia arrivait sur elles. D'un geste de la main, elle poussa Edine contre le mur en pierre et entendit un cri de douleur sortir de la bouche de la jeune fille. Léa tenta de se relever, prête à renvoyer un coup de poing, mais Valénia anticipa le coup. Cette dernière lui saisit la main et la tordit légèrement. Léa serra davantage les dents. Valénia l'attrapa par le menton tout en la forçant à se relever.

— J'ai un secret à t'avouer, lui murmura-t-elle en s'approchant. Je n'en ai rien à faire de Kayle, je m'en fous que tu aies des sentiments ou n'importe quelle autre idiotie pour lui.

Léa grimaça de douleur quand Valénia tordit un peu plus sa main.

— Je sais ce qui se passe dans sa tête, mais le pauvre est trop naïf pour s'en rendre compte. Il est juste là pour me permettre d'accéder à mon but ultime. Juste un pion dans mon plan. Maintenant que tu ne seras plus là, les choses vont reprendre leur cours.

Sur ces mots, elle jeta Léa à travers le portail. Valénia la regarda s'engouffrer dans le tourbillon qui emmenait sa rivale loin d'ici. Satisfaite, elle se tourna vers Edine qui se tenait la tête, encore secouée par le choc.

— Qu'est-ce que je vais faire de toi ? dit-elle en se tapotant le menton du doigt.

Les yeux de la jeune femme se remplirent de larmes.

— Oh ma pauvre, tu es perdue, ajouta Valénia avec une moue d'enfant.

Toujours au sol, Valénia décida toutefois de se rapprocher d'elle.

Edine planta son regard dans le sien et une étincelle en jaillit. L'iris de ses yeux devint doré, tandis que le sol se mit à trembler et une immense racine en sortit, éjectant Valénia contre le mur opposé. La jeune Éléria en profita pour se relever et courut se jeter dans le portail par lequel Léa était passée un peu plus tôt.

Chapitre 18

Léa traversa le portail, projetée comme un boulet de canon. L'ouverture de ce passage donnait bien littéralement dans le Loch Ness. Il devenait évident que peu d'Élérias l'empruntaient.

Une fois sa chute ralentie par l'eau, elle chercha la surface des yeux. Le lac était sombre et Valénia ne lui avait pas laissé le temps de prendre sa respiration.

Une faible lueur se dessinait à quelques mètres au-dessus de sa tête. Sa plus grande peur était de mourir noyée ainsi elle se mit à nager de toutes ses forces pour l'atteindre. Ses poumons se contractèrent sous le manque d'air, son corps réclamait de l'oxygène. Ne lâchant pas des yeux la surface qui se rapprochait, ses bras et ses jambes continuaient à battre énergiquement.

Encore quelques mouvements de brasse avant de jaillir hors de l'eau.

À pleins poumons, elle inspira, laissant l'air pénétrer ses narines, déclenchant une sensation de délivrance de courte durée. L'adrénaline ressentie pendant cet instant lui avait presque fait oublier sa blessure au ventre. Léa grimaça de douleur à chacun de ses mouvements pour se maintenir hors de l'eau. La rive se situait à environ une vingtaine de mètres d'elle.

Cette distance lui semblait interminable, les crampes qui pulsaient dans son abdomen lui firent boire la tasse à plusieurs reprises.

Enfin, ses mains s'agrippèrent aux herbes présentes sur le bord du rivage afin de se hisser hors du fleuve. Elle lâcha un gémissement de douleur dans un dernier effort avant de rouler sur le dos. Seule face au ciel gris de l'Écosse, chaque inspiration devenait un supplice.

Revenue à son point de départ, il lui fallait trouver une solution rapidement sinon, d'ici peu, son corps se sera vidé de son dernier litre de sang.

Afin de stopper l'afflux sanguin, elle pressa fermement sa main contre sa blessure, tout en maudissant Valénia. L'hôpital devenait sa seule option. En appui sur son autre bras pour se relever, sa blessure lui envoya une décharge si violente qu'elle ne put contenir ses larmes.

Un éclaboussement retentit alors dans le lac, laissant apparaître le visage de la jeune Edine.

— Edine ! cria Léa.

La jeune femme tourna la tête et l'aperçut sur la berge. Sans grande difficulté, elle la rejoignit sur le bord du fleuve.

— Qu'est-ce que tu fais là ? demanda Léa, paniquée et à la fois rassurée de ne pas être seule.

— Je ne pouvais pas te laisser, répondit Edine anxieuse en découvrant l'ampleur de la blessure.

— Tu es folle d'être venue ! reprit Léa en toussant, ce qui lui provoqua de fortes douleurs dans l'estomac.

Un léger filet de sang continuait de s'écouler de sa blessure, mais le plus inquiétant restait le fluide orange qui s'étendait sur l'ensemble de son ventre. La souffrance se lisait sur son visage.

— On doit te soigner, enchaîna Edine, paniquée.

— C'est impossible de retourner là-bas. Elle ne nous laissera pas rentrer et l'hôpital le plus proche est à des kilomètres. J'imagine que tu ne sais pas conduire.

Edine fit non de la tête.

— Je vais aller chercher Kayle, il saura quoi faire, dit-elle en se levant.

— Le temps que tu reviennes, il sera trop tard, rétorqua Léa, impuissante.

— Arrête de parler comme si tu allais mourir. Tu ne vas pas mourir !

Sa voix était ferme, mais tremblotante.

— Écoute-moi, ce n'est pas ta faute. Tu n'aurais rien pu faire, ajouta Léa aussi calmement que possible.

Edine finit par fondre en larmes. Les mots étaient coincés dans sa gorge, son corps sursautait sous les sanglots. Les mains pleines de sang, Léa saisit celles de la jeune Éléria.

— Tu es une fille extraordinaire. Tu as de grandes capacités et un immense cœur. Ne te sous-estime pas, ne laisse personne diriger ta vie.

Edine secoua la tête et balbutia dans un sanglot :

— Ne me laisse pas. Je suis sûre que je peux faire quelque chose.

Léa colla son front contre le sien, son but était de la convaincre de repartir. Sa place n'était pas ici.

— Il y a une chose que tu peux faire. Tu vas replonger dans cette eau et rentrer. Quand le conseil te demandera ce qui s'est passé, tu leur diras que je me suis jouée de toi. J'ai abusé de ta confiance en me servant de ton humanité. Dis-leur que tu regrettes ton erreur. Je sais que Kayle te protégera.

Edine secouait la tête en signe de négation. Impossible de faire accuser Léa.

— Ils te pardonneront, reprit Léa, la voix tremblante. Puis un jour, quitte Éléria. Pars visiter le monde, explore les différentes sphères, ouvre-toi aux rencontres et aux mystères qui nous entourent.

D'accord ? Promets-moi que tu vas le faire ?

Sauf qu'Edine ne l'écoutait plus, se relevant énergiquement.

— Je connais un endroit.

— De quoi tu parles ? reprit Léa, confuse.

— Je sais où je peux t'emmener et te soigner, continua Edine, confiante.

— Je ne comprends pas, on ne peut pas retourner sur Éléria.

— Je connais un endroit ici.

Elle l'empoigna par le bras pour l'aider à se révéler.

— Qu'est-ce que tu fais ?

Léa grimaça de douleur. Elle avait la sensation d'avoir des milliers d'aiguilles qui se plantaient dans son ventre.

— Il faut que tu te lèves, insista Edine.

— Edine stop, c'est sans espoir.

— Arrête de répéter ça !

Autoritaire et sûre d'elle, Edine enchaîna :

— Tu ne peux pas abandonner, je te l'interdis. Pour la première fois, Léa ne sut quoi lui répondre.

— Pas question que je te laisse ici ! Donc tu vas te lever et on va se mettre en route.

— Je ne pourrai pas aller bien loin dans cet état.

— Je vais te porter, ne t'inquiète pas.

Edine la força à se mettre debout. Les jambes molles, la tête qui tournait, Léa sentait ses forces l'abandonner.

Reculant de quelques pas, la jeune Éléria ferma les yeux, se concentra quelques secondes avant de les rouvrir. Son iris devint à nouveau doré. Un immense halo de lumière se mit à l'envelopper entièrement. Finalement elle disparut pour laisser place à une immense créature ressemblant étrangement à un cheval. Majestueux, une grande crinière ondulée et presque enflammée tombait de chaque côté de son encolure.

Bouche bée, Léa observait la magie qui s'offrait à ses yeux. C'était donc ça, les animaux totems. Ce n'était pas juste une carte de tarot ou même l'apparition d'un animal, on devenait l'animal.

— Allez grimpe !

Perplexe, aucun mot ne sortit de sa bouche. La voix d'Edine résonnait depuis l'intérieur de son totem. Néanmoins, Léa se demanda si elle devait parler au cheval.

L'animal se baissa afin de faciliter la montée. Laborieusement, Léa s'approcha pour poser une main hésitante sur sa crinière. Son regard se plongea dans son œil, laissant apparaître le reflet d'Edine. Vivait-elle à l'intérieur de l'animal, ou l'animal vivait-il en elle ?

Finalement, Léa se cramponna à la crinière et se hissa sur le dos du cheval en essayant de ne pas lui faire trop mal. À ce moment-là, un cri qu'elle commençait à bien trop connaître retentit. Un percefor.

— Accroche-toi ! clama Edine.

Léa serra la crinière dans ses mains, resserra ses jambes sur le corps de l'animal et se pencha légèrement en avant. Edine s'élança dans sa course. Elle était rapide, bien plus que tous les autres animaux terrestres. Les bords du lac défilaient, puis le Loch Ness disparut pour laisser place aux vallées verdoyantes de l'Écosse. Edine ne faiblissait pas dans sa course, contrairement à Léa qui commençait à avoir la vue qui se troublait.

Puis les plaines vertes laissèrent place aux falaises, constituées de vieux grès rouge, qui plongeaient dans la mer. Bleue et sombre à la fois. Elles se mirent à longer la côte pendant un moment.

— Tiens le coup, lui murmura Edine, on y est presque !

Le percefor apparut derrière elles. Rapide et déjà sur leurs talons, Edine slaloma entre les griffes de ce dernier. Dans un élan, Léa essaya de rassembler le peu de force qu'il lui restait pour essayer de le ralentir. Par miracle sa main s'enflamma, projetant une vague de feu sur la créature qui gagnait du terrain. Le percefor reçut le jet dans la gueule, ce qui le désorienta un instant. Il perdit de la vitesse, leur permettant de prendre un peu d'avance. Elles commencèrent à gravir la colline qui s'étendait devant elles.

— On arrive !

Léa regarda devant mais ne vit rien d'autre que la nature. Sa vue était certes trouble, pourtant il n'y avait rien en dehors des falaises.

La bête était à nouveau sur pied, si proche qu'elle pouvait presque sentir les effluves qui s'échappaient de sa gueule.

Edine donna une dernière accélération, ce qui mit quelques mètres entre eux. Comme sorti de nulle part, un champ de brouillard les enveloppa sur quelques mètres. Puis la brume se dégagea, laissant apparaître ce qui se cachait derrière. Un immense manoir aux pierres foncées, de style baroque, se dressait telle une tour de guet.

Le monstre cria avant de disparaître dans le brouillard.

À quelques pas de la bâtisse, ses forces la lâchèrent et Léa glissa du cheval pour venir toucher lourdement le sol. Elle ne sentait plus grand-chose, ses yeux devenaient vitreux, sa respiration était rauque, la vie l'abandonnait. La voix d'Edine lui arriva aux oreilles.

— Ils arrivent !

Des visages flous se dessinèrent devant ses yeux, des murmures se firent entendre avant qu'elle ne perde connaissance.

Malgré la lourdeur de son corps, elle avait la sensation d'être dans du coton. Dans l'incapacité de faire le moindre geste, seuls des éclats de voix lui parvenaient aux oreilles. Un brouhaha à peine inaudible.

Une douleur vive la fit reprendre connaissance. Il y avait deux hommes en plus d'Edine à son chevet. Un assez jeune, châtain clair, au profil du surfer californien, qui la maintenait aussi statique que possible. L'autre plus âgé, cheveux blancs et une barbe bien coupée avec des yeux gris perçants.

— C'est normal la douleur ! s'exclama l'homme plus âgé, visiblement les mains dans sa blessure.

En vain, elle essaya d'articuler.

— C'est bientôt fini, accroche-toi, reprit-il en voyant la pâleur sur son visage.

Léa bascula la tête en arrière et se laissa happer par le moelleux de l'oreiller. Sa tête devenait de plus en plus lourde, l'empêchant de rester éveillée. Finalement, elle sombra dans les abîmes de la nuit. Les mêmes images vues dans le bassin, puis celles du Globe, repassaient dans sa tête à vitesse rapide. Tout d'abord la pièce en feu, le baiser avec Kayle ainsi que l'acte de Valénia. Les derniers jours défilaient devant ses yeux sans qu'elle ne sache comment les arrêter.

D'un coup, tout se figea. Léa se retrouva à nouveau dans cette immense salle sombre aux murs verts. Sans crainte cette fois-ci, elle se retrouva face à Hecto.

— Tu es revenue ? dit-il surpris.

— Et je ne sais toujours pas comment…

Son sens de la répartie restait intact même au bord de la mort.

— Je pense savoir, reprit-il en croisant les mains devant lui.

— Parce qu'on est de la même famille ?

Il s'avança doucement, affichant un léger sourire.

— Donc tu sais.

— Oui, comme vous savez qui je suis.

— Effectivement, je l'ai deviné. Il n'y a pas beaucoup de personnes capables de venir jusqu'ici rien que par la pensée. Je suis curieux de savoir ce que tu sais sur moi.

— Votre nom est remonté quelques fois dans les conversations, Hecto, dit-elle en le narguant.

— Pas toujours en bien, j'imagine !

— C'est le moins qu'on puisse dire.

—Et tu les as crus ? questionna-t-il, craintif. Il lui fallut un instant de réflexion, ne sachant pas vraiment quoi dire, ni qui croire. Elle ignorait comment être arrivée là sans être dans le bassin.

— Je ne sais rien de vous. Mais si j'ai appris une chose dans la vie, c'est de se faire sa propre opinion sur les gens.

— Qu'est-ce que tu attends de moi ?

— Ce serait plutôt à moi de vous poser cette question, rétorqua-t-elle, curieuse.

Il lui sourit.

— J'aimerais beaucoup te le dire mais... je ne suis pas sûr de pouvoir te faire confiance. Il n'y a pas beaucoup de moyens de venir ici, surtout de cette façon.

Il se mit à marcher tout en se frottant la barbe.

—Ce qui veut dire que tu es sur Éléria et susceptible d'être de leur côté.

Elle laissa échapper un léger rire.

— De leur côté, c'est ce que vous pensez ? En ce moment je suis sur un lit, je ne sais même pas où, avec un trou dans le ventre qui m'a été causé par une Éléria. Je suis à deux doigts de la mort et vous voulez me parler de confiance... Ils se méfient de moi parce que je fais soi-disant partie de votre généalogie. Je ne suis pas sur Éléria !

Le sourire qu'il avait sur son visage disparut.

— Tu as été poignardée ?!

— Oui et ce n'est pas beau à voir, ironisa-t-elle.

— Où es-tu en ce moment ?

Pouvait-elle lui faire confiance et lui dire ? En même temps, elle-même ignorait où Edine l'avait emmenée.

— Je vous l'ai dit, je ne sais pas. C'est... c'est une amie qui m'a aidée. Elle m'a ramenée dans ce manoir auprès d'une personne qui peut apparemment me guérir.

Il continua à caresser sa barbe grisonnante en plissant légèrement les yeux.

— On t'a poignardée avec une lame de quelle couleur ?

— Comment ça ? demanda-t-elle en faisant les gros yeux.

— La lame était de quelle couleur ?

Fronçant les sourcils pour réfléchir, elle finit par déclarer :

— Euh… orange, je dirais.

— Tu as été infectée par un poison produit par une orchidée orange ! s'exclama-t-il, légèrement tendu.

— Super ! Donc en plus d'un trou dans le ventre, je suis empoisonnée, mima-t-elle les deux pouces levés.

— C'est un poison mortel pour les Élérias.

— Je vous remercie beaucoup pour tous ces détails !

— Tu vas t'en sortir ! enchaîna-t-il, confiant.

— Vous avez l'air bien sûr de vous.

— J'imagine que si tu n'es plus sur Éléria, c'est que tu dois être sur Terre, et il y a des chances que tu t'en sortes là-bas.

Elle le regarda, essayant de deviner ce qu'il pouvait savoir. Il cachait clairement quelque chose. Comment aurait-il pu connaître où elle était vraiment ?

— Quand tu iras mieux, j'aimerais beaucoup qu'on se rencontre.

— Vraiment ? reprit-elle, étonnée de sa requête.

— Tu pourrais venir jusqu'ici.

— Comment ?

— Si je te dis où je suis, tu pourras me rejoindre.

Son corps sembla soudainement moins pesant. Pendant quelques secondes, Léa eut l'impression d'être entre deux mondes. Hecto était toujours là, mais ses paroles se perdaient dans le vide. Une odeur de lavande lui chatouillait les narines, la fraîcheur des draps devenait palpable sous ses mains. Petit à petit, elle reprenait possession de son corps.

Difficilement, ses paupières se soulevèrent, essayant de s'acclimater à la douce lumière matinale qui baignait la chambre.

Léa balaya du regard la pièce avant de se rendre compte qu'elle n'était pas seule.

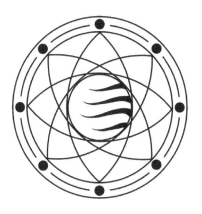

Chapitre 19

— Comment vous sentez-vous ? commença l'homme au pied de son lit.

— Un peu nauséeuse et... confuse, sur l'endroit où je me trouve, déclara-t-elle.

— Les nausées passeront, vous avez été pas mal amochée, confessa-t-il en désignant son ventre des yeux.

Un bandage recouvrait l'endroit où Valénia l'avait récemment poignardée.

— Vous êtes hors de danger.

— Comment avez-vous fait ? Je croyais que... que ce n'était pas une simple entaille, il y avait un poison aussi.

— Comment avez-vous su pour le poison ? s'enquit-il.

Hecto avait donc raison, la dague avait bien été empoisonnée. Ignorant tout de l'endroit où elle se trouvait et des dernières péripéties, son choix se porta sur la discrétion.

— J'ai eu vent que les orchidées orange étaient empoisonnées. De là à savoir comment on peut forger des lames de poison, ce serait trop m'en demander, plaisanta-t-elle.

Sa réponse le fit sourire.

— La dague était effectivement recouverte d'un poison, tu es bien renseignée. Pour neutraliser les effets, il suffit d'utiliser un sort composé d'orchidées blanches et de péridot. On pose l'intention dessus afin de neutraliser l'action du venin. Le petit hic, c'est que le sort de guérison peut être très, très douloureux, révéla-t-il en pinçant ses lèvres.

Une main sur le ventre, elle grimaça au fil de ses explications.

—Allez-y, regardez, suggéra-t-il visiblement confiant.

Tirant délicatement sur le pansement, elle fut surprise de constater l'absence de marque. Aucun point de suture, aucune cicatrice. Sa peau était lisse et rose vif. Elle regarda l'homme qui lui souriait sans comprendre.

— Vous guérissez vite ! s'exclama-t-il en se levant.

— Un peu trop vite ! Comment c'est possible ? Combien de temps je suis restée inconsciente ? s'affola-t-elle.

— Environ 24 h. Mais vous faites partie de la famille des Défenseurs, Léa. Une de vos capacités est de guérir plus vite.

— Comment connaissez-vous mon prénom ?

— Vous n'étiez pas seule quand vous êtes arrivée, vous vous souvenez ?

C'était un peu confus mais oui, elle se souvenait qu'Edine l'avait emmenée jusqu'ici. D'ailleurs où était-elle?

Tout doucement, elle se releva, encore engourdie par les effets des deux sorts subis. L'homme était plutôt grand et fin, des rides dessinaient son visage, ses yeux gris dégageaient autant de douceur que de tristesse.

— Je vous remercie… de m'avoir guérie, ajouta-t-elle avec douceur.

— Je vous en prie. Je m'appelle Golra.

— Enchantée Golra.

Des pas se firent entendre dans les escaliers, quelqu'un montait à toute allure. Edine franchit le seuil de la porte et une immense joie se lut sur son visage. Elle se précipita auprès de Léa.

— Je suis tellement contente de te voir réveillée ! Est-ce que ça va ? Tu es guérie ? Tu veux quelque chose ? s'empressa-t-elle de demander.

— Je vais bien merci, sourit Léa. C'est à toi que je le dois.

— C'était la bonne chose à faire !

— Je vais vous laisser, Mesdemoiselles. Dès que vous vous sentirez prêtes, je vous invite à nous rejoindre en bas.

Sur ces mots, il quitta la chambre, laissant les deux femmes apprécier leur moment.

— Comment tu connais cet endroit ? questionna Léa.

Edine se dandinait, la question la mettait visiblement mal à l'aise.

— Comment te dire ? bredouilla-t-elle. Tu te souviens des visions que tu as eues dans le bassin ?

Léa acquiesça d'un signe de tête.

— J'ai vu cet endroit, murmura-t-elle.

— D'accord. Mais comment as-tu su exactement où le trouver ? interrogea Léa en penchant légèrement la tête.

— Golra m'a guidée.

L'antidote devait avoir cramé certains de ses neurones, Léa était littéralement perdue.

— Je… je ne comprends pas. Tu le connais d'où ? C'est un Éléria ? hasarda Léa.

— Oui.

Les yeux écarquillés, cherchant à reconstituer l'histoire dans sa tête, Léa reprit :

— Je croyais qu'on était sur Terre.

— C'est le cas. Je ne connais pas vraiment son histoire. Tout ce que je sais, c'est qu'il vit ici depuis des années. Nous sommes dans son refuge pour les Exilés.

— Les Exilés ? répéta Léa.

— Oui.

—Tu es en train de me dire que des Élérias vivent parmi les humains ?

— Il y en a oui.

Léa se passa la main dans les cheveux en soupirant. C'était comme faire un puzzle avec la moitié des pièces et un mal de tête en prime.

— Viens, je vais te présenter aux autres, se réjouit Edine.

Les pieds bien ancrés dans le sol, Léa se redressa. Après avoir enfilé un long tee-shirt et un jogging posé près de la fenêtre, elle prit le chemin du rez-de-chaussée, devancée par Edine.

Elles descendirent un escalier en bois massif, surplombant d'immenses fenêtres, laissant passer une belle lumière. Les murs étaient bleu clair, un immense lustre tombait du plafond pour venir éclairer le long couloir recouvert d'une moquette jaunâtre. Un défilé de portes se succédait avant d'arriver au salon principal.

Tous les meubles étaient également en bois, un grand tapis ornait la pièce. Sur la gauche se trouvait une immense cheminée en pierre dont une odeur de bois brûlé s'échappait. Golra, en plus de trois autres personnes, était confortablement installé. Ils se levèrent tous quand elles rentrèrent dans la pièce.

— Je vous présente Léa, engagea Edine, enjouée.

— Bonjour, répondirent-ils presque d'un seul ton.

Léa les salua à son tour avec un geste de la main.

—Venez vous asseoir avec nous, proposa Golra.

Léa prit place sur un coussin près de la cheminée. La chaleur du feu lui chauffait le dos, provoquant une sensation agréable.

— Alors comme ça tu es signe du feu, lui lança le garçon assis sur le bord du canapé.

Elle se souvenait vaguement l'avoir déjà vu, il était présent pendant le soin prodigué par Golra.

— Il semblerait, opina Léa.

— Tu peux parler librement ici, annonça Golra.

— C'est trop cool ! s'extasia le jeune homme.

— Tu trouves ?

— Mais carrément. C'est trop la classe ! ajouta-t-il avec enthousiasme.

La vingtaine, un physique californien, des mèches légèrement ondulées, des yeux verts, une mâchoire carrée, il devait faire chavirer bien des cœurs.

— Tu ne trouves pas ça classe ? demanda-t-il à Léa.

— Je ne dirais pas forcément que c'est classe, je dirais plutôt que c'est... déstabilisant, ajouta-t-elle en arquant les sourcils.

— J'aurais adoré pouvoir mettre le feu partout, blagua-t-il.

Sa remarque déclencha le rire chez ses camarades, laissant Léa avec un sourire coincé.

— De quel élément es-tu ? demanda-t-elle, curieuse.

— Eau ! s'exclama-t-il en claquant des doigts.

Est-ce que tous les signes d'eau ont des physiques aussi charmants ?

— Ça ne te plaît pas ?

— Si, c'est classe aussi.

Visiblement, pour lui, beaucoup de choses étaient « classe ». Son vocabulaire, au premier abord, semblait limité.

— Au moins je ne suis pas coincé du cul comme certaines, hein Aléna, moqua-t-il en s'adressant à la jeune fille assise en face de lui.

Un teint aussi blanc que la neige, de longs cheveux noirs, des yeux en amande, elle serrait ses genoux contre sa poitrine, laissant son menton reposer dessus. Aucun son n'était encore sorti de sa bouche. La moquerie du jeune homme la poussa à quitter la pièce.

— Tristian, ton langage, avertit Golra.

— Quoi c'est vrai, roooh ! si on ne peut plus rigoler… Hein Léa, tu ne penses pas qu'ils sont coincés ?

— Si tu parles des Élérias, effectivement, ils ne sont pas forcément fun, attesta Léa en se pinçant les lèvres.

Discrètement, Golra sortit à son tour de la pièce, les laissant bavarder. Il passa la porte donnant sur l'extérieur, suivi des yeux par Léa.

— Tu dois avoir plein d'anecdotes à nous raconter, demanda Tristian en se frottant les mains.

— Laisse-la enfin, tu es trop intrusif, s'interposa la jeune femme rousse.

C'était la première fois qu'elle prenait la parole.

— Je m'appelle Ramélia, dit-elle en s'adressant à Léa.

— Enchantée.

Avec ses longues boucles et sa silhouette pulpeuse, sans compter la multitude de bracelets qui recouvrait ses avant-bras, elle lui rappela, hormis sa peau claire, les femmes d'un peuple tsigane qui avait croisé sa route quelques années plus tôt.

— Alors des anecdotes ? s'impatienta Tristian.

Ramélia lui mit un coup de coude faisant clinquer ses bijoux.

— Mais quoi !

— Elle a été poignardée je te rappelle, elle n'a pas forcément envie de parler de ça, marmonna-t-elle discrètement.

— Ouais… oups désolé, reprit Tristian.

— Ce n'est pas grave, s'empressa de balayer Léa d'un geste de la main. Où est-on exactement ?

— Dans une base secrète, se moqua le jeune homme.

Ramélia lui remit un coup de coude. Visiblement, ils se connaissaient depuis un petit moment, on pouvait sentir une certaine alchimie entre eux.

— On est en Écosse, mais tu dois connaître ? ajouta Ramélia.

Léa acquiesça de la tête.

— C'est un manoir qui appartient à Golra depuis des années. C'est un lieu sûr pour nous, compléta Ramélia.

— Sûr dans quel sens ? hésita Léa.

— Ici, on peut utiliser nos éléments sans craindre d'attirer des percefors.

— Ou d'attirer l'attention, compléta Tristian avec un clin d'œil.

— Comment ? interrogea Léa en se passant machinalement une main sur sa blessure.

— Golra a créé un champ de protection autour du domaine.

Léa se souvint avoir franchi quelque chose en arrivant sur la colline. Une sorte de brouillard juste avant que le percefor ne les rattrape, laissant apparaître cette grande bâtisse.

— Comment êtes-vous arrivés là ? Vous êtes, je suppose, tous des Élérias donc comment ça se fait que vous ne soyez pas sur votre sphère ? interrogea Léa.

— On est des rebelles, nargua Tristian en faisant un signe de gang avec ses doigts.

— Arrête tes bêtises, on n'est pas des rebelles, contesta Ramélia.

— Mais on pourrait en être, l'asticota Tristian. Soyons sérieux deux minutes. Si on est ici, c'est qu'on a tous enfreint au moins une fois, voire des dizaines de fois dans mon cas, leurs foutues règles. Et oui, toi aussi Edine, tu en es une maintenant.

Rapprochant ses genoux contre sa poitrine, Edine laissa transparaître un mal être. Ramélia se leva et, en passant, fit une petite tape sur la tête de Tristian.

— Tu n'es pas malin, souligna-t-elle.

— Je dis simplement ce qui est.

— Donc vous avez enfreint leurs règles, mais pourquoi être venus ici ? C'est ça votre infraction ? Avoir quitté Éléria sans demander la permission ? charria Léa.

— On a été bannis, conclut Ramélia.

Les mots restèrent coincés dans la bouche de Léa, intensifiant son mal de tête. Comme à son habitude, elle se leva et se mit à marcher dans la pièce.

Ils bannissent les gens ?

— Tu es en train de me dire que les Fonnarcales expulsent des personnes en les envoyant ici ? Sachant qu'ils peuvent se faire tuer par ces créatures ?

— Évidemment ! Comment tu crois qu'ils font pour faire obéir les gens ? lança Tristian en se levant à son tour.

C'était impossible à concevoir. Une pensée pour Kayle lui vint. Était-il au courant ? Était-il d'accord avec leur façon de procéder ? Malheureusement, Léa connaissait la réponse. La mine basse d'Edine confirma ses soupçons.

— Bienvenue en Exil ! termina le jeune homme en quittant la pièce, un bras autour du cou de Ramélia.

Un silence s'installa dans la pièce. Léa alla se poster devant la fenêtre. De là, on avait vue sur l'extérieur. L'horizon s'étendait sur plusieurs kilomètres. Le manoir était posé en haut d'une colline avec en contrebas la mer qui s'étendait au loin. Golra était assis au bord de la falaise en position méditative.

— Tu le savais, affirma Léa après une longue inspiration.

— Oui, répondit timidement Edine, le menton posé sur ses genoux.

— Pourquoi ne m'as-tu pas parlé de cet endroit avant ?

— Je n'ai pas osé. Tu m'en veux ?

Croisant les bras, elle avait besoin de réponses.

— Je peux comprendre pourquoi tu étais discrète sur ce lieu. Je me doute que malgré le courage de Tristian dans ses dires, ils se cachent quand même. Mais tu aurais dû m'en parler, ajouta-t-elle en pivotant son visage vers la jeune femme.

Sans rien ajouter de plus, Léa quitta la pièce, prête à demander davantage d'explications à l'homme qui leur avait offert un refuge.

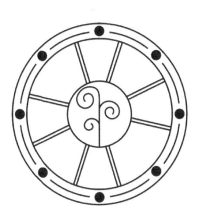

Chapitre 20

Assis en tailleur sur une pierre, Golra semblait en pleine méditation. Malgré le flot de questions présentes dans sa tête, Léa renonça à le déranger.

— Vous pouvez rester, affirma-t-il.

Légèrement surprise qu'il l'ait entendue malgré levent, Léa avança jusqu'à lui. Les yeux toujours fermés, son visage était apaisé et serein. Elle nota quelques cicatrices sursa joue et son cou, mais ce sont surtout ses mains quiattirèrent son attention. Elles étaient scarifiées. Il y avait des traces de brûlures, des boursouflures et des crevasses.

Pleine de compassion pour cet homme, ses blessures attisaient tout de même sa curiosité.

— Souvenir de batailles, lui dit-il sans ouvrir les yeux.

— Comment savez-vous ce que je pensais ?

Un léger sourire se dessina sur son visage.

— Des années de pratique.

— Vous pouvez lire dans les pensées ? hasarda Léa.

— Non, lui répondit-il en ouvrant les yeux. Lire dans les pensées de l'autre est réservé aux personnes qui ont réalisé un matiola. Je suis juste assez doué pour lire dans les gens. Des années d'observation.

Il se massa délicatement les mains.

— Qui êtes-vous vraiment ? Quel est cet endroit ? questionna Léa, les mains sur les hanches.

— Viens marcher avec moi, dit-il en se levant.

Le tutoiement la surprit. Leur relation venait-t-elle d'évoluer ? La considérait-il comme l'une des leurs ? Sans relever ce détail, Léa l'accompagna.

— Cette maison, dit-il en parcourant le domaine de sa main, je l'ai acquise il y a quelques années. Je l'ai restaurée et en ai fait un refuge. Elle est protégée par un champ de force qui nous rend invisibles aux yeux des humains et indétectables des percefors. Sur un plan plus personnel, je faisais partie des Fonnarcales.

En lui posant la main sur le bras, elle l'arrêta dans sa course.

— Attendez ! Vous êtes en train de me dire que vous faites partie des personnes qui siègent au conseil ! s'exclama-t-elle, les yeux écarquillés.

— Je *faisais* partie. Je les ai quittés il y a des années maintenant.

— Pour quelles raisons ? Je croyais qu'on ne pouvait pas partir comme ça ? Ils sont loin d'être compréhensifs et souples…

— Mon départ n'a pas été approuvé. Les raisons qui m'ont poussé à les quitter, ajouta-t-il en reprenant la marche, sont liées à mon désaccord par rapport à leur décision.

— Laquelle ? le pressa Léa.

— Je comprends que tu aies beaucoup de questions.

Sans rien ajouter de plus, il continua son avancée.

— Donc ça veut dire que vous n'allez pas me répondre ?

— Effectivement.

— Pourquoi ? protesta-t-elle en le stoppant à nouveau.

— C'est une longue histoire.

— J'ai le temps, lui fit remarquer Léa avec un sourire forcé.

Il posa délicatement sa main sur son épaule.

— Il y a des choses que l'on doit découvrir par soi-même.

— Ça changerait quoi que je l'apprenne par vous ou par un autre ? vociféra Léa.

— Ça changerait beaucoup de choses.

Se massant le cou, Léa soupira, désespérée. Son mal de crâne ne passait pas et la faim se réveillait.

— Votre départ est lié à mon histoire ? tenta Léa.

— Tu le penses ?

— Vous répondez toujours à des questions par d'autres questions, s'agaça-t-elle.

— Ne sois pas impatiente, les réponses viendront à toi au moment venu.

Visiblement il n'était pas enclin à lui donner des réponses. Tout en soupirant, son regard se porta au loin, passant en revue les choix qui s'offraient à elle.

— Tu es la bienvenue ici, reprit Golra en l'invitant à rejoindre la maison par le bras. Je suis prêt à t'aider afin que tu comprennes ce nouvel élément qui t'habite et t'enseigner ce dont tu as besoin.

— Vous n'avez pas peur que je mette le feu à la maison, dit-elle d'un ton amusé.

— Je connais une personne à l'intérieur qui pourra nous servir d'extincteur, dit-il en l'accompagnant dans son rire. Et je resterai toujours présent.

— Vous êtes de la famille des Protecteurs ? déduit-elle.

Tout en joignant ses mains, il affirma :

— Effectivement, mais... mon élément a été endommagé, ajouta-t-il en montrant ses mains.

— Je suis désolée.

Son ventre se serra en pensant à la souffrance qu'avait dû supporter cet homme.

— Tu as un grand cœur Léa.

— Qu'est-ce qui vous fait dire ça ?

— Je ne peux peut-être plus ériger un mur d'eau, mais je peux percevoir les vibrations des personnes. Humaines ou Élérias et crois-moi, chez toi ça vibre fort. Ce qui rend ton pouvoir encore plus grand, expliqua-t-il en lui faisant un clin d'œil.

Ses mots lui rappelèrent ceux de Mayanne.

— Tu as un puissant élément en toi. N'aie pas peur de le faire jaillir.

— Au risque de blesser des gens ? soupira Léa.

— Chaque élément peut blesser si on ne fait pas attention et si on n'apprend pas à le comprendre.

Elle referma ses bras autour de sa taille tandis que Golra l'invitait à s'asseoir sur un banc donnant sur une cour derrière le bâtiment.

— Il y a longtemps, ton élément était respecté et adoré, reprit-il.

— Vous êtes sûr, ricana Léa.

— Bien sûr, vous êtes de grands combattants. Vous nous protégiez contre les ennemis extérieurs. Votre force et votre résistance sont plus grandes que les autres. Et ta puissance sera d'autant plus profonde parce que ton élément est relié à tes émotions.

— On semble croire que c'est une faiblesse d'avoir des émotions.

— Parce qu'ils ne les comprennent pas. Si tu puises en toi cette force, ton élément sera d'autant plus redoutable car tu te battras avec ton cœur. Une des plus grandes armes de cet univers.

Ses mots lui firent du bien, c'était la première personne qui semblait la comprendre et surtout, ne pas la percevoir comme un ennemi. C'est avec une main sur la poitrine que ses souvenirs lui revinrent en mémoire. Cette présence intense lors de la connexion au Biliome. Le feu l'habitait.

— Je ne t'ai pas fourni beaucoup de réponses, enchaîna Golra, j'en conçois, mais nous feras-tu le plaisir de rester avec nous ?

Prise de doute, son regard se posa sur la maison. Vivrait-elle le même rejet que sur Éléria ? Golra lui laissait clairement le choix.

— Je ne sais pas, finit-elle par formuler. J'ai…

— Peur, glissa-t-il calmement.

Elle hocha légèrement la tête.

— Les personnes qui sont ici ont vécu des choses similaires aux tiennes. Si elles sont présentes aujourd'hui, c'est que leur place est là. Il n'y a pas de différence entre les familles. Nous sommes une seule unité, peu importe l'élément que tu possèdes. Et j'ai l'impression que certains t'ont déjà quasiment adoptée.

Ils échangèrent un sourire complice mais Léa se demanda si elle était prête à se lier à de nouvelles personnes. Créer des liens, c'était prendre un risque.

Après de longues secondes d'hésitation, elle accepta finalement l'invitation de Golra à rester.

— Tu m'en vois ravi ! se réjouit ce dernier. Suis-moi, je vais te faire visiter.

Une fois dans la maison, ils allèrent de pièce en pièce, en passant par le salon, la bibliothèque, la cuisine, pour finir à l'étage des chambres. Le manoir était sur trois niveaux. Au dernier, une terrasse surplombait la vallée, offrant un paysage à couper le souffle. Que des meubles anciens et de la moquette dans presque toutes les pièces.

— Voici ta chambre, dit-il en lui ouvrant la porte.

La pièce se composait d'un lit, d'un bureau, d'un placard et d'une vue sur la mer. C'était simple mais cosy. Il y avait une atmosphère des plus chaleureuses qui se dégageait de la chambre, comme dans toute la maison d'ailleurs. Tout reflétait la bienveillance et la générosité de Golra.

— Je vous remercie.

— Tu trouveras quelques affaires dans le placard. Si tu as besoin d'autre chose, tu n'auras qu'à demander.

— Encore une fois, merci.

Elle s'installa sur le lit, la fatigue l'enveloppa soudainement.

— Est-ce que je peux vous demander comment vous avez recueilli toutes ces personnes ?

Il resta sur le seuil de sa porte tout en lui répondant :

— Je t'ai dit plus tôt que je pouvais ressentir les vibrations des humains ou des Élérias.

— Exact.

— Quand un de ces jeunes arrive sur Terre, je ressens sa présence. À ce moment-là, je vais à sa rencontre et lui fais la même proposition qu'à toi.

— La différence, c'est que vous les avez trouvés avant qu'ils aient des ennuis, je suis arrivée plutôt en mauvais état, ironisa-t-elle en tapotant son ventre. J'ai eu de la chance que votre maison se trouve aussi près de l'endroit où je résidais.

Un sourire espiègle se dessina sur son visage.

— Certaines circonstances ne sont pas liées à la chance.

— Ce qui veut dire ? interrogea-t-elle en fronçant les sourcils.

Sans répondre, il tourna les talons, prêt à partir.

— Une seconde ! reprit-elle, frustrée. Pourquoi vous ne m'avez pas trouvée plus tôt ?

— Te trouver plus tôt ? rétorqua-t-il, confus.

— Vous avez la capacité de sentir les Élérias, pourquoi ne pas être venu à ma rencontre avant ? Pourquoi avoir attendu qu'Edine m'amène ? Elle aurait pu ne pas arriver à temps.

— Tu es plus résistante que tu ne le penses. Et pour répondre à ta question, ayant été élevée par les humains depuis des générations, ton élément était endormi et peu reconnaissable. Ce qui te rendait plus difficile à trouver.

— Et pourtant vous n'étiez pas loin, déclara Léa en haussant un sourcil.

— Je vais te laisser te reposer un peu. Tu es ici chez toi, donc n'hésite pas à demander ce que tu veux.

— En dehors de réponses, plaisanta Léa.

Laissant échapper un léger murmure, il referma la porte sur lui en chantonnant. Léa s'étendit sur son lit. Des draps en coton blanc, un couvre-lit molletonné, un tapis en toile de jute, on aurait presque dit une photo tirée d'un magazine de décoration.

Avec ses doigts, elle se massa les tempes après avoir coincé un oreiller sous sa nuque. Les yeux fermés, son esprit se laissa aller à penser. Il fallut peu de temps avant que Kayle vienne envahir ses songes. Toutes les visions à son égard la perturbaient énormément. La dernière fois qu'ils s'étaient vus, c'était près du Biliome.

Avait-il simplement remarqué son absence ? Vingt-quatre heures s'étaient écoulées ici, mais cela représentait seulement des minutes pour lui…

Tout avait commencé depuis son passage dans le bassin, si bien que les images passaient en boucle dans sa tête. Son esprit avait été mis à rude épreuve dernièrement, de sorte que Léa se demanda si son attirance soudaine pour Kayle était réelle, ou influencée.

Chapitre 21

Le soleil perçait déjà à travers la fenêtre quand Léa ouvrit les yeux. Le sommeil avait fini par l'emporter. C'est en regardant machinalement son poignet pour regarder l'heure, que le souvenir de sa montre fondue lui revint.

Malgré un sommeil de plomb, ses rêves étaient toujours agités. Le visage de Kayle lui était évidemment apparu mais cette fois-ci, une ombre était également présente. Instinctivement, sa main caressa son ventre. Toujours aucune douleur, sa blessure avait bel et bien guéri.

Par la fenêtre on pouvait voir l'eau de la mer scintiller sous les premières lueurs du matin. Après une longue douche bien chaude, elle quitta la chambre et se dirigea vers le rez-de-chaussée, suivant les voix qui s'élevaient depuis la cuisine.

Les quatre jeunes Élérias étaient attablés et dégustaient des pâtisseries.

— Tu es réveillée ! s'exclama Edine. Comment vas-tu ?

— Ça va, lança Léa en prenant un siège pour s'asseoir autour de l'îlot central. Je ne pensais pas me rendormir aussitôt.

— Golra nous a dit que c'était normal. Tu avais besoin de te reposer après le soin reçu, ajouta Ramélia.

—Tu as faim ? enchaîna Edine en lui tendant un panier rempli de brioches.

— Je meurs de faim oui ! s'extasia Léa devant l'opulence de nourriture.

C'est à pleines dents qu'elle mordit dans la pâtisserie sous les yeux ravis de Ramélia.

— Tu aimes ? questionna cette dernière.

— Absolument, c'est un délice ! répondit Léa la bouche pleine.

— Merci.

— C'est toi qui les as faites ?

— Oui, c'est une de mes passions.

À peine avait-elle avalé sa brioche que sa main piochait déjà la suivante.

— On adore ta passion, s'amusa Tristian en se servant quant à lui un muffin. Heureusement qu'on se dépense à l'entraînement, sinon ça ferait longtemps que je roulerais dans l'escalier.

— En même temps, personne ne te demande d'en manger autant, s'amusa Ramélia en le poussant du coude.

— Tu serais triste si je ne mangeais pas ta nourriture. Je me sacrifie pour ton bonheur ma chère, renchérit-il avec un clin d'œil.

— Quel sacrifice éprouvant ! se moqua la jolie rousse.

Leurs rires furent complices et Ramélia en profita pour essuyer une miette près de la bouche du jeune homme. Edine les regardait, admirative de leur entente. Léa remarqua, à ce moment-là, le regard triste d'Aléna. Les yeux baissés, jouant avec la cuillère de son thé, elle se renfrogna un peu plus. Leurs regards se croisèrent et voyant son mal-être, Léa tenta d'attirer l'attention du jeune homme.

— Tu parlais d'entraînement ? demanda Léa, se servant un jus de fruits.

— Exact, dans une heure, toi et moi on va aller s'entraîner. J'ai hâte de savoir ce que tu peux faire, dit-il en se frottant les mains.

Le regard perplexe de Léa poussa Edine à réagir.

— Vas-y doucement, elle n'a pas l'habitude.

— Oh allez ! dit-il en bombant le torse. Elle a flingué deux percefors, je suis sûr qu'un combat ne peut pas l'effrayer.

Léa bascula son regard sur la jeune Éléria.

— Je vois que les nouvelles vont vite, lui fit-elle remarquer.

— Je suis désolée, ils m'ont bombardée de questions, dit-elle la mine baissée.

— Hey, je te taquine, sourit Léa.

Edine releva la tête, l'accompagnant dans son sourire.

— Tu ne m'en veux pas ?

— Pas du tout, ça enlève juste l'effet de surprise quand je mettrai une bonne déculottée à ton ami, nargua-t-elle en désignant Tristian du regard.

L'encouragement d'Edine et Ramélia fut unanime.

— Je vais rameuter toute la ville, s'amusa Ramélia en frappant dans ses mains.

— On se calme Mesdames, je sais que vous rêvez de me voir en action mais chacune son tour, renchérit Tristian en passant les mains sur son torse.

Elles pouffèrent de rire en le voyant faire son show, même Aléna sourit. À ce moment-là, Golra entra dans la cuisine :

— C'est un bel exemple de complicité et un visage familier que je vois. Comment vas-tu ce matin ? demanda-t-il à Léa.

— Mieux merci.

— Tu m'en vois ravi, reprit-il en prenant une tasse de café brûlant.

— Nous allions faire une petite séance d'échauffement Gol, si tu n'y vois pas d'inconvénient, j'aimerais tester la nouvelle, taquina-t-il en gonflant ses muscles.

— Je n'y vois pas d'inconvénient, après ce n'est pas vraiment à moi de décider, répondit-il en regardant Léa.

Sur le moment, Léa se sentit moins confiante. Cela avait été amusant de taquiner Tristian, mais le doute l'envahit. L'idée de devoir utiliser son élément lui faisait peur. Deux créatures avaient péri grâce à l'usage de ses capacités, mais à ce moment-là, c'était sans craindre de faire du mal. Maintenant, c'était différent. Suite aux événements du Globe, elle redoutait de blesser à nouveau tandis que les mains brûlées de Mult lui revinrent en mémoire.

— Je pense que ça ne peut que me faire du bien, bredouilla-t-elle.

— Génial ! On se retrouve dans la cour ma jolie, s'exclama Tristian en claquant des doigts avant de quitter la cuisine en sifflotant.

— Puis-je m'entretenir avec toi avant ? interrogea Golra.

— Oui bien sûr, répondit Léa, soulagée.

Golra la guida jusqu'à son salon privatif. La pièce était remplie de livres anciens, une collection amassée au fil des années. Elle s'attendait presque à un espace assez strict, style bureau du proviseur, mais il n'en était rien. Il possédait sa propre cheminée. Plusieurs chevalets avec des toiles en cours de réalisation, de grands fauteuils et un bureau en verre trempé industriel, apportaient du cachet à la décoration. Lui faisant signe de prendre place sur un des fauteuils disponibles, il enchaîna :

— Est-ce que tout va bien ?

— Je vais bien sauf que… je redoute de me servir de mon élément

— C'est une peur responsable, ajouta-t-il en joignant ses mains.

— J'ai déjà blessé une personne, déplora-t-elle. Même si pour ma défense, je dirais qu'il l'a provoqué, je… je n'ai pas de contrôle dessus.

Son regard se posa sur le sol, comme un enfant qu'on aurait grondé.

— C'est justement ce qu'on va t'aider à trouver. Chaque élément a ses dangers. Aucun n'est plus facile que l'autre à appréhender. Chez les Élérias, c'est quelque chose qui fait partie de leur vie depuis l'enfance. Ils ont appris à le comprendre et à l'écouter. Pour toi, c'est différent. Il a été endormi pendant des années. Tu l'as réveillé, maintenant il ne demande qu'à sortir.

— Vous en parlez comme si c'étaient des êtres à part, s'étonna Léa.

— Les éléments sont vivants. Tu le vois tous les jours autour de toi. Le fait de les posséder intérieurement ne les rend pas différents. Toutefois, si on ne fait pas attention, ils peuvent prendre le dessus sur nous.

C'était la sensation qu'elle avait ressentie. La première fois près du lac, puis plus intensément dans le Globe. Cette impression de ne plus être présente. Comme observer la scène d'un point de vue spectateur.

— J'ai déjà ressenti cette emprise. La sensation d'être extérieure à tout ça et d'avoir une autre personne aux commandes de mon corps.

— C'est normal, ton élément a dû s'activer au gré de tes émotions, le rendant d'autant plus puissant.

— Je ne suis pas rassurée de savoir que si jamais je venais à m'énerver, je pourrais tout détruire, s'inquiéta-t-elle en s'enfonçant un peu plus dans son siège.

— Le but justement, c'est d'apprendre à le connaître. Je vais t'enseigner la manière de te connecter à lui. Et quand une émotion surgira, il ne prendra pas le dessus. Il doit devenir ton meilleur allié, ajouta-t-il sereinement.

Elle n'avait pas vu les choses de ce point de vue-là. Mais percevoir les éléments comme des êtres vivants était une chose, apprendre à manipuler le feu en était une autre.

— Je t'accompagnerai pas à pas, dit-il en se levant de son fauteuil pour aller se servir une tasse de thé. Et ne t'inquiète pas pour Tristian, il est un peu macho, mais il est adorable.

Elle laissa échapper un rire.

— J'ai une autre question.

— Je t'écoute, dit-il en choisissant délicatement un sachet de thé qu'il fit infuser dans la théière.

— C'est quoi un animal totem ?

— C'est ta nature profonde.

— Ça ne m'explique pas ce que c'est, songea Léa en haussant les sourcils.

— L'animal représente qui nous sommes. Il ne se dévoile que lors d'une transformation complète. Notre puissance est décuplée à ce moment-là.

— C'est comme les loups-garous ? tenta-t-elle en se pinçant les lèvres.

— Pas vraiment, reprit Golra, amusé par sa comparaison. On ne devient pas vraiment un animal en chair et en os. Notre totem va refléter notre intérieur et se projeter à l'extérieur. Tu peux le toucher ou grimper dessus, tu l'as vécu avec Edine, mais dans tous les cas, tu auras toujours ton apparence humaine en dessous.

— Je vois, dit-elle en plissant les yeux.

En réalité, elle ne voyait pas du tout. Edine s'était transformée en une sorte de cheval, mais Léa peinait encore à comprendre. Si le totem n'était pas de chair et d'os, comment pouvait-on tenir dessus ?

Golra lui proposa une tasse de thé qu'elle accepta volontiers.

— À quel moment on se transforme complètement ? s'intéressa-t-elle.

— Quand tu seras alignée avec ton élément. C'est à ce moment-là que la marque de la famille apparaît.

— Les tatouages vous voulez dire ?

— Oui. Je sais que tout ça peut paraître confus pour l'instant. D'ici peu, beaucoup de choses prendront leur sens.

— J'espère, car j'ai vraiment l'impression d'être à l'ouest, finit-elle en portant le breuvage à sa bouche.

Une douce odeur de menthe envahit ses sens.

— Je trouve que tu t'en sors plutôt bien, la rassura-t-il en avalant une gorgée. Il te suffit juste d'accepter cet élément qui t'anime. N'aie pas peur de ce que tu es.

Posté devant la fenêtre son regard se perdit au loin.

— Ce n'est pas le plus simple, avoua-t-elle, anxieuse.

— Je sais, mais plus tu l'accepteras, plus tout prendra son sens.

Après une longue inspiration, elle hocha la tête sans grande conviction.

— À mon tour de te poser une question, si tu le permets.

— Bien sûr, dit-elle en posant la tasse de thé sur son bureau avant d'aller le rejoindre près de la fenêtre.

— Tu as dit avoir déjà blessé une personne qui avait déclenché ton élément ?

— Exact, répondit-elle, craintive.

— Tu peux m'en dire plus ?

— J'ai eu la mauvaise idée de leur dire ce que j'avais vu dans le bassin, commença-t-elle en se massant nerveusement les mains. Au-delà de découvrir un semblant de mon histoire et de mes descendants, un évènement assez étrange s'est produit.

Redoutant la réaction de Golra, elle hésita à continuer. Remarquant son embarrassent, il se permit d'intervenir :

— Quel était cet évènement ? questionna-t-il en s'adossant à la fenêtre.

Son souffle se bloqua dans sa poitrine.

— Il se trouve que j'ai pu discuter avec... avec Hecto, marmonna-t-elle en guettant la réaction de son interlocuteur. J'ignorais qui il était au départ. Je ne sais pas non plus comment c'est arrivé, mais c'est arrivé.

— Le bassin a de grandes propriétés, affirma-t-il.

— Apparemment. Les Fonnarcales n'ont pas su, ou voulu, m'expliquer comment cela avait pu se produire. Ils m'ont demandé de les aider à le retrouver. Lui et les autres Défenseurs. J'ai été emmenée dans une pièce appelée le Globe et Docteur Maboul a voulu jouer avec mon esprit, balança-t-elle en repensant à la détermination de Mult.

Le visage de Golra changea. La peur put se lire sur son visage.

— Ce docteur, comment s'appelle-t-il ?

— Mult.

Comme si les années le rattrapaient, ses traits se firent plus marqués, il prit dix ans. Les yeux légèrement brillants, Golra caressa longuement ses mains. Léa sentit un frisson lui parcourir le dos. En voyant sa réaction, l'évidence s'imposa à elle :

— C'est lui qui vous a fait ça ?

— C'est exact, répondit Golra, les yeux baissés.

— Je suis vraiment désolée.

Un silence s'installa dans la pièce. Léa imagina tout ce qu'il avait dû subir des mains de Mult. Ce type était un monstre.

— Il a utilisé de l'orchidée jaune pour pénétrer ton esprit, reprit Golra en se raclant la gorge.

— Oui... répondit Léa, curieuse.

— A-t-il réussi ?

— C'est difficile à dire. Je pense que oui, malheureusement.

Sa voix se tut dans un murmure. Le regard dur, Golra se rapprocha de Léa.

— Tu penses ou tu es sûre ? trépigna-t-il.

Il désirait des réponses, tout comme elle. La veille au soir, ce dernier s'était montré évasif face à ses requêtes. Sa réaction soudaine agaça donc Léa.

— Je ne suis pas sûre, d'accord, pesta Léa en s'éloignant de la fenêtre. Au départ, j'ai accepté de les aider. Mais sous l'effet du sort j'ai commencé à paniquer. Quelque chose n'allait pas. Je pouvais sentir les intentions de cet homme et il n'y avait rien de bon. Alors j'ai commencé à lutter. D'un coup, tout est devenu incontrôlable. Quand j'ai repris mes esprits, les mains de Mult étaient complètement brûlées.

La panique avait accompagné chacun de ses mots. Son pouls s'était emballé ; un quart de seconde, elle s'était retrouvée à nouveau dans le Globe.

Golra avait pris le temps de l'écouter attentivement. Son visage s'adoucit une fois ses explications terminées.

— Je suis désolée, finit-elle par dire en soufflant.

— Tu n'as pas à t'excuser.

Il s'installa derrière son bureau et posa ses mains à plat sur la table.

— J'aimerais savoir pourquoi tu as changé d'avis ?

— Je ne sais pas vraiment, reprit-elle en haussant les épaules. J'ai simplement ressenti que c'était la bonne chose à faire.

Un sourire illumina le visage de Golra.

— Tu vois c'est ça, être à l'écoute de ton élément.

Il attrapa un livre dans l'immense bibliothèque derrière lui et le tourna en direction de Léa.

— L'orchidée jaune a pour propriétés de libérer l'esprit et de permettre à son utilisateur de pénétrer l'esprit d'une autre personne. En associant les fleurs et les pierres ensemble, tu obtiens des sorts différents. On les appelle plus communément des Brixma. Sentant le danger, ton élément t'a protégé.

— C'est comme de l'intuition ? questionna-t-elle.

— En plus puissant. Tu l'as écouté et c'est pour cette raison que tu as réagi avec une telle puissance de feu. Mon travail sera de faire en sorte que vous deveniez amis tous les deux.

Il se leva, contourna son bureau et planta son regard dans celui de Léa.

— Une dernière chose avant que je ne te libère.

— Je vous écoute.

— Il n'a pas réussi à pénétrer ton esprit, affirma-t-il, en posant sa main sur son épaule.

— Comment le savez-vous ?

— J'ai subi ce genre d'interrogatoire. S'il avait réussi, on ne serait pas en train de se parler en ce moment.

Tout de même préoccupée, Léa expira de soulagement.

— Je suis désolée pour ce qu'il vous a fait subir, ajouta-t-elle avec compassion.

— Je te remercie. Même si je prône le pardon et la bienveillance, je ressens une légère satisfaction de savoir que tu as réussi à le mettre KO. Mais surtout ne le dis à personne, termina-t-il en mettant un doigt devant sa bouche.

— C'est promis, chuchota-t-elle en souriant.

Chapitre 22

Après son entrevue avec Golra, Léa était partie rejoindre Tristian dans la cour arrière, gonflée à bloc, prête à subir son premier entraînement. Or le jeune Éléria ne l'avait pas ménagée.

Après un échauffement intense, mélangeant course à pied et saut d'obstacles, il l'avait littéralement assommée à coups de jets d'eau. Impossible pour elle de déclencher son élément.

Au bout de deux heures, trempée de la tête aux pieds, Léa jeta l'éponge. Le corps endolori, avec l'impression d'être passée sous un rouleau compresseur, elle grimpa difficilement les escaliers qui menaient aux chambres. De son côté, fier de son exploit, Tristian sifflotait au rez-de-chaussée.

La voyant se liquéfier sur place, Edine accourut à sa rencontre.

— Mais qu'est-ce qu'il s'est passé ? s'inquiéta la jeune femme en la soutenant par le bras.

— J'ai bu la tasse, blagua Léa. J'ai dû avaler l'équivalent de vingt litres d'eau.

— Comment je peux t'aider ?

— Ça va aller merci, il faut juste que j'arrive à ma chambre, répondit Léa en toussant.

Edine l'aida à s'asseoir sur son lit. Dans un râle, elle retira ses chaussures.

— Je vais te chercher une serviette, s'écria Edine déjà dans la salle de bain.

— Va plutôt me chercher une essoreuse, rétorqua Léa.

— Tu disais quoi ? questionna Edine en revenant, une grosse serviette éponge sous le bras.

Elle n'avait visiblement pas entendu sa remarque.

— Rien, t'inquiète, je te remercie.

Léa s'enfonça le visage dans la serviette.

— Il ne t'a pas ménagée, glissa gentiment Edine.

— C'est sûr.

Le son fut étouffé par la serviette toujours maintenue sur son visage.

— Il est vrai que je l'ai un peu provoqué…

Léa releva la tête afin d'essorer ses cheveux.

— Quand même, il aurait pu commencer doucement, rétorqua Edine.

Faisant des cercles avec ses épaules, Léa tentait tant bien que mal de détendre ses muscles.

— Je suis désolée, je ne peux pas soulager tes douleurs mais Golra le peut sûrement, je vais aller le chercher.

— Ce n'est rien, l'arrêta Léa. Quelques courbatures qui partiront.

— Est-ce que je peux faire quelque chose ?

— Tu en fais déjà beaucoup. Tu es une belle personne.

Elles échangèrent un sourire complice.

— Tu as réussi à exploiter ton élément ?

— Non, rien, nada, que dalle, même pas une petite flammèche, s'amusa Léa.

— Quand tu t'en es servi, est-ce que tu te souviens de ce que tu ressentais ? Ça pourrait peut-être t'aider à comprendre ce qui le déclenche, enchaîna Edine en s'installant en tailleur sur le lit.

La tête en arrière, Léa prit le temps de réfléchir.

— Il y a la fois où le conseil a essayé de me tuer. La fois où on a failli mourir près du lac et puis quand j'ai lamentablement essayé de stopper Valénia… Si on cherche un dénominateur commun, je pense que c'est la mort, se moqua Léa.

Voyant la panique se dessiner sur le visage d'Edine, Léa s'empressa de reprendre :

— C'était une blague, ne t'en fais pas. Je pense juste que ressentir de la peur a dû m'aider.

— Ce sont les seules fois où tu t'en es servi ? hasarda Edine, soulagée.

Léa baissa les yeux, il y avait bien une autre fois. La toute première d'ailleurs. Le moment où Kayle lui avait fait découvrir ses capacités.

— Il y a eu un autre moment…

— Lequel ?

— Quand on était dans mon appartement, juste après la première attaque du percefor. Kayle m'avait emmenée chez moi pour me parler de tout ça. Bien entendu, je ne l'ai pas cru ! s'exclama Léa avec un sourire en repensant à sa réaction. Il a donc décidé de me le prouver. Après une démonstration de ses capacités, c'était à mon tour de découvrir ce dont j'étais capable. Avec l'aide de quelques bougies, il a réussi à m'enflammer la main. C'est le seul autre moment où je m'en suis servi, même si techniquement, je n'avais rien fait.

Le visage baissé, Léa repensa nostalgiquement à ce moment tout en continuant à essorer ses cheveux.

— Je suis désolée de te faire penser à lui. Il te manque?

— Non, répondit Léa après une hésitation.

— Tu es sûre ? renchérit Edine, un sourire en coin.

— Oui.

La question la rendant inconfortable, Léa préféra se lever et prit la direction de la salle de bain.

— Je vais aller prendre une douche, je te retrouve plus tard.

— Je comprends qu'il te manque, rajouta Edine, bien décidée à ne pas lâcher l'affaire. Il me manque à moi aussi.

Léa s'arrêta sur le seuil de la porte, jetant un coup d'œil à la jeune femme.

— Je suis désolée qu'il te manque, mais ce n'est pas mon cas. C'est un mec très bien, il m'a aidée mais voilà, maintenant on doit continuer sans lui.

— Je ne suis pas d'accord. Tu n'as pas le droit de dire ça. Il va revenir ! s'emporta Edine.

Blessée par ses propos, les larmes lui montèrent aux yeux. Regrettant aussitôt ses paroles, Léa fit un pas vers elle pour la consoler mais Edine sortit de sa chambre en courant.

Fais chier !

Après avoir enfilé des vêtements secs, Léa redescendit dans le salon. Installée dans la bibliothèque, Edine avait pris place sur la banquette près de la fenêtre. Un livre presque aussi gros qu'elle posé sur ses genoux. Un rayon de soleil passait par la fenêtre, faisant briller ses cheveux châtain doré.

— Je peux m'asseoir ? tenta Léa.

Edine haussa les épaules, la mine désintéressée.

— Sacré livre que tu as, ça parle de quoi ?

— Pourquoi tu me mens ? attaqua Edine.

— Je ne te mens pas…

D'un geste, elle referma le livre et le jeta par terre. Un bruit sourd se fit entendre sur le parquet.

— Très bien, reprit Léa avant de marquer une pause. Ce n'est pas que je te mens c'est que… parfois il y a des choses, des émotions, qui sont personnelles et qu'on ne souhaite pas forcément partager avec les autres.

Léa employa chaque mot avec soin.

— Pourquoi ? trépigna Edine.

— Parce qu'on n'est pas prêt à en parler. Ces choses sont souvent douloureuses.

En entendant ses mots, Edine sembla s'apaiser.

— J'apprécie Kayle. Il a été là pour moi et m'a soutenue peu importe les épreuves. Je lui en serai toujours reconnaissante. Mais je suis réaliste aussi. Il a des convictions, des valeurs qui le pousseront à rester là-bas. Il faut l'accepter.

Elle prit délicatement la main d'Edine dans la sienne avant de reprendre :

— Je sais que tu souhaites qu'il vienne. N'aie seulement pas trop d'espoir.

— Je suis désolée de mon comportement, je ne sais pas ce qui s'est passé, répondit Edine, troublée.

— Tu viens d'expérimenter la colère, s'amusa Léa. Ce n'est pas la plus fun, ni la plus agréable, mais c'est une des émotions les plus courantes.

Elles échangèrent un fou rire. Il y avait une forte complicité entre les deux femmes. Léa aurait aimé avoir une petite sœur ou un petit frère, mais ses parents n'avaient jamais eu d'autres enfants. À cinq ans, elle avait osé poser la question. Ces derniers lui avaient répondu avoir essayé, mais sans succès. Ce manque avait toujours été présent, notamment en voyant les autres fratries jouer ensemble. Plus jeune, elle s'était liée d'amitié avec Nathalie, une jeune Parisienne, dont les parents avaient décidé de déménager dans le sud de la France. Arrivée en cours d'année scolaire, ne connaissant personne, un jour, Léa lui avait proposé de partager son goûter. Depuis, elles avaient été inséparables.

Les choses s'étaient néanmoins compliquées quand Léa avait perdu son père. Nathalie avait essayé par tous les moyens de l'aider, mais en vain. Protestant n'importe quelle raison, Léa annulait toujours leurs plans. Au bout d'un moment, Nathalie avait de ce fait cessé d'appeler. La solitude ayant pris une grande place dans son quotidien, la fin de leur amitié avait sonné.

Léa s'en était toujours voulu d'avoir aussi mal agi face à son amie. Nathalie n'était pas responsable de son chagrin, pourtant elle ne lui avait laissé aucune chance.

— Comment fais-tu pour contrôler tes émotions ? questionna Edine.

— Je suis née avec. C'est sûrement un peu plus simple pour moi de ne pas me laisser emporter. Tu dois comprendre ce qu'il y a derrière. Je m'explique: l'émotion est un message. Ce dernier te permet de savoir si tes besoins sont comblés ou pas. Il y a toujours une raison à ce que tu ressens. Pour toi, ici, c'était clairement le fait que je ne te dise pas ce que je ressentais. Tu t'es sentie incomprise et vexée que je ne te fasse pas confiance en ne partageant pas mon ressenti.

— J'espère que je ne la ressentirai plus jamais, ce n'est vraiment pas agréable, souffla Edine, catégorique.

— Alors là, ma pauvre, c'est quelque chose que je ne peux pas te garantir, rigola Léa. Plus tu seras à mon contact, plus tes émotions vont se réveiller. Je préfère te prévenir, elles ne sont pas toutes joyeuses.

Ses yeux effectuèrent un balayage de gauche à droite, Edine semblait peser le pour et le contre.

— Tu m'aideras à les comprendre ?

— Bien sûr.

— Alors je reste près de toi.

Sur ces mots, Léa la prit dans ses bras. C'était la deuxième fois, et tout aussi naturellement, Edine lui rendit son étreinte.

Chapitre 23

C'était son premier cours privé avec Golra. D'ordinaire, ils étaient tous ensemble, mais pour sa première leçon sur les sorts, il préféra prendre Léa à part. Après plusieurs jours, il l'avait jugée apte à se lancer. D'ailleurs, c'était assez amusant de revenir à l'école. À trente et un ans, elle n'aurait jamais pensé devoir y retourner. C'était loin d'être son passe-temps favori, mais l'enseignement de Golra était très différent. Rien à voir avec le système de l'Éducation nationale français.

— Comment ça fonctionne ? s'interrogea Léa.

— C'est assez simple en fin de compte. Il te suffit d'associer une orchidée avec une pierre afin de créer un Brixma.

Assise sur l'herbe, Léa était fascinée par ses nouvelles connaissances. Ils s'étaient installés en extérieur, le temps étant visiblement clément aujourd'hui. En dehors de la boîte en bois amenée par son professeur, Léa n'avait qu'un stylo et un cahier.

— N'importe lesquelles ? reprit Léa en tenant son calepin sur ses genoux.

— C'est là que ça se complique. Chaque orchidée et chaque pierre a sa propriété. Séparément, les orchidées sont de simples fleurs et les pierres ont plus ou moins des vertus que tu dois connaître, puisque sur Terre vous les utilisez.

— Exact, mais si je ne me trompe pas, les orchidées que vous utilisez n'ont rien à voir avec les nôtres.

— Tout à fait. Leurs pouvoirs sont immenses mais comme je te le disais, séparément, cela ne donne rien, répondit-il en lui tendant un livre.

— Et si on les associe… ?

— Dans ce cas, tu peux créer un sort puissant.

Le livre comportait une multitude de représentations des différentes fleurs. On pouvait y retrouver chaque caractéristique et les vertus qu'elles possédaient.

— Me faut-il un chaudron pour réaliser les Brixma ? s'amusa-t-elle.

—Tu n'as pas besoin de matériel, tu as simplement besoin des deux, l'accompagna-t-il en riant.

— Comment ça marche exactement ?

— Prenons un exemple simple. Tu veux créer un sort de cicatrisation comme celui que j'ai réalisé sur toi. Tu associes une orchidée blanche qui a un pouvoir guérison avec la pierre péridot, aux vertus reconstituantes. Tu rajoutes l'intention dessus et une fusion entre les deux va émerger.

Léa resta pensive un moment, essayant de visualiser comment une pierre et une fleur pouvaient refermer une blessure.

— Rien de tel que la pratique, tu es d'accord ! s'exclama-t-il.

Ainsi ils avancèrent en direction du jardin de fleurs situé sur la gauche du manoir. Contrairement aux Élérias, Golra ne possédait que très peu d'orchidées. Délicatement, il en cueillit une de couleur violette. En ouvrant la boîte en bois, Léa fut subjuguée par le nombre de pierres qu'elle contenait.

— Il est plus facile de trouver les pierres sur Terre que les orchidées, taquina Golra.

Il choisit dans une des cases un quartz rose. C'était sans aucun doute celle que Léa connaissait le mieux.

— Est-ce que tu connais cette pierre ? questionna Golra.

— C'est un quartz rose. Pierre qui apaise, calme et favorise l'amour, non ? dit-elle avec un sourire malicieux.

— C'est exact. L'orchidée violette a quant à elle des vertus apaisantes également et tranquillisantes.

— Vous voulez qu'on réalise un sort de sommeil ? ricana Léa.

— Presque, on va réaliser un sort d'immobilité.

— ... D'accord, hésita-t-elle en plissant les yeux.

— Viens avec moi.

Maintenant, ils se dirigeaient en contrebas du manoir où la végétation était plus dense. À pas feutrés, Golra avança entre les arbres.

— Qu'est-ce qu'on cherche ? chuchota Léa.

— Ça, lui répondit Golra en désignant du doigt un lapin.

Léa fixa l'animal sans trop comprendre.

— Prends-les dans ta main, ordonna-t-il en lui tendant les deux éléments.

Posant son cahier au sol, elle s'exécuta.

— Maintenant, concentre-toi sur l'intention que tu veux créer.

— L'immobilité ? supposa-t-elle.

— Tout à fait. Si je te demande de m'attraper ce lapin, tu penses pouvoir y arriver ?

— Comme ça, probablement pas.

— Maintenant, pose l'intention sur les deux éléments : tu veux rendre cet animal immobile pour pouvoir l'attraper. Il te suffit simplement de penser à ce que tu veux réaliser.

— D'accord.

Fixant l'animal, elle referma sa main. Les pétales de la fleur s'écrasèrent sous le poids de ses doigts. Les yeux toujours rivés sur le lapin, ce dernier se dandinait dans l'herbe, à la recherche de baies sauvages. Se concentrant sur son but, elle déplia ses doigts tout en prononçant l'intention :

— Immobile, murmura-t-elle.

Le petit rongeur continua d'avancer. Elle répéta encore une fois le mot et cette fois-ci, il s'arrêta, mais pour faire sa toilette. À l'aide de ses petites pattes avant, tout en se frottant le museau, il la narguait. Encore une nouvelle tentative qui se soldait par un échec.

Léa fit un pas vers lui, le mettant aux aguets. Les oreilles dressées, d'ici quelques secondes, le lapin aurait disparu.

Lors des précédents exercices, Golra lui avait expliqué l'importance de prendre son temps, or la patience n'était pas son fort. En retrait, il observait toutefois la persévérance de son élève.

Léa calma sa respiration et s'agenouilla tout doucement. Le regard fixe, totalement immobile, elle focalisa son attention sur l'action à venir. Au bout de quelques minutes, de légers picotements parcoururent son bras, suivis d'une légère chaleur dans sa main. Elle prononça encore une fois le mot « Immobile ».

La fleur et la pierre se mirent à léviter, se désintégrant en particules violettes. Le petit animal qui allait s'enfuir fut touché par le sort s'échappant de la main de Léa. Comme un arrêt sur image, le lapin fut figé dans son élan.

Le sourire aux lèvres, elle s'avança alors avec prudence. Sans difficulté, ses doigts se plongèrent dans le pelage doux du rongeur.

La fierté et la stupéfaction se lisaient sur son visage. En revanche, Léa put lire dans les yeux du lapin la peur et détecta l'accélération de son pouls sous ses doigts. Voyant la détresse de l'animal, elle recula.

— Comment fait-on pour l'annuler ? s'empressa-t-elle de demander.

— On ne peut pas.

Avec inquiétude, Léa se tourna vers son professeur.

— Ne t'inquiète pas, le sort se dissipe au bout de quelques minutes, enchaîna rapidement Golra.

Elle laissa échapper un soupir, soulagée de ne pas avoir blessé la boule de poils.

— Quelle est la longévité d'un sort ? Quelques minutes seulement ?

— Cela dépend des Brixma. Quelques minutes pour certains, à permanent pour d'autres, tant qu'ils ne sont pas rompus. Celui que tu as subi sur Éléria était mortel. L'association de l'orchidée orange avec le péridot crée ce poison mortel.

— Je croyais que les vertus reconstituantes de la pierre de péridot favorisaient la guérison.

— Associée à l'orchidée blanche oui, mais combinée à l'orchidée orange, elle va avoir l'effet inverse. Tu peux créer plusieurs Brixma en associant différents éléments. Une pierre et une fleur peuvent être bénéfiques dans un sort et destructrices dans un autre.

— Je vois, songea Léa.

En silence, Golra et Léa fixaient toujours le petit animal. Le soulagement fut total pour elle quand il déguerpit à toute allure.

— Tu t'es bien débrouillée, sourit Golra. Tu apprends vite.

— Merci, répondit-elle en lui rendant son sourire.

— Je sais que ça peut faire peur mais fais-toi confiance, écoute ton intuition.

Ce n'était plus seulement son élément qu'elle redoutait mais aussi ces nouvelles connaissances.

Entre de bonnes mains, ces Brixma pouvaient permettre d'accomplir de grandes choses. Mais chez une personne mal intentionnée, cela pouvait devenir dangereux.

Golra continua à lui présenter les différentes orchidées ainsi que les pierres. Pendant les premières années, faire pousser des graines avait été compliqué, surtout en déménageant souvent. Léa apprit que Golra avait beaucoup bougé sur Terre. Jamais longtemps au même endroit. Il avait acquis cette bâtisse il y a quelques années, mais n'y vivait que depuis deux ans.

Un an et demi en arrière, il avait recueilli Ramélia. Étant de l'élément terre, cela avait rendu la pousse des orchidées beaucoup plus facile.

— Quel est le sort qui protège ce lieu ? interrogea Léa.

— Un sort d'illusion. Tu associes une orchidée rouge qui favorise les illusions, avec la pierre turquoise qui protège. L'intention de sécuriser ce lieu en plus et nous voilà invisibles aux yeux du monde ! s'exclama-t-il.

Léa chercha des yeux une quelconque trace du sort tout en remplissant son cahier de notes qu'elle avait ramassé.

— Pourquoi ne pas utiliser votre élément pour nous rendre invisibles ?

— Il n'agit que sur de courtes durées. Et puis maintenir mon élément actif constamment m'épuiserait et me rendrait moins compétent dans ma fonction de vous protéger.

— Ce sort n'a pas de limite dans le temps ?

— Si, je dois le renouveler régulièrement.

— D'accord.

— Je sais que tu as envie de tout savoir tout de suite, mais les connaissances viendront avec le temps. Allez, ajouta-t-il dans un claquement de mains. Assez étudié pour cet après-midi. On reprendra demain.

Il rangea toutes les pierres sorties, referma sa boîte et tous deux s'avancèrent vers l'intérieur du manoir. À peine rentrés, Edine déboula sur eux.

— J'ai réussi ! J'ai réussi ! cria-t-elle presque essoufflée.

— Je ne doutais pas de ta réussite, admit Golra.

Elle avait le sourire d'un enfant heureux d'avoir eu une bonne note à l'école.

— Qu'est-ce qui se passe ? leur demanda Léa, curieuse.

— J'ai quelque chose pour toi, ajouta Edine en cachant ses mains dans son dos.

— Laisse-moi deviner ? Un poney ! plaisanta Léa.

Edine rit de bon cœur avant de lui tendre une pierre orangée.

— Surprise !! C'est une opale de feu, s'excita Edine en sautant sur place.

Lors d'une discussion avec Aléna quelques jours en arrière, cette dernière lui avait parlé des opales et de leur rareté. D'ailleurs, elle en possédait une autour du cou, ce qui avait intrigué Léa sur sa provenance. Toutefois la jeune femme n'avait pas souhaité répondre.

Léa avait tenté de chercher un livre dans la bibliothèque de Golra qui en parlait mais, jusqu'à maintenant, avait fait chou blanc.

— Où est-ce que tu l'as trouvée ? s'émerveilla Léa en prenant la pierre entre ses mains afin d'en observer tous les aspects.

— Golra me l'a donnée. Apparemment, il la possède depuis longtemps.

Léa jeta un coup d'œil à son professeur. À chaque fois qu'elle pensait l'avoir cerné, il se débrouillait pour avoir l'air encore plus mystérieux.

— J'avais cru comprendre qu'elles étaient rares, questionna Léa.

— C'est le cas, il n'en existe pas sur Terre. Celles qu'on peut trouver sont sans pouvoirs, argumenta Golra.

— Pourquoi vous me la donnez ?

— Tu sais, à chaque fois que tu utilises ton élément, tes vêtements se consument sous l'effet des flammes, lui fit remarquer Edine.

— Oui, je vois ce dont tu parles, acquiesça Léa, gênée. J'ai perdu un paquet de vêtements et une partie de ma dignité avec…

Edine sourit en repensant aux quelques fois où elle avait dû lui prêter une veste ou courir chercher une serviette. D'ailleurs, plusieurs plaids et draps avaient été dispersés un peu partout dans le manoir, afin de remédier à ces situations.

— Justement, je pense avoir trouvé comment éviter que cela se reproduise.

— Je pensais que seuls les vêtements des Élérias pouvaient supporter les éléments ? s'enquit Léa.

— C'est le cas, mais je pense avoir trouvé une autre solution. Ces opales sont issues d'un cratère sous la glace de Nokar. Leurs capacités sont plus grandes que les pierres, expliqua Edine.

— Donc ?

—J'ai donc enfermé un sort à l'intérieur. Contrairement aux autres pierres qui fusionnent avec les orchidées, celles-ci aspirent les sorts et les retiennent.

— Je vais faire semblant de comprendre, taquina Léa en fronçant le nez.

— J'ai enfermé un Brixma à l'intérieur de l'opale permettant à tes vêtements de résister à la chaleur de ton élément.

— De quelle façon as-tu procédé ? demanda Golra.

— J'ai associé une orchidée rouge avec une pierre onyx, qui devrait stabiliser le sort. Je pense que la combinaison des deux reproduira le même effet que les fibres utilisées sur Éléria, expliqua Edine.

— Devrait ? s'inquiéta Léa en haussant les sourcils.

— Je n'ai pas vraiment pu le tester puisque c'est une fois portée que cela fonctionne, s'amusa-t-elle à répondre. Ça sera à toi de me le dire.

Il y avait des reflets orangés, jaunes voire même légèrement rouges à certains endroits, Léa avait l'impression qu'une flamme avait été enfermée dedans. Observant une dernière fois l'opale, Léa la glissa dans sa poche avant de prendre son amie dans les bras pour la remercier.

— Je suis fier de toi, ajouta Golra.

— Merci, mais on ne sait pas encore si ça fonctionne.

— Cela n'enlève rien de l'exploit.

Les joues rouges, un sourire d'enfant sur les lèvres, Edine remercia son professeur.

— D'où vient l'opale ? enchérit Léa.

Golra commença à se diriger dans le couloir, suivi des deux femmes.

— Je l'ai acquise il y a longtemps sur une autre sphère, dit-il en poussant la porte de son bureau.

— Nokar ? tenta Léa, presque sûre de sa réponse.

— Axria !

— Que faisiez-vous là-bas ? questionna Edine.

— Mon marché, répondit-il avec évidence.

— Un marché ? Comme pour les fruits et les légumes! charria Léa.

Golra rit de bon cœur, invitant les deux femmes à s'asseoir pendant qu'il rangeait soigneusement son matériel.

— Les opales sont assez rares à trouver. Leur capacité à absorber les sorts les rendent prisées. De plus, les Nokariens ne les fournissent pas si facilement. On ne peut en trouver qu'au marché d'Axria.

— Pourquoi me la donner ? Elle pourrait servir à des choses plus importantes que d'éviter que je finisse toute nue, reprit Léa en se raclant la gorge.

— Possible. Mais je sais que tu en feras bon usage, lui dit-il avec un clin d'œil.

Il avait le don de l'énerver avec son côté énigmatique et ses non-dits. Pourtant, elle voyait en lui un mentor et une personne sage.

— Merci, finit-elle avec un signe de tête.

— Avec plaisir.

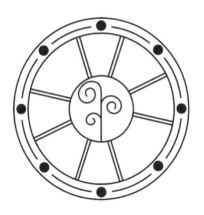

Chapitre 24

Kayle se réveilla dans sa chambre après une courte nuit. D'ordinaire, ses sommeils étaient apaisés, les Élérias ne rêvaient pas. Mais depuis quelques jours, c'était différent pour lui, tout s'était compliqué. Chaque pensée, chaque rêve avait été pour Léa. Heureusement il dormait seul, Valénia n'ayant jamais voulu partager le même lieu de vie.

En sueur, il s'assit sur le bord du lit et regarda dehors. L'aube ne tarderait pas. Pensif, près de la fenêtre, son doigt effleura le bracelet en or à son poignet. L'après-midi d'hier avait tout changé pour lui. Cette connexion avec Léa avait été impossible. Seul le matiola permettait de lire dans les pensées de l'autre, or cela s'était pourtant produit. Percevoir la vibration se dégageant d'elle avait été un choc. Toutes ses émotions avaient résonné en lui.

Depuis leur échange, elle avait disparu. Le conseil désirait la voir afin de comprendre les événements passés dans le Globe et Kayle redoutait de se trouver face à elle maintenant. La confusion l'envahissait, il lui fallait des réponses.

En quittant sa chambre, il prit la direction des hauteurs d'Éléria, là où vivait sa marraine. Elle serait la seule à pouvoir l'éclairer. Étant une Bénalleach, Mayanne vivait à l'écart des autres, ce qui le rendait plus serein en s'approchant de son habitation. Aucun risque de croiser du monde aussi tôt.

Malgré son âge, elle paraissait toujours aussi pimpante. De jolies pommettes roses, des yeux bleu azur comme les siens ; l'incarnation même de la douceur.

— Mon néfi ! Que fais-tu chez moi à une heure aussi matinale ? demanda-t-elle, les yeux grands ouverts.

Néfi était un mot d'affection donné par Mayanne pour Kayle. Elle seule l'appelait de cette façon.

— J'avais besoin de te parler, avoua-t-il, l'air hagard.

— Entre je t'en prie.

Sa maison surplombait la ville. Le Belvédère, de par sa grandeur, se distinguait en contrebas. D'ici on avait un œil sur tout Éléria. Le reste de la sphère était composé principalement de végétation, quelques petits villages ici et là, mais majoritairement, les Élérias vivaient au même endroit.

Kayle huma la bonne odeur de lavande qui se dégageait de chez elle. Rien que sa présence suffisait à l'apaiser.

— Que se passe-t-il ? dit-elle en l'invitant à s'asseoir sur sa terrasse.

— Je suis confus Marraine… bredouilla-t-il en croisant ses mains sur ses cuisses.

— Je le sens.

La nervosité l'envahit. Malgré la confiance qu'il lui accordait, son devoir envers le conseil le rendait peu serein. Mayanne posa délicatement une main sur les siennes. Bien qu'elle pût lire en lui instantanément, elle n'en fit rien. À la différence des autres Élérias, les Bénalleachs avaient la capacité de pouvoir se connecter aux autres sans lien particulier.

Toutes issues de l'élément air, c'étaient les êtres les plus respectés des Élérias. Il n'y en avait que deux en même temps. Quand une mourait, une autre s'éveillait. C'était au moment de leur dixième anniversaire que leur destin se présentait à elles.

Lors de la plongée dans le bassin, les Bénalleachs voyaient leur mort, contrairement aux autres Élérias. Elles développaient le don de percevoir certains événements avant qu'ils ne se produisent.

De par leur capacité à se connecter aux autres et à percevoir l'avenir, le matiola leur était refusé.

— Dis-moi ce qui te préoccupe, glissa-t-elle.

En serrant ses mains, Kayle prit une profonde inspiration, la détresse se lisait sur son visage.

— C'est par rapport à Léa, n'est-ce pas ? murmura-t-elle en le voyant toujours aussi hésitant.

Son visage se décomposa. Baissant les yeux pour fixer ses mains, les mots restaient coincés dans sa gorge.

— Je fais des rêves Mayanne, balbutia-t-il. Ils m'empêchent de dormir. Je n'arrive plus à trouver le calme.

— Et ce depuis que tu l'as rencontrée ?

— Je ne sais pas ce qui m'arrive.

Honteux d'être aussi vulnérable, il ne pouvait soutenir son regard.

— Tu as des sentiments mon néfi. Au contact des humains, nous développons les mêmes émotions qu'eux. Le peu de temps passé en sa compagnie a suffi à les éveiller.

Elle servit deux verres d'eau et l'invita à en prendre un. D'une traite, il avala son breuvage. Tentant derassembler son courage, il poursuivit :

— Ce n'est pas juste des émotions. Je… je pense à elle tout le temps. De plus, hier, il s'est passé quelque chose de bizarre que je n'explique pas…

S'adossant à son fauteuil, Mayanne l'écouta, intriguée.

— Le conseil n'a pas été tendre avec elle, même moi, je ne savais pas ce qu'ils avaient prévu de lui faire. Après l'incident survenu dans le Globe, je l'ai suivie pour ne pas la laisser seule. On s'est par hasard retrouvés près du Biliome. Elle était très affectée par ce qu'elle venait de subir. Je lui ai proposé de se synchroniser à l'arbre, espérant pouvoir l'apaiser. Comme à son habitude, il s'est illuminé sous la pression de nos mains, sauf que quelque chose d'autre s'est passé…

Il gratta nerveusement le verre entre ses mains avant de reprendre :

— On s'est connectés, déclara-t-il en guettant la réaction de sa marraine.

— Connectés ? questionna-t-elle en plissant les yeux, intensifiant ses rides du front.

— Comme si elle était ma sinola !

Contre toute attente, Mayanne ne laissa transparaître aucune réaction particulière.

— Tu n'as pas l'air étonnée, s'agita-t-il. C'est normalement impossible !

— Effectivement, normalement, on ne peut pas percevoir l'autre sans avoir auparavant subi le matiola.

— Comment tu l'expliques dans ce cas ? s'impatienta Kayle.

— Dans certains cas, je te dirais même très rarement, cela peut se produire.

N'ajoutant rien de plus, elle se leva délicatement tout en avançant vers le bord de la colline.

— Marraine, aide-moi ! supplia-t-il, je ne sais pas quoi faire.

Ses yeux se couvrirent d'un voile blanc. Statique, Mayanne attendit que sa vision passe. Ces dernières arrivaient sans prévenir. Au début, les ressentir pouvait être douloureux mais avec le temps, c'était comme un rêve éveillé.

— C'est elle que tu avais vue ? tenta Mayanne.

Lors de sa première plongée dans le bassin, Kayle avait eu la vision de Valénia, confirmant sa future union avec elle. Mais contre toute attente, le visage d'une autre femme lui était aussi apparu. Ignorant totalement sa signification, il s'était confié à sa marraine. Sur le moment, elle n'avait pas pu lui apporter de réponse. Au fur et à mesure des années, il en avait presque oublié son existence, jusqu'au moment où Léa était apparue derrière lui dans ce bar.

— Oui, dit-il en se levant pour la rejoindre.

— Tu as ton explication, affirma-t-elle. Vous avez pu vous connecter pour cette raison. Le bassin ne ment pas. Il nous montre ce qu'on est censé voir. Tu t'es toujours demandé pourquoi le visage de cette femme s'était présenté à toi. Je pense que la réponse est là.

— Tu veux dire que... qu'on est... bredouilla-t-il les mains moites, la sueur perlant sur son front.

—Toi seul détiens la réponse. Le choix te revient.

Avec délicatesse, Mayanne entoura de ses mains le visage de son néfi.

— Comment pourrais-je décider quoi faire ? Ce n'est pas comme si j'avais le choix, s'écria-t-il en se dégageant d'elle.

— Tu as le choix mon néfi.

— Arrête ! vociféra-t-il. Tu sais très bien que ce n'est pas toléré. J'ai déjà une sinola, fin de l'histoire !

Son cœur tapait dans ses tempes. La respiration lourde, il tourna le dos à sa marraine.

— Si c'est la fin de l'histoire, pourquoi es-tu venu me voir ?

— Pour que tu me dises que je peux faire autrement !

— Je viens de te dire que tu avais la liberté de choisir.

— C'est ça ton conseil ? J'ai le choix ! Je n'appelle pas ça un choix ! aboya-t-il en brisant le verre d'eau entre ses doigts.

Les morceaux de verre tombèrent au sol, accompagnés de quelques gouttes de sang. Kayle regarda sa main se recouvrir d'une couleur rouge. Basculant la tête en arrière, ses yeux se mirent à picoter, tandis que Mayanne décida de l'abandonner quelques secondes. Pendant qu'il ramassait les bouts de verre qui jonchaient les lattes en bois de la terrasse, sa marraine revint avec une bassine d'eau et un linge blanc sous le bras. Elle le força à s'asseoir, lui laissant le temps de reprendre ses esprits pendant qu'elle nettoyait en silence sa plaie.

— Tu ne voulais pas vraiment entendre la vérité, reprit-elle toujours aussi calmement. Tu espérais entendre que tu avais tort. Malheureusement, tu ne te trompes pas. Ce que tu ressens est vrai. Le choix qui s'offre à toi n'est pas facile et peut avoir, je dirais même aura, des conséquences. Mais toi seul peux décider.

Délicatement, elle referma le bandage autour de sa main et pressa ses doigts contre les siens.

— Si jamais je décidais de… reprit Kayle, la voix tremblante.

— De rompre ton matiola ? finit Mayanne.

— Qu'est-ce qui se passerait ?

— Le conseil n'a pas pour réputation d'être tolérant et compréhensif, tu le sais. Il peut même y avoir des pertes, finit-elle dans un murmure, en retirant sa main.

— De quoi tu parles ?

— De rien mon néfi. Écoute-moi attentivement, si jamais tu décidais de rompre ton matiola, tu n'aurais pas d'autre choix que de partir.

Kayle laissa échapper un soupir en s'adossant lourdement à son siège. Quitter Éléria n'avait jamais été envisageable.

— Ton choix ne sera jamais approuvé, s'attrista-t-elle. Valénia est une bonne sinola. Forte, intelligente, ambitieuse, vous formez un duo puissant ensemble. Beaucoup vous voient comme les futurs Fonnarcales de la cité.

Il secoua la tête, connaissant l'ambition de sa sinola. Il n'y avait pas de place pour autre chose dans leur chemin.

Mais était-ce vraiment la vie qu'il voulait ? Était-il en accord avec ce choix ?

— Léa prend beaucoup de place dans tes pensées parce que c'est nouveau pour toi. Elle réveille chez toi des émotions peu connues. Une fois affectée à un secteur, vous ne serez plus ensemble, on lui attribuera un nouveau Protecteur et la vie reprendra, conclut-elle.

C'est avec un pincement au cœur que cette solution lui parut la plus juste à adopter.

— Je suis désolé, murmura-t-il.

D'une douce main, elle lui caressa la joue avant de rentrer jeter les compresses de tissu tachées de sang.

— Peux-tu me dire de quelles décisions du conseil tu parlais tout à l'heure ? demanda-t-elle de loin.

— Le fait qu'ils aient décidé d'envoyer Mult pénétrer son esprit. Je pense qu'il existait d'autres méthodes que de lui faire subir cela, répondit-il en la rejoignant.

Le visage de Mayanne se durcit.

— Est-ce que ça va ? lui demanda soudainement Kayle.

— Tu veux dire que cette méthode a été votée par le conseil ?

— Oui... Pourquoi, tu n'étais pas au courant ?

L'inquiétude traversait son visage, du bout des doigts, elle tapotait la table en bois.

— Mayanne, qu'est-ce qu'il se passe ?

— Tout va bien mon néfi. Je ne te retiens pas plus, rétorqua-t-elle en affichant un sourire peu convaincant.

Après une hésitation, il décida de la laisser.

— Kayle, l'interpella Mayanne avant qu'il ne sorte. Je sais que tu suis ton esprit et ce qu'on t'a enseigné, mais apprends à écouter ton intuition. Elle te mènera sur le chemin que tu dois prendre.

Chapitre 25

Son choix de s'éloigner de Léa était fait. C'est d'un pas décidé qu'il s'avançait vers le conseil afin de leur demander d'assigner à Léa un autre Protecteur. Edine était déjà sous sa protection… Soudain, Kayle réalisa à cet instant ne pas l'avoir vue non plus depuis la veille au matin.

Parti pour faire demi-tour vers la forêt, il tomba nez à nez avec Gorus.

— Kayle ! s'exclama ce dernier.

Le malaise l'envahit.

— Est-ce que vous allez bien ? questionna Gorus en voyant le bandage autour de sa main.

— Je vais bien, je… je m'inquiète pour Léa c'est tout, balbutia-t-il.

Le visage de Gorus se refroidit.

— Je vais être franc avec vous, je m'inquiète aussi. Après l'incident qui s'est déroulé hier, elle va nous devoir des explications et des sanctions seront prises.

Kayle voulut rétorquer que leurs méthodes étaient plus que discutables et tout ceci était entièrement leur faute, mais se ravisa.

Se séparer de Léa était la meilleure chose à faire, pourtant prendre cette décision lui déclenchait le tournis. Malgré la compression ressentie dans sa poitrine, il essaya tant bien que mal de cacher ses émotions.

— Je pense qu'il serait mieux de lui affecter un autre Protecteur, réussit-il enfin à articuler. Je sais qu'il n'y pas eu de volontaire, mais sa prise en charge est nécessaire.

Une lueur éclaira le visage du Fonnarcale.

— Je pense effectivement que ça serait une bonne chose. Je suis ravi que tu t'en rendes compte.

— Que voulez-vous dire ? questionna Kayle en fronçant les sourcils.

— Je vais être honnête, je voyais bien que les choses se passaient mal avec ma fille depuis son arrivée, j'ai même commencé à douter de ta loyauté envers notre peuple.

Kayle retint sa respiration. Son estomac se tordit, laissant paraître son anxiété.

— Je serai toujours loyal envers ce qui est juste, déglutit ce dernier.

— Ahhh ! s'exclama Gorus, j'aime ton esprit. Je vais m'empresser d'apporter ta requête au conseil et dès cetaprès-midi, tu reprendras ton chemin.

Kayle remercia Gorus avant de partir à la hâte. Il avait l'impression d'étouffer, d'être piégé. Espérant ne croiser ni Valénia, ni Léa, sa sortie du Belvédère fut rapide. Traversant en courant le village des Protecteurs qui s'éveillait juste, il plongea dans le fleuve. Son totem l'enveloppa entièrement. Il nagea rapidement avant de se laisser porter par les courants marins et de s'éclipser.

Enfant, Mayanne lui avait conseillé de se trouver une cachette : « À chaque fois que tu te sentiras perdu ou mal, tu pourras trouver refuge là-bas. »

C'était le seul endroit où il pouvait s'évader sans que personne ne le remarque. Un lieu au bord de l'eau, une petite maison en bois, isolée suffisamment afin qu'aucune perturbation extérieure ne vienne troubler sa tranquillité.

Partagé entre son devoir et l'éveil de ses sentiments, les questions se bousculaient dans son esprit. Bien que sa décision soit prise, tout son corps lui criait le contraire.

Après quelques heures, ses pensées avaient retrouvé leur calme. Il décida de rentrer et de parler à Léa de son choix. C'était son devoir de lui annoncer.

Le soleil était sorti et comme à son habitude, il se dirigea vers la forêt afin de retrouver Edine et Léa. Au bout d'un moment, ne les voyant pas descendre, Kayle s'invita dans le lieu de vie de sa protégée. Mira et Lupin étaient dans leur cuisine, vraisemblablement inquiets. En panique, Mira lui expliqua que leur fille n'était pas rentrée et qu'ils n'arrivaient pas à la contacter.

Sans montrer son inquiétude, Kayle leur promit de revenir rapidement avec leur fille. D'un bond il sauta de l'arbre et courut vers le Belvédère. Après avoir interrogé plusieurs personnes, la réponse fut unanime : personne ne savait où elles étaient.

Kayle releva sa manche gauche et tourna son avant-bras paume vers le ciel. Se concentrant sur Edine, des traits dorés, scintillants, commencèrent à se dessiner. Il focalisa son esprit sur l'emplacement de la jeune femme. D'habitude, cela lui permettait de localiser directement n'importe lequel de ses protégés. Cela rendait sa protection plus efficace.

Une fois la position de la personne recherchée trouvée, le dessin se figeait et transmettait à son esprit l'endroit exact de son emplacement. Mais là, rien ne se passa. Les traits finirent par s'évanouir. Cela ne pouvait dire qu'une chose : elle n'était pas ici.

Il s'apprêtait à se diriger vers le portail quand Valénia arriva à son niveau, accompagnée de ses fidèles amies. Avec un grand sourire, elle lui adressa un bonjour.

— Tu n'aurais pas vu Edine ? Je m'inquiète, je n'arrive pas à la trouver, demanda-t-il sans préambule.

— Je suis contente de te voir aussi, rétorqua-t-elle avec un sourire tout sauf naturel.

Un peu déboussolé par cette nouvelle façon d'agir, il lui répondit un « oui, moi aussi » peu convaincant puis reprit:

— Tu l'as vue ce matin ?

— Pas ce matin. Je suis sûre qu'elle ne doit pas être loin, affirma-t-elle. Je sens que la journée va être belle.

Il ne prêtait guère attention à ses propos, cherchant Edine du regard dans la foule qui envahissait déjà le lieu.

— Tu n'aurais pas vu Léa non plus ? s'inquiéta-t-il.

Le seul fait d'entendre son nom la fit changer radicalement de comportement.

— Pourquoi tu veux la voir ? attaqua-t-elle.

— J'ai besoin de lui parler. Je suis inquiet pour elle… et pour Edine, personne ne les a vues depuis hier.

— Il faudra que tu apprennes à t'occuper de ce qui est important. Il va falloir revoir tes priorités !

Son regard se porta sur sa sinola. La connaissant bien, l'idée que quelque chose s'était passé, se conforta.

— Tu sais quelque chose ? questionna-t-il en s'approchant d'elle.

— Que veux-tu dire ? rétorqua-t-elle en repoussant une mèche de cheveux.

— Tu agis... bizarrement.

— Bizarrement ? fit-elle semblant d'être choquée, une main sur la poitrine. Je pense qu'il est juste temps de te recadrer un peu. Tu as perdu de vue tes missions et semble égaré, mais je suis là pour remédier à tout cela.

— Je ne me suis pas égaré, j'ai juste... juste essayé de faire ce qui me semblait juste.

— Tu t'es surtout fait retourner le cerveau par cette humaine, ricana-t-elle.

— C'est l'une des nôtres !

— Bien sûr que non. C'est une traîtresse !

— Ce n'est pas une traîtresse, elle n'y est pour rien dans toute cette histoire. Tu ne peux pas la blâmer pour ça.

Il avait suffisamment élevé la voix pour que les gens autour s'arrêtent et deviennent curieux de la scène. Ce qui ne manqua pas de déranger Valénia.

— Nous devrions parler de tout ça en privé avec le conseil, exigea-t-elle en voulant lui fausser compagnie.

— On va en parler ici ! dit-il fermement tout en lui barrant la route.

— Elle t'a décidément empoisonné l'esprit. Les humains sont faibles, arrogants et menteurs. Tu t'es complètement laissé avoir par ses paroles. Cette femme t'a aveuglé et détourné de ta mission première mais je ne m'inquiète pas, tout va reprendre sa place.

Le visage de Kayle s'éclaira, venant de comprendre.

— Tu sais où elle est ? affirma-t-il.

— D'ici peu, tout rentrera dans l'ordre mon sinola, insista-t-elle, essayant une nouvelle fois de s'éclipser.

— Qu'est-ce que tu as fait ? l'interpella à nouveau Kayle.

— Mon devoir.

Sa réponse lui fit froid dans le dos. Une lueur peu rassurante jaillit dans son regard.

Il saisit alors vivement son bras, sans lui laisser le temps de reculer. La connexion entre eux se fit instantanément. En quelques secondes, la scène défila devant ses yeux. La confrontation entre les deux femmes, la blessure de Léa ainsi que le passage à travers le portail d'Edine.

Valénia se dégagea de son emprise et recula d'un pas. Kayle la regardait, n'en croyant pas ses yeux.

— Comment tu as pu faire ça ?! rétorqua-t-il, écœuré.

— J'ai fait ce que je devais faire ! s'écria-t-elle.

Secouant la tête, il tourna les talons, lui faussant à son tour compagnie.

— Qu'est-ce que tu fais ? lui lança-t-elle s'élançant à sa poursuite.

— Je m'en vais !

— Ne sois pas stupide, tu ne peux pas partir, ta place est ici.

Il repensa à ce que Mayanne lui avait dit : « Je sais que tu suis ton esprit et ce qu'on t'a enseigné, mais apprends à écouter ton intuition. Elle te mènera sur le chemin que tu dois prendre. »

En l'attrapant par le bras, elle le força à s'arrêter.

— Nous sommes unis par le matiola, cette humaine n'est rien ! s'exclama-t-elle. Elle est sûrement morte de toute façon.

Un silence s'installa entre eux. Kayle prit le temps de la regarder, le visage fermé.

— C'est ce que tu voudrais, n'est-ce pas Valénia ?

Il observa le bracelet qui ornait son poignet droit. D'un seul geste, il tira dessus, le brisant en deux. Une fine pluie de gouttelettes dorées accompagna sa chute vers le sol. Une fois sur le marbre, ce n'était plus qu'un simple ruban. Le bijou de Valénia s'ouvrit à son tour et finit sa course au même endroit.

D'ordinaire les discussions, les animaux, la nature qui vivait, résonnaient dans ce lieu. Or ce matin-là, un silence des plus pesants se fit entendre. Comme si tous les bruits avaient cessé et que la vie s'était tue pour être témoin de cette scène.

Afin de ne pas être suivi, Kayle ouvrit sa propre passerelle. Grâce au dernier partage avec Valénia, il savait où elle les avait envoyées. En quelques secondes il disparut, laissant derrière lui son ancienne sinola à genoux, tenant les deux petits bouts de ruban dans sa main.

Chapitre 26

Le soleil se couchait, laissant la mer entrer dans la noirceur. Bientôt, les étoiles se refléteraient sur la surface de l'eau, tel un miroir du ciel.

Léa resta là à contempler l'immensité et la profondeur de cette eau avec espoir. Elle marchait le long de la plage, appréciant le bruit des vagues et la fraîcheur du soir. Son regard se perdit dans cette immensité.

Presque deux mois avaient passé depuis son arrivée chez Golra, sans que Kayle n'ait quitté son esprit. C'était de la folie de penser le revoir un jour, mais aussi dingue que ça pouvait être, l'espoir était toujours là. Après tout, il fallait tenir compte du temps. Ce qui avait été des semaines sur Terre, représentait simplement des heures sur Éléria. Elle faisait toujours les mêmes rêves à son sujet, à la différence que ces derniers temps, Hecto était aussi très présent.

Les semaines qui suivirent son arrivée, les journées de Léa furent riches en apprentissages. La maîtrise de son élément devenait meilleure de jour en jour, ainsi que ses connaissances des sphères et des Brixma.

Au départ, lâcher prise avait été très compliqué. Son esprit tournait constamment à plein régime. Golra lui avait appris à trouver un point d'ancrage. La difficulté avec le feu, c'est qu'il pouvait facilement prendre le dessus. Golra l'invitait à pratiquer quelques exercices simples, comme créer une boule de feu dans la main, puis la faire léviter, sans toutefois brûler ses vêtements à chaque fois. Au début, ce fut de seulement quelques millimètres, pour finalement arriver à la faire voler à un mètre au-dessus d'elle. La patience était maîtresse clé dans son apprentissage.

Elle avait également appris à connaître ses colocataires.

Tristian, vingt-trois ans, tête brûlée du groupe, avait été banni car pour lui, suivre les règles était comme mettre des raisins secs dans un muffin. Aucun intérêt. Il avait échappé à son Protecteur des dizaines de fois, raté les cours et utilisé sa capacité à créer des passages pour se rendre sur Terre afin de défier les percefors, à l'insu de tous.

Seulement, un jour, l'un de ces monstres avait réussi à le suivre sur Éléria, causant la panique et le désordre. Heureusement il n'y avait eu aucun blessé, mais le verdict avait été rendu. C'était il y a trois ans. Après l'avoir recueilli, Golra lui enseigna à mieux gérer son impulsivité et sa soif de compétition. Il n'avait jamais vraiment compris d'où lui venait un tel tempérament.

Le jour où Tristian arriverait à créer des champs de protection, Golra lui donnerait la permission d'aller se promener sur la Terre ; c'était le deal entre eux. Notre tête brûlée avait appris à respecter son mentor en lui prouvant qu'il méritait sa confiance. Devenu redoutable en arts martiaux, Léa lui avait demandé, après sa première déculottée, de lui apprendre à se battre.

Après plusieurs essais chaotiques, elle réussit au bout d'un moment à riposter. Il adorait la chambrer et prenait un malin plaisir à la voir repartir avec ses vêtements trempés. Son arrogance ne l'empêchait pas d'être un bon professeur et ces derniers jours, elle lui avait donné du fil à retordre. S'entraîner avec Tristian était un plaisir pour Léa, ce qui pouvait entraîner la jalousie de Ramélia.

La jeune femme au tempérament de feu, bien qu'elle soit du signe de la terre, passait la majorité de son temps à cuisiner. Son rêve était d'ouvrir un jour son restaurant dans le sud de l'Italie, dans lequel les touristes se régaleraient de ses talents culinaires. La raison de sa présence sur Terre était liée aux rumeurs de son rapprochement avec un Éléria déjà uni. Ramélia avait cependant toujours nié son implication dans cette histoire et avait plaidé la calomnie.

En dehors de cuisiner, son plus grand plaisir était de taquiner Tristian. Tous deux niaient entretenir une relation, mais il était évident que leur complicité dépassait le stade de l'amitié. Vivre sur Terre avait éveillé en chacun d'entre eux les émotions humaines, pourtant, ils vivaient toujours sous les coutumes d'Éleria. Léa s'amusait à voir leur complète naïveté sur les relations.

Ni l'un ni l'autre ne regrettaient de vivre ici, loin des Fonnarcales et de leurs règles.

Et s'il y en a bien une qui ne les portait pas dans son cœur, c'était Aléna. À part Golra, personne ne connaissait trop son histoire. Très peu bavarde, elle restait majoritairement dans son coin et passait ses journées à lire. Léa se souvenait encore de leur première discussion juste quelques jours après son arrivée.

Aléna était assise sur le rebord en pierre du balcon supérieur. Ce jour-là, l'air était doux et le soleil avait décidé d'être de la partie.

— Je peux me joindre à toi ? tenta Léa.

La jeune Éléria avait volontiers accepté. Prenant place sur la rambarde, non loin d'elle, Léa avait jeté un coup d'œil par réflexe en bas. Le paysage verdoyant de l'Écosse s'étendait à perte de vue. Avec cette hauteur, on pouvait admirer les Highlands à l'horizon. Depuis son arrivée, les deux femmes n'avaient quasiment jamais conversé. Léa respectait son choix mais percevait une blessure chez elle qui ne lui était pas inconnue.

Comme à son habitude, Aléna jouait avec la pierre autour de son cou. Elle était blanche avec de jolis reflets quand la lumière passait au travers.

— C'est une hécatolite, plus connue sous le nom de pierre de lune, expliqua Aléna.

— Pierre de lune ? répéta Léa. Oui je connais. Elle renforcerait soi-disant les liens entre les personnes.

— Il paraît, s'émut Aléna tout en repoussant une mèche de cheveux derrière son oreille.

Un souvenir douloureux était visiblement rattaché à ce bijou.

— C'est un joli cadeau, glissa prudemment Léa.

— Pourquoi penses-tu que c'est un cadeau ?

— La pierre est aussi connue pour symboliser l'amour entre deux personnes. Pour les Élérias ce n'est peut-être pas une évidence d'y associer cette propriété, mais...

— Mais pour d'autres peuples ça l'est, termina Aléna.

La jeune femme avait eu envie de se confier, mais les mots peinaient à sortir. Léa ne connaissait que trop bien cette sensation.

— C'est une belle pierre.

— Merci. On ne t'en a jamais offert ? demande Aléna, curieuse.

— Non.

— Pourquoi ?

— Tous les hommes ne sont pas romantiques, déjà ! plaisanta Léa. Puis ce type de pierres n'a pas la même importance chez nous que chez vous. En général, les hommes offrent davantage des fleurs ou des bijoux.

— Et toi, tu offres quoi ? questionna Aléna en descendant de la rambarde.

La question prit Léa de court.

— Euh... ça dépend de l'occasion, balbutia-t-elle. Une montre, un parfum, ou une escapade romantique. Je ne suis pas sûre que toutes ces choses te parlent ?

— Je n'en ai jamais vu, ni fait l'expérience, mais je sais ce que c'est. Ce sont de jolis cadeaux aussi.

— Merci. Tu sais, le plus cadeau selon mon point de vue, c'est donner de son temps.

Un joli sourire illumina le visage d'Aléna.

— Je peux te poser une question ? tenta Léa.

— Est-ce que je serai obligée de te donner une réponse ?

Léa lui sourit avec amusement.

— Tu feras comme tu veux.

— Alors je t'écoute, reprit-elle en croisant les bras, le dos contre le rebord en pierre.

— Quelle est l'autre pierre que tu portes ?

Léa faisait allusion à son deuxième collier qui était plus long et dont la pierre était moins visible. Délicatement, Aléna la sortit de sous son pull pour la lui montrer.

— C'est une opale. Ces pierres sont différentes des autres. Elles ont un seul but : protéger des sorts. Il estdifficile de s'en procurer.

Léa sauta à son tour du rebord pour venir se positionner au même niveau qu'Aléna.

— Quand tu dis protéger des sorts, tu veux dire qu'elles permettent de ne pas le subir ?

— C'est un peu ça. Les sorts s'enferment à l'intérieur. Si le Brixma est un succès, l'opale ne pourra plus être utilisée.

— C'est plutôt puissant comme pierre. Où est-ce que tu l'as trouvée ?

— C'est aussi un cadeau, murmura-t-elle en rangeant soigneusement le collier sous son pull. Je la garde pour une occasion spéciale.

— Laquelle ?

Cette fois-ci Aléna ne répondit pas.

Ignorant si elle pouvait lui faire confiance, se réfugier dans le silence était sa seule défense. Au fur et à mesure des jours, cela était devenu un rituel régulier. Elles se retrouvaient au sommet du manoir, pour discuter ou simplement observer en silence le paysage. C'est ce qu'Aléna appréciait chez Léa, jamais elle ne la forçait à se dévoiler.

C'est ainsi qu'au fur et à mesure des jours, Léa trouva sa place au sein de cette petite communauté. Malgré la peur de se lier toujours présente, elle se sentait proche d'eux.

— Tu vas faire semblant encore longtemps ?

Léa sursauta. Perdue dans ses pensées, elle n'avait pas entendu Edine arriver.

— Qu'est-ce que tu veux dire ? demanda Léa, une main sur la poitrine.

— Je sais que tu viens ici tous les soirs. Pas dans l'optique de prendre du recul ou autres conneries que tu m'as déjà sorties. Je sais que tu viens ici parce que tu espères toujours qu'il va venir.

En quelques semaines, Edine avait pris de l'assurance. Golra l'avait aidée à prendre confiance en ses capacités. C'était de cette façon que Léa avait appris son histoire. Quelques années en arrière, Edine avait malencontreusement tué un de ses camarades de classe. Lors d'un exercice, elle n'avait pas pu contrôler son élément et le pauvre jeune homme avait été transpercé par des ronces empoisonnées.

Le conseil avait jugé ses capacités trop dangereuses et avait voulu la condamner à l'exil. Elle avait seulement onze ans. C'était à ce moment-là que Kayle avait choisi de devenir son Protecteur. Quand plus personne ne voulait croire en elle, il avait décidé de la prendre sous son aile. Possédant déjà, à cette époque, une autre jeune fille sous sa protection, le conseil s'était montré réticent. Ce dernier s'était toutefois battu et avait obtenu gain de cause.

Golra avait su trouver les mots pour lui redonner peu à peu confiance. Léa avait notamment pu voir, lors de quelques sessions d'entraînement, sa puissance que beaucoup pourraient jalouser.

Leurs conversations quotidiennes les avaient rapprochées. Edine lui racontait l'histoire des Élérias et Léa celle des humains, ce qui parfois la faisait beaucoup rire.

— Fais attention aux mots que tu emploies, ordonna Léa sur un ton presque maternel.

— Pourquoi me cacher que tu viens ici ?

— Parce que c'est plus simple, reprit calmement Léa.

— Pour qui ? Pour toi ? s'agaça la jeune Éléria.

— C'est simplement pour te protéger. Je ne veux pas que tu souffres.

— Foutaises ! Tu es juste une égoïste et une menteuse! fulmina Edine.

— Déjà, tu vas surveiller ton langage, exigea Léa en prenant le temps de trouver les mots. Je ne sais pas si ce que je ressens est vrai. J'ai eu une image de lui pendant un instant. C'est stupide de croire que cela pourrait avoir un sens.

— Ce n'est pas stupide et tu le sais.

— Vraiment ?

— Bien sûr. Une telle connexion entre deux personnes n'est pas due à une illusion.

— Justement, c'est le problème, cette illusion que j'ai.

Léa regarda au loin, le soleil baissait de plus en plus, le ciel se découpait dans un panel de couloirs bleutés. Des nuits aussi dégagées en Écosse se laissaient apprécier.

— Je suis vraiment désolée, implora Léa en posant une main sur l'épaule d'Edine.

La jeune Éléria la serra contre sa poitrine et s'excusa de s'être emportée.

— Allez viens, on va se coucher, soupira Léa.

Passant un bras autour de la taille d'Edine, les deux femmes remontèrent vers le manoir. À mi-chemin sur le sentier, un bruit fit bondir le cœur de Léa. Un son ressemblant à une personne qui se serait jetée dans la mer… ou bien qui venait d'en sortir.

Elles se retournèrent en même temps, la bouche ouverte, les yeux écarquillés ; il était là, sortant de l'eau pas à pas, dans une démarche lente mais sûre de lui. Impossible à croire.

Léa sentit la joie exploser dans tout son être au moment où il leva les yeux dans sa direction. Le voir ici la libéra d'un poids trop longtemps porté. Un sentiment de légèreté l'envahit et son cœur entama un concert de percussions.

Kayle s'arrêta, les pieds encore dans l'eau, en les apercevant en haut du chemin.

Le sourire aux lèvres, Edine se mit à courir dans sa direction avant de se jeter dans ses bras.

Il fut un peu surpris par cette embrassade. Les accolades, les câlins, les étreintes… tous ces gestes et attentions ne faisaient pas partie de ses habitudes. Edine, elle, les avait vite adoptées. Pourtant, à peine fut-elle dans ses bras qu'il ne mit pas longtemps à la serrer. Certaines choses étaient universelles…

Léa repoussa une mèche de cheveux en les regardant s'étreindre, un lien fort les unissait. Bien au-delà d'un Protecteur et de son élève. Elle eut envie de courir et de se jeter dans ses bras également. Être contre lui, respirer son odeur, pouvoir plonger une nouvelle fois son regard dans ses yeux.

Kayle leva la tête et l'aperçut en haut du sentier. Un sourire illumina son visage en découvrant qu'elle avait survécu à ses blessures. Tout en relâchant son étreinte, il s'avança avec Edine dans sa direction.

Léa fit de même. Plus l'écart se resserrait, plus son cœur battait la chamade. Plus que quelques mètres entre eux, mais cela lui semblait interminable. Ses jambes la poussaient en avant, comme attirées par un aimant. Elle se mit à rêver de retrouvailles passionnelles : Kayle la soulevant dans les airs en la faisant tournoyer, suivi d'un baiser sulfureux comme jadis désiré.

La déception fut lourde pour Léa. Ils se retrouvèrent l'un en face de l'autre sans bouger. Un silence pesant s'installa entre eux. Le temps avait suspendu sa course mais dans le mauvais sens, rendant le moment gênant. Aucun des deux ne parlait, ni osait faire le moindre geste.

Au bout d'un moment, Edine proposa de rentrer se mettre au chaud.

À quelques pas derrière eux, Léa remonta le chemin en secouant la tête, se sentant stupide d'avoir pensé qu'il viendrait pour elle.

Chapitre 27

Léa tournait en rond dans le grand salon. Cela faisait plus d'une heure que Kayle était avec Golra. Ce dernier avait dû sentir sa présence car il les attendait sur le pas de la porte.

Il avait souhaité s'entretenir seul avec lui. Du point de vue de Léa, c'était évident que Golra devait s'assurer de ses intentions en venant ici. Était-il seul ? D'autres viendraient-ils ? D'ailleurs, comment les avait-il trouvées ?

Avant d'aller se coucher, Edine avait expliqué à Léa qu'en tant que Protecteur, Kayle avait la capacité de la localiser peu importe où elle se trouvait, tant qu'ils étaient sur la même sphère. Lors de son premier voyage sur Terre à l'âge de dix ans, Edine avait faussé compagnie à son Protecteur du moment afin de trouver cet endroit. Ce lieu obsédait ses pensées depuis sa vision dans le bassin. Golra l'avait guidée jusqu'à lui.

La grande horloge comtoise du salon affichait presque 23 h. La maison était calme. Les mains en appui sur la cheminée, Léa regardait le feu se consumer. Des centaines de questions affluaient dans son esprit et l'ascenseur émotionnel qu'elle venait de subir l'empêchait de se concentrer.

Leurs retrouvailles étaient plus que décevantes. Il avait démontré beaucoup plus d'intérêt à retrouver Edine. Voilà qu'elle était jalouse d'une jeune fille de dix-sept ans…

Pendant que Léa ruminait, l'horloge sonna onze fois. Le son retentit aux mouvements du pendule avant de replonger la pièce dans le silence.

Les dernières bûches finissaient de se consumer et bientôt, il ne resterait plus que des braises. Agitant le bout de ses doigts, comme sur un piano, elle fit repartir le feu. Les flammes s'élevèrent, apportant plus de lumière dans la pièce. Un sourire se dessina sur son visage, fière de ses progrès.

— Tu as progressé, s'étonna Kayle.

Absorbée dans ses idées, elle ne l'avait pas entendu arriver. Il se tenait dans le chambranle du salon et de nouveau, le malaise s'installa. Une fois, pas deux.

— Est-ce que tout va bien avec Golra ? engagea-t-elle en croisant les bras.

— Tout va bien.

Puis plus rien. Décidément, le mystère faisait partie intégrante des Élérias.

— Super ! s'exclama-t-elle dans un haussement d'épaules.

Et à nouveau ce silence. Léa détestait ça.

— Pourquoi es-tu là ? s'impatienta-t-elle.

— Je devais m'assurer que vous alliez bien.

— Et maintenant que tu le sais, que vas-tu faire ?

— Je ne sais pas encore, murmura-t-il en s'appuyant contre le mur.

— Doit-on s'attendre à la visite d'autres personnes ?

— Non.

Malgré un relâchement dans sa poitrine, Léa sentait toujours une boule dans son ventre. Kayle semblait perturbé.

— Tant mieux, renchérit-elle. Il y a de bonnes personnes ici qui doivent être protégées.

— Pourquoi j'ai le sentiment que tu es sur la défensive avec moi ?

Question justifiée.

Avec le trop-plein d'interrogations, accompagné du souvenir de leur dernière entrevue, Léa s'était mise en position défensive. Elle se sentait d'ailleurs toujours un peu gênée.

— Bien que tu aies dit vouloir t'assurer de notre santé, je ne connais pas vraiment les intentions qui t'ont mené ici. Es-tu là pour nous ramener ?

— Tu penses vraiment que je pourrais vous ramener sur Éléria ? argumenta Kayle.

Ne sachant quoi répondre, elle haussa simplement les épaules.

— Je sais ce qui t'est arrivé. Je sais ce que Valénia t'a fait…

— Elle te l'a dit ?

— Non, mais je l'ai vu.

Il pénétra dans la pièce et s'approcha de Léa.

— Dès que j'ai vu ce qui t'était arrivé, je n'ai pas hésité une seconde, mon choix était fait.

— De quel choix tu parles ? hésita Léa, le cœur tambourinant dans sa poitrine.

Posté face à elle, il releva sa manche droite, dévoilant son poignet nu. Léa n'en croyait pas ses yeux. La bouche entrouverte de stupeur, ses doigts effleurèrent l'emplacement où le bracelet témoignant de l'union avec sa sinola aurait dû se trouver.

— Je… je ne comprends pas, je croyais que ce n'était pas possible de rompre un matiola, bafouilla-t-elle.

— Pas impossible, juste défendu. Si l'un des deux souhaite mettre fin au matiola, il le peut. Les bracelets ne se brisent que si l'intention est sincère.

Essayant de contenir la soudaine joie qui l'envahissait, elle demanda :

— Pourquoi tu as fait ça ?

— Parfois il faut savoir, comment tu dis déjà ? Emmerder les règles ! s'amusa-t-il.

Léa laissa échapper un rire, ses joues s'empourpraient de l'entendre reprendre ses propos.

— Je pensais que ma présence serait évidente, lança-t-il, ne la quittant pas des yeux.

— Rien n'est évident avec toi, sourit-elle, glissant ses mains dans ses poches arrière.

Il devenait difficile de soutenir son regard.

— Je ne sais pas encore l'expliquer, ni ce que ça signifie, commença-t-il. Depuis notre rencontre, tu obsèdes mes pensées. Ton visage hante mes nuits, je ne supporte pas d'être loin de toi. Je ne dis peut-être pas les bons mots, ni ne m'exprime clairement, mais je ne veux plus être loin de toi.

Touchée en plein cœur par ses mots, la respiration de Léa se coupa. Jamais elle n'aurait pensé qu'il puisse ressentir ça. Lui qui était toujours tellement neutre dans sa façon d'agir. Prise de court par sa déclaration, aucune parole n'arrivait à sortir de sa bouche.

— J'en avais aucune idée, finit-elle par articuler en se pinçant les lèvres.

— Je ne le savais pas non plus. Beaucoup de choses s'éveillent en moi et je n'ai pas envie de les éteindre, murmura-t-il.

Plus aucune envie de fuir n'était présente. Léa baissa les yeux et attrapa délicatement sa main. Tout en la caressant avec son pouce, elle sentit ses doigts se refermer.

— Je ne sais pas faire toutes ces choses, avoua-t-il, troublé.

La vulnérabilité dans sa voix le rendait encore plus attirant.

— Ce n'est pas grave. Moi je sais, je te montrerai.

— Montre-moi ce que tu as vu.

Bien entendu, il parlait de leur partage de pensées près du Biliome.

Le cœur battant, Léa l'invita à poser sa main sur son visage. La fraîcheur de sa peau lui provoqua la chair de poule. De son côté, son corps était bouillant. Se rapprochant de lui, elle passa délicatement son pouce sur sa lèvre en attirant son visage près du sien. Son rythme cardiaque résonnait dans ses oreilles et tout en douceur, Léa saisit sa lèvre entre les siennes.

Elle relâcha la pression quelques secondes avant de recommencer. Doucement, son visage recula afin de le laisser apprécier le moment. Ils échangèrent un sourire complice et Kayle l'invita à recommencer.

Il comprit rapidement le geste à faire et leurs baisers devinrent plus fluides. L'intensité monta d'un cran entre eux. Une main autour de sa taille, leurs corps se collèrent. Sur la pointe des pieds, elle se hissa pour accentuer ses baisers.

Sa chaleur corporelle augmenta quand Kayle effleura de sa main le bas de son dos. Son sang se mit à bouillir, impossible de contenir le feu qui explosait dans ses veines.

D'un geste, elle le repoussa et la seconde d'après, l'ensemble de son corps s'enflamma.

Instantanément, Léa réussit cependant à éteindre les flammes. Sauf que ses vêtements n'avaient pas tenu le choc, la laissant une nouvelle fois nue devant lui.

— Merde.

Lui tournant rapidement le dos, elle essaya tant bien que mal de se cacher. Le souvenir lui revint, elle avait laissé l'opale d'Edine dans la poche de son legging.

Kayle regarda autour de lui et saisit sur le canapé un plaid qui traînait et le lui tendit. Il n'y avait toujours aucune gêne de sa part.

— Merci, s'empressa de dire Léa en se cachant sous la couverture.

— Est-ce que ça va ? questionna-t-il, inquiet.

— J'espère que je ne t'ai pas blessé, reprit-elle, troublée.

— Tu ne l'as pas fait, je te rassure. Tout va bien ?

— Je pense que je ne m'attendais pas à une telle intensité, avoua-t-elle en baissant les yeux, un sourire béat sur les lèvres.

— Je prends ça comme une bonne chose, ajouta-t-il, l'accompagnant dans son sourire.

— Tu peux.

Elle marqua une pause avant de reprendre tout en ajustant le plaid sur ses épaules.

— Je suis désolée.

— Tu n'as pas à t'excuser. Et si tu t'inquiètes du fait de pouvoir me blesser, sache que tu ne le pourras pas.

— J'espère, car j'aimerais bien recommencer.

Léa se mordilla la lèvre avant de venir se blottir dans le creux de ses bras. Sa tête contre sa poitrine, son cœur battait fort. Doucement, Kayle referma son étreinte autour de Léa.

Edine avait eu le même geste envers lui un peu plus tôt dans la soirée, mais ce qu'il ressentait à ce moment était complètement différent. Et il comprit à cet instant que peu importe ce qui se passerait, il ne la quitterait jamais.

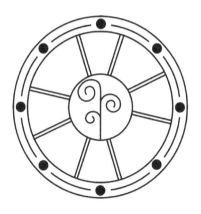

Chapitre 28

La lumière du jour commençait à passer à travers les rideaux épais en velours rouge du salon quand Léa ouvrit les yeux. Malgré l'incident de la veille, ils avaient continué à parler, aucun des deux ne voulant mettre fin à cette soirée. Elle lui avait expliqué pas mal de choses sur les relations humaines et tous les gestes d'attention que l'on pouvait avoir l'un envers l'autre.

De l'autre côté du canapé, Kayle dormait toujours. Les yeux clos, sa respiration était paisible, il était beau même en dormant.

Des bruits de pas et de discussions dans le couloir se firent entendre et quelques secondes après, Tristian et Ramélia entrèrent dans la pièce. Brusquement Léa se redressa, resserrant le plaid autour de ses épaules. Elle n'avait pas pris le temps d'aller se rhabiller après avoir brûlé ses vêtements.

— C'est embarrassant, commença Tristian en se raclant la gorge. Enfin, pour toi !

Un sourire moqueur illuminait son visage.

— Ce n'est pas ce que tu crois, lui répondit Léa, un tant soit peu gênée.

— Vraiment ? On te trouve quasiment nue allongée à côté d'un mec, mais ce n'est clairement pas ce qu'on croit. Je suis sûr que vous n'avez fait que parler que de la crise économique.

Tristian s'amusait de la situation et adorait pouvoir mettre Léa mal à l'aise.

Kayle se réveilla et aperçut les deux jeunes dans la pièce. Il se releva tranquillement et demanda si tout allait bien.

— Oui tout va bien, Léa était en train de nous parler de votre fascinante conversation sur la crise économique, taquina Tristian.

Il rigolait de ses propres blagues. Tout en retenant le plaid de tomber, Léa secouait la tête avec désobligeance. En revanche Kayle semblait un peu perdu.

— Quelle crise économique ? Je ne suis pas sûr de comprendre.

— Il te taquine, ne fais pas attention à lui, rétorqua Léa.

— Je m'appelle Ramélia, ajouta cette dernière en lui tendant la main.

Ramélia, toujours aussi délicate et avenante. En voyant la main tendue, il eut un moment d'hésitation, mais Léa lui avait expliqué que c'était une des façons de dire bonjour. En s'avançant vers elle, il lui rendit donc sa poignée de main.

— Enchanté Ramélia, je m'appelle Kayle.

— Non ce n'est pas vrai, intervint Tristian. Vous êtes vraiment Kayle !

— Oui pourquoi ?

Tristian lui tendit la main, que Kayle serra.

— J'ai entendu tellement de choses à propos de vous, vous êtes phénoménal ! Je connais toutes vos histoires, palabra Tristian tout en continuant de lui secouer la main. C'est un honneur de vous avoir ici.

On aurait dit un fan qui rencontrait son idole.

— Tu pourrais peut-être lâcher la main du monsieur, se moqua Ramélia.

— Oui pardon, dit-il en libérant Kayle. C'est un pote à toi ?

Léa s'amusa de sa question.

— On va dire que c'est un pote à moi oui, acquiesça-t-elle en fronçant le nez.

— C'est classe ! s'extasia Tristian. Oh mec, je suis tellement impatient qu'on s'entraîne ensemble !

Léa leva les yeux au ciel, il ne s'arrêtait jamais.

— Euh oui, avec plaisir, lui répondit Kayle en regardant Léa, hésitant.

— Maintenant que les présentations sont faites, je vais aller m'habiller.

En passant à côté de Kayle, Léa caressa doucement son bras avant de s'éclipser de la pièce.

Tristian l'attrapa par l'épaule en l'entraînant vers la cuisine.

— Allez mon pote, on va se faire un bon petit dej' et faire davantage connaissance.

En grimpant les escaliers, Léa sourit en entendant les deux garçons discuter ensemble. Pour la première fois depuis longtemps, elle se sentait bien.

Une fois habillée, Léa les retrouva dans la cuisine, Kayle avait clairement l'air de subir un interrogatoire de la part de Tristian. Lui posant mille et une questions sur les différentes sphères où il était déjà allé. On pouvait compter, en dehors de la Terre, Lébertas, Axria et Flénif. Ses missions, au-delà d'être le Protecteur d'Edine, étaient d'assurer les transports entre Flénif et Éléria pour la récolte des orchidées. Tout ceci en maintenant à distance les Nokariens.

À de nombreuses reprises, il avait dû les affronter. Les Nokariens, puissants et redoutables guerriers, étaient réputés pour aimer la bagarre. Kayle s'était forgé, sans le vouloir, une réputation chez eux. Dans ces moments-là, son âme de combattant ressortait.

Même si Tristian était littéralement passionné par ses propos, Léa pouvait déceler dans sa voix que ce n'était pas ce qu'il aimait le plus.

— Wouah ! ça a dû être génial de pouvoir aller sur les différentes sphères ! J'aimerais pouvoir m'y rendre, s'extasia Tristian.

— Qu'est-ce qui t'en empêche ? demanda Léa.

— Être ici est notre punition. C'est la seule sphère non éveillée aux éléments et à la magie. Si on ne respecte pas leurs décisions, on devient des fugitifs, expliqua Ramélia.

— Les Fonnarcales sont loin et les sphères grandes. Je ne pense pas qu'ils s'en rendraient compte.

À sa grande surprise, personne n'approuva ses dires. Même après des années d'exil, les Fonnarcales avaient toujours une emprise sur ces jeunes.

Golra entra dans la pièce, interloqué par le silence qui régnait.

— Assez bavardé ! s'exclama Tristian. Si on allait se faire un petit combat.

— Si tu veux, répondit Léa en haussant les épaules.

— Euh… je ne parlais pas de toi, s'amusa le jeune homme.

Son regard pivota sur Kayle et elle comprit qu'il désirait tester ses capacités face à son idole.

— Qu'est-ce que tu en dis, ça te tente ? Tu ne te sens pas trop vieux pour ça ? nargua Tristian.

Toujours son talent impeccable pour taquiner les autres. On pouvait dire beaucoup de choses sur lui, mais il ne manquait guère de confiance.

— Tu n'es pas obligé, répliqua Léa.

— Je suis partant, poursuivit Kayle. Histoire de voir si je suis rouillé ou pas.

Le sourire sur son visage démontrait qu'il ne doutait pas non plus de lui.

Regarder deux Protecteurs se battre était un spectacle à ne pas manquer, surtout quand Kayle était un des adversaires, bien que Léa ne l'ait jamais vu combattre.

Chacun avait un style bien différent. Kayle était plus dans la fluidité et l'enchaînement des mouvements avec quelques parades. Une chorégraphie de gestes. Tristian était plus dans la frappe rapide et forte. Il frappait pour immobiliser.

Bien entendu, chacun des deux retenait ses gestes, n'ayant aucune raison de blesser l'autre. Mais ce qui rendait ce spectacle encore plus impressionnant, c'était le mélange d'arts martiaux accompagnés de leur élément comme arme.

Les filles avaient pris place sur un des bancs dans la cour arrière du manoir. Même Aléna avait choisi d'assister au spectacle. Tristian roula des épaules, fit quelques cercles avec sa nuque, histoire de s'échauffer. Kayle retira simplement sa veste. Le combat était lancé.

Les mouvements entre les deux hommes s'enchaînèrent et au-delà de la jeunesse de Tristian, on sentait la nette supériorité de Kayle. Ils avaient l'air de passer un bon moment. Léa fut contente de le voir aussi à l'aise. Lui qui était tellement sur la retenue d'habitude, elle sentait qu'il se décoinçait un peu.

Kayle esquiva plusieurs coups portés par Tristian qui commençait à fatiguer. En parant un coup de poing, Kayle le fit passer au-dessus de sa tête et l'envoya au sol. Tristian accusa le coup en restant quelques secondes à terre.

— On fait une pause, interrogea Kayle.

— Pas de problème, je me doute que tu dois te reposer, grand-père, ricana Tristian.

L'accompagnant dans son rire, Kayle lui tendit la main pour l'aider à se relever. Une fois sur ses pieds, Tristian sentit sa hanche craquer mais fit mine de rien. Le voyant boiter, Ramélia accourut pour le soutenir. Volontiers, il s'appuya sur elle.

— C'était génial, s'écria Edine en les rejoignant.

— J'avoue, très impressionnant, répliqua Léa.

—Tu es sûr que ça va ? demanda Ramélia à Tristian en lui passant une main dans les cheveux.

— Mais oui, répondit ce dernier. C'est juste une contraction, due à ma masse musculaire.

Une main sur la bouche, Léa contenait son rire. Tristian et son ego...

— Tu es doué, lança Kayle.

— Merci. La prochaine fois, je ne te ménagerai pas, répondit le jeune Éléria en prenant la direction du manoir, accompagné des filles.

Laissant Kayle et Léa seuls, cette dernière en profita pour l'inviter à passer un moment tranquille.

— On va marcher ? suggéra-t-elle.

Avec un sourire, il accepta. Ensemble, ils prirent le chemin de la plage.

— Où as-tu appris à combattre comme ça ?

— Sur Éléria.

— Je me doute mais qui t'a enseigné à te battre de cette façon ?

— En tant que Protecteur, ce sont des compétences obligatoires que l'on doit avoir. Comme pour les Défenseurs. D'ailleurs, Golra m'a dit que tu t'étais beaucoup entraînée ? demanda-t-il en esquivant sa question.

— Les dernières semaines ont été assez intensives j'avoue, mais je ne suis pas à ton niveau, sourit-elle.

— Chacun a sa façon de se battre.

— C'est sûr. Même si en général, elle est à l'image de notre entraîneur.

— C'est vrai, souffla-t-il.

Léa détecta dans sa voix un souvenir douloureux. Partagée entre l'envie de poser la question et de profiter du moment, elle choisit la deuxième option.

— J'aurais aimé être là durant ton apprentissage, glissa-t-il.

Posant son regard sur lui, Léa le trouva adorable.

— Je suis loin de tout savoir. Tu pourras toujours m'enseigner, deux ou trois trucs.

Le sourire sur son visage confirma sa satisfaction de la réponse donnée.

L'Écosse pouvait être surprenante par ses paysages. La plage formait un arc de cercle et aurait pu ressembler aux calanques de Marseille. À l'abri entre deux falaises, il y avait peu de vent et l'eau s'engouffrait avec moins de violence. Recouverte de galets, à cet endroit, l'eau était étonnamment bleue. Il y avait quelques rochers qui dépassaient, poussant les vagues à se briser dessus. Le ciel dégagé et l'air doux annonçaient une belle journée d'été.

Léa retira ses chaussures afin de laisser ses pieds glisser dans l'eau. À sa grande surprise, cette dernière n'était pas si froide.

Il y avait un paradoxe entre le fait que le bruit de l'eau l'apaisait et sa peur de se baigner. Tournant la tête vers Kayle, elle le vit retirer son tee-shirt.

— Qu'est-ce que tu fais ? demanda-t-elle, confuse.

— Je vais me baigner. Tu te joins à moi ? dit-il en retirant ses chaussures.

— Tu es dingue ou quoi !

Pour la première fois, elle le vit torse nu. Ses vêtements ne rendaient pas justice à son corps. Il avait une musculature bien dessinée, loin d'être bodybuilder, mais ses épaules étaient larges et ses pectoraux parfaitement sculptés. Elle laissa ses yeux se balader sur lui et ressentit l'envie d'y laisser promener ses mains.

— Je vais garder mon pantalon, je sais que la nudité est gênante pour vous, s'amusa-t-il.

Léa pouffa de rire, un peu gênée de sa remarque mais aussi un peu déçue de ne pas en voir plus. Avançant vers la mer, elle put admirer son tatouage. Situé au milieu de son dos, on distinguait les rosaces qui s'entrelaçaient, entourées des huit sphères.

Sans hésiter, il plongea dans l'eau. Guettant la surface, les minutes passèrent. Ses yeux scrutaient le moindre mouvement et la panique commença à la saisir. C'était idiot car, grâce à son élément, il ne risquait rien, mais Léa ne put s'empêcher d'angoisser.

L'eau se mit à remuer différemment, laissant entrevoir quelque chose de grand nager. C'était son totem ! De son point de vue, cela ressemblait à un dragon, mais en plus petit. De longues nageoires, une peau bleu nuit, de fines oreilles ; le personnage de Krokmou lui vint en tête. Cette comparaison l'amusa car les dragons n'existaient que dans les livres ou les films.

— N'aie pas peur, murmura-t-il.

La voix était audible comme s'ils étaient à côté l'un de l'autre. Léa avait le souffle coupé. Elle ne se faisait toujours pas à l'idée de ces animaux totems. Golra leur apprenait à faire appel à eux afin d'entrer en parfaite connexion avec leur élément, mais jusqu'à maintenant, Léa avait fait chou blanc.

— Je n'ai pas peur, reprit-elle. C'est juste impressionnant.

— Tu viens ?

— Euh non. Je ne suis pas à l'aise dans l'eau, argumenta-t-elle en reculant sur la plage.

Il reprit doucement forme humaine et revint se poser près d'elle sur la terre ferme.

— L'eau et le feu. Deux éléments opposés, observa-t-il en remettant son tee-shirt.

— On dit que les opposés s'attirent. Dans notre cas, ce n'est pas juste une façon de parler, s'amusa-t-elle.

Pour Kayle, c'était la première fois en trente-cinq ans que sa journée n'était pas planifiée. Aucune expédition, aucun devoir, plus de règles, simplement la liberté de choisir ce dont il avait envie.

Chapitre 29

— Montre-moi, chuchota Kayle.

Léa ferma la porte de sa chambre, lui prit la main et l'attira vers elle. Leurs vêtements étaient encore trempés, Léa sentait son pantalon lui coller à la peau et ses cheveux dégouliner dans son dos. Ils avaient décidé de rentrer au manoir après avoir subi l'assaut d'une vague qui avait submergé leur rocher. Un fou rire avait éclaté entre eux. Tout en repoussant délicatement une de ses mèches de cheveux, Kayle l'avait embrassée.

— Tout d'abord, c'est une question de ressenti, dit-elle en lui posant la main sur sa joue. De nos cinq sens, nous utilisons majoritairement la vue et l'ouïe. Durant ce moment d'intimité, j'aime utiliser les trois autres. Le toucher dans un premier temps : laisser ses mains aller à la découverte du corps de l'autre. N'aie pas peur d'aller explorer les courbes du corps. Ressens chaque courbure, chaque frisson, chaque réaction sous tes doigts. Sens à quel endroit ils peuvent s'attarder.

Délicatement, Léa retira le tee-shirt de Kayle et dégrafa son pantalon avant de retirer son débardeur trempé.

Sa conscience le mit en panique à la vue d'un geste aussi intime. La douceur de sa peau le surprit. Le bout de ses doigts se hasarda le long de ses bras. Volontairement, il contourna ses seins, se sentant gêné d'explorer cette partie de son corps. Au fur et à mesure, ses caresses devenaient plus fluides tandis que le corps de Léa réagissait sous ses gestes. Sa respiration se saccadait, faisant grimper sa température. Un frisson la parcourut quand ses caresses remontèrent le long de son dos, pour finir sur son visage. La fraîcheur qu'il dégageait, en opposition avec sa chaleur, lui provoqua un spasme.

— Après, murmura-t-il.

Léa se mordit la lèvre en fermant les yeux quelques minutes. Devoir décrire cet acte était complètement inédit. Elle aurait simplement pu l'allonger sur le lit, lui faisant découvrir directement dans l'action, mais préféra lui faire comprendre l'importance de chaque geste.

— Ensuite, tu as l'odorat. En étant proche, tu peux t'enivrer du parfum naturel de ton partenaire. Chaque être humain dégage des phéromones seulement perceptibles si l'on est attirés l'un par l'autre.

À son tour, elle lui caressa les bras, suivant les courbes des muscles de ses biceps. Ses mains remontèrent dans ses cheveux. Il frissonnait à chaque fois que ses doigts habiles le frôlaient.

Ses lèvres effleurèrent son cou, elle était tout près de lui. Il sentait les mouvements de sa bouche, la chaleur de sa respiration près de sa nuque. Kayle était hypnotisé par ses paroles et ses gestes.

— Continue à laisser tes mains se balader sur le corps de l'autre, que ressens-tu ? glissa-t-elle doucement.

— J'ai chaud. Je…je sens comme des tremblements, bégaya-t-il.

— Ça s'appelle le désir. Ton corps s'éveille sous mes doigts.

Léa posa une main réconfortante sur son visage. À quelques centimètres l'un de l'autre, leurs lèvres étaient si proches. Il mourait d'envie de l'embrasser. Sa tête pivota instinctivement sur le côté afin de saisir sa bouche. Se mordant une nouvelle fois la lèvre en souriant, elle recula la tête.

— Et le troisième sens ? reprit-il, amusé par son geste.

— Le goût, ajouta-t-elle en caressant du pouce sa lèvre inférieure. De loin mon préféré. Avec, tu vas pouvoir aller à la rencontre du corps de l'autre. Goûter sa peau. C'est le portail vers la passion. C'est le moment où les corps ne feront plus qu'un.

Comme deux aimants en lutte pour se toucher, Léa redoutait de le blesser. La crainte, littéralement pour le coup, de s'enflammer la faisait trembler. Cependant l'envie d'être avec lui était si forte qu'elle céda à sa pulsion et l'embrassa. Kayle lui rendit son baiser langoureux.

Soudain, une sensation de souffle coupé, comme si d'un seul coup, chaque cellule de son corps s'éveillait. C'est exactement ce que Léa ressentait à ce moment précis.

Kayle quant à lui sentait son cœur cogner de plus en plus contre sa cage thoracique. Son âme vibrait sous l'effet de cette étreinte. Tout en douceur, ses doigts déboutonnèrent son pantalon, le laissant glisser au sol.

Doucement elle le fit reculer. Ses jambes touchèrent le bord du lit, le poussant à s'asseoir.

Attrapant son visage entre ses mains, elle déposa un baiser mordant.

Sa langue chaude se mélangea à celle de Kayle. Un goût légèrement salé s'en dégagea.

D'un simple geste, son soutien-gorge tomba au sol, dévoilant sa poitrine. Il en fut de même pour le reste. Il l'avait déjà vue nue et malgré son inexpérience, elle fut prise d'une légère timidité.

D'un geste maladroit, il retira à son tour son sous-vêtement. Sa respiration s'accéléra quand sa main hésitante caressa ses seins. Sous ses doigts, ses tétons se durcirent. Sentant son corps réagir, Kayle voulut retirer sa main mais elle le stoppa dans son mouvement.

— Tout va bien, réagit-elle. Dis-moi juste si ça te va ?

— Ça va, hésita-t-il. Je n'ai juste pas envie de... de te décevoir.

Tendrement, elle lui sourit.

— J'ai juste envie d'être avec toi, murmura-t-elle en passant une main dans ses cheveux.

— Moi aussi.

— Recule-toi un peu.

Il s'exécuta. En l'enjambant, Léa l'invita à positionner ses mains sur ses hanches. Se soulevant légèrement, Léa poussa un gémissement quand elle le guida en elle.

— J'ai fait quelque chose qui ne va pas ? demanda-t-il, inquiet.

— Non, tout va bien, souffla-t-elle. Suis mon mouvement.

Très lentement, son corps se mit à bouger, l'accompagnant dans chacun de ses mouvements afin qu'il continue d'explorer son corps. Doucement puis légèrement plus vite, ses gestes s'intensifièrent.

Léa sentit son corps s'embraser de l'intérieur. Le feu parcourait ses veines, cherchant à sortir. Kayle resserra son corps contre le sien. Sous ses mains, il sentait son cœur battre.

Sa peau devint alors brûlante, la faisant trembler.

— Attends, lui dit-elle en stoppant son rythme, laisse-moi une minute.

— Qu'est-ce qu'il y a ? s'inquiéta-t-il.

— J'ai... je sens que je ne vais pas me contrôler, formula-t-elle, la voix tremblotante.

— Je ne comprends pas.

Reprenant son souffle afin de faire redescendre son élément, elle enchaîna :

— Je ne veux pas te blesser.

— Tu ne me blesseras pas, lui répondit-il avec une voix rassurante.

Plongeant ses yeux dans les siens, elle lui fit confiance. Le doute venait de son côté. Dans un moment de passion comme celui-là, elle n'avait aucune certitude de réussir à contenir son élément.

— Comme tu m'as dit il n'y a pas d'obligation, on peut...

— Je sais, l'interrompit-elle.

Une partie d'elle avait envie d'arrêter mais une autre partie brûlait de désir pour cet homme.

Doucement, son mouvement reprit, l'entraînant avec elle. La tension étant toujours aussi forte, son corps ne tiendrait pas une minute de plus.

D'un coup, comme une allumette qu'on craque, une étincelle jaillit sur sa peau. De fines gouttes d'eau remontèrent alors le long de son dos. La sensation d'une légère brume d'eau fraîche après une journée chaude d'été. Sauf que celle-ci ne venait pas du ciel mais des mains de Kayle. Léa soupira d'extase. Une contraction remonta de son bas ventre, la traversant. Son cœur allait exploser.

D'un seul mouvement, il la retourna. Agrippant ses jambes autour de lui, le poids de son corps reposait sur elle. Ses muscles se raidirent, sa respiration devenait rauque, elle resserra son étreinte autour de lui. Remontant sa cuisse afin d'aller plus profondément en elle, Kayle sentit quelque chose de nouveau et d'inexplicable. Comme une exaltation de joie. Le corps de Léa se cambra, pendant que le sien était pris de spasme.

Dans un soupir, sa main cramponna le cadre du lit en bois, qui brûla presque entièrement.

Chapitre 30

Le cœur battant, des gouttes de sueur sur le front, Léa se réveilla en sursaut. Encore les mêmes rêves. La présence inexpliquée de cette ombre, sa conversation avec Hecto, combinées avec des évènements qui n'avaient pas de sens. Chaque nuit, tout repassait en boucle dans son esprit.

À ses côtés, Kayle dormait à poings fermés. D'une main, elle s'essuya le visage et décida de descendre pour aller prendre l'air malgré l'heure très matinale. Ses cauchemars l'oppressaient de plus en plus.

Kayle se réveilla donc seul dans le lit. En se redressant, il aperçut à travers la fenêtre Léa qui marchait dans le jardin, un air préoccupé envahissait son visage. Sans tarder, ildécida d'aller la rejoindre. À pas feutrés, son arrivée dans lesalon coïncida avec l'entrée de Léa dans le manoir.

— Est-ce que tout va bien ? demanda-t-il, préoccupé.

Après avoir refermé la porte du jardin, Léa invita Kayle à venir s'asseoir sur le canapé. La question de lui dire la vérité sur ses visions se posa. Sa main dans la sienne, elle laissa reposer sa tête sur son épaule. Lui mentir serait une erreur. Mais sa réaction au choix qu'elle venait de faire allait sans nul doute compliquer les choses.

— À quoi tu penses ? chuchota-t-il.

Elle prit une grande inspiration, puis son regard se tourna vers lui.

— Je pense à essayer de rejoindre Hecto.

Sa réaction ne se fit pas attendre.

— Quoi ?! Tu n'es pas sérieuse ! s'emporta-t-il en se levant brusquement.

— Je me doutais que tu n'approuverais pas, reprit-elle calmement.

— Évidemment que je n'approuve pas, tu sais très bien ce qu'il a fait. Comment peux-tu avoir envie de le rejoindre ?

— J'ai besoin d'avoir des réponses. Je sens bien que Golra me cache des choses et je dois connaître mon histoire, savoir pourquoi je continue à le voir, s'exclama-t-elle.

Les yeux ronds, la bouche entrouverte, sa réponse le prit au dépourvu. Les paupières fermées, Léa se pinça les lèvres en réalisant que ses propos étaient sortis bien trop vite.

— Tu continues à le voir ?

— Euh... oui, marmonna-t-elle en jouant avec le pompon d'un coussin.

— Quand ? Où ? s'empressa-t-il de demander.

— Je fais beaucoup de rêves.

— Je croyais que c'était chose commune pour les humains de rêver ?

— Ça l'est, mais là c'est différent. C'est plus intense, plus perturbant. Je vois des choses, des événements que je n'explique pas.

— Que dit Golra ? demanda-t-il en posant ses mains sur ses hanches.

— J'ai vaguement évoqué le sujet, soupira-t-elle. Il m'a dit que c'étaient des images du bassin, mais je sais que c'est faux. Quand j'étais blessée, j'ai pu discuter avec lui. C'est là qu'Hecto m'a proposé de venir.

— Comment est-ce possible ?

— Justement, je n'en sais rien. C'est pour cette raison que je dois y aller.

— Non ! s'emporta-t-il. C'est sûrement un piège !

—Pourquoi me tendrait-il un piège ? Je suis de sa lignée.

Kayle se passa une main sur la nuque, cherchant la bonne façon de la dissuader de cette idée folle.

— Il m'a dit que je ne connaissais pas toute l'histoire et que si j'acceptais de venir, je saurais tout.

— Évidemment qu'il t'a dit ça ! Léa, écoute-moi, tu ne peux pas lui faire confiance !

— Je n'ai pas dit que je lui faisais confiance. Je pense juste que ça pourrait nous en apprendre davantage, tenta-t-elle en repoussant le coussin.

Kayle secoua la tête en signe de désaccord et se mit à marcher dans la pièce, ignorant encore que sa décision était prise. À son tour, Léa se leva et le stoppa dans sa course en se mettant devant lui.

— Je ne te demande pas de venir avec moi. Je me doute que ce n'est pas l'endroit où tu rêves d'aller. J'ai simplement besoin d'un passage.

— Je refuse ! Tu dois te méfier de lui. Il y a une raison à son bannissement et tu la connais, protesta-t-il.

— La raison que les Fonnarcales ont donnée ! Tu sais, ceux qui ont essayé de me tuer, clama-t-elle.

Le ton de sa voix avait changé. Le regard dans le sien, Kayle savait ce qu'elle avait enduré. Ce que son peuple lui avait fait subir. Comment pouvait-il la blâmer de vouloir rejoindre les siens ? Alors qu'eux étaient par nature opposés.

— Je ne te demande pas de comprendre mes raisons. Je te demande juste de me faire confiance, s'apaisa-t-elle en lui prenant le visage dans ses mains.

Il prit le temps de la réflexion avant d'ajouter :

— D'accord, je t'ouvre un passage. Mais je viens avec toi.

— C'est trop risqué, rétorqua-t-elle en reculant dans la pièce.

— Je ne te laisserai pas y aller seule. C'est MA condition.

Inutile d'argumenter plus longtemps, il ne changerait pas d'avis. Et elle devait bien l'admettre, sa présence la rassurerait.

— Très bien, acquiesça-t-elle en levant les mains.

Comme il ne fit rien, elle ajouta, impatiente :

— Tu attends quoi pour l'ouvrir ?

— Je pensais déjà qu'on irait s'habiller, suggéra-t-il d'un ton légèrement taquin.

En baissant la tête, elle réalisa ne porter qu'un seul tee-shirt.

— Effectivement, ça peut être une bonne idée, dit-elle en se frottant le nez.

— Et puis je ne peux pas ouvrir de passage sans connaître l'endroit.

Elle avait oublié ce détail.

— Tu n'as aucun moyen de les rejoindre ? questionna-t-elle.

— Si je connaissais leur emplacement, tu te doutes bien que les Fonnarcales les auraient déjà trouvés. Personne ne sait où ils sont. Mes passerelles ne peuvent s'ouvrir que sur un lieu que je connais déjà. Ou si j'ai une connexion avec la personne.

— Tu peux te connecter à lui ?

— Non.

— Je n'avais pas pensé à ça, réfléchit-elle en se grattant la tête.

— Clairement, dit-il sur un ton un peu moqueur.

— Fais attention, tu prends trop confiance !

Il lui sourit avant d'ajouter :

— Quand il t'a dit de le rejoindre, t'a-t-il précisé quelque chose ?

— Non, je me suis réveillée avant.

— Dans ce cas, essaye de te reconnecter à lui et pose-lui la question.

— Les seules fois où j'ai réussi à rentrer en contact, c'était soit dans le bassin, soit quand j'étais mourante. Et vu qu'on n'a pas de bassin ici, je n'ai pas des masses envie de me rapprocher de la mort, ajouta-t-elle avec ironie.

— Je pense que tu n'as pas besoin de te retrouver dans cet état pour réaliser une connexion. Si tu as pu le voir en dehors, c'est que vous êtes définitivement liés. Il suffit juste de te mettre en condition et tu devrais arriver à lui parler.

— Tu crois ?

— Je ne vais pas te dire que je suis emballé par cette idée, mais essayons. Sers-toi du feu pour te connecter.

— Comment ? demanda-t-elle en fronçant les sourcils.

Ils s'installèrent devant la cheminée et Kayle lui proposa de rallumer le feu. D'un simple mouvement de ses doigts, le bois s'embrasa.

— Tu te souviens quand on était dans ton appartement. J'ai voulu te montrer ce dont tu étais capable ?

— Bien sûr, répondit-elle en ajustant le tee-shirt sur ses genoux.

— Golra t'a fait travailler la concentration. On va refaire pareil, sauf que cette fois, tu vas te concentrer sur Hecto. L'endroit où il est. Visualise le lieu où tu l'as déjà vu.

Léa hocha la tête.

— Ferme les yeux.

Elle s'exécuta.

— Inspire et expire. Sens la chaleur du feu. Écoute son son, le craquement du bois dans la cheminée, le crépitement des branches qui se consument. Ressens cette énergie qui t'habite. Reviens à l'endroit où tu l'as vu. Tu es dans cette pièce avec lui, tu le vois, tu lui parles.

Bercée par sa voix, Léa se sentait portée par ses mots. Visualisant la salle où, par deux fois, ils s'étaient parlé, le visage d'Hecto se dessina. Ses cheveux châtains, ses yeux irisés, sa voix grave. Pour l'instant, c'étaient juste des souvenirs qui apparaissaient. Elle commença à se dandiner sur place et pensa que la position en tailleur aurait été plus confortable.

— Reste tranquille, lui répéta Kayle, la voyant s'agiter. C'est normal que ça prenne du temps. Relâche ton corps et ton esprit, focalise-toi sur un seul son. Pense à ce que tu veux accomplir.

Lors de ses sessions avec Golra, son impatience ressurgissait toujours, la mettant souvent en échec.

— Écoute le son des flammes qui crépitent, c'est ta connexion à lui. Ressens ton élément, enchaîna paisiblement Kayle.

Comme un son mélodieux qui murmurait à ses oreilles, la voix de Kayle l'apaisait. Une nouvelle fois, le visage d'Hecto apparut. Sa respiration s'intensifia, lui provoquant un tremblement. L'air ambiant devint plus lourd.

— Je ne pensais pas te revoir, s'étonna Hecto face à elle.

Balayant la pièce du regard, elle était à nouveau dans cette salle aux murs verts.

— Je suis pleine de surprises, rétorqua-t-elle.

— C'est ce que je vois, répondit-il enjoué. Et tu es toujours en vie, visiblement.

— Exact !

— Est-ce que tu es toujours sur Terre ? demanda-t-il, curieux.

— Oui

— Qu'est-ce que je peux faire pour toi ?

— Vous pouvez me dire où vous êtes.

— Rien que ça !

— C'est vous qui me l'avez proposé. Si vous voulez que cela se produise, il va bien falloir me dire où vous trouver.

— Effectivement ! Ma question va donc être la suivante : comment comptes-tu nous rejoindre ? demanda-t-il en croisant les bras.

C'est là que les choses se corsaient. Elle ne pouvait pas vraiment mentir.

— Une personne de confiance peut m'emmener jusqu'ici.

— Un Protecteur j'imagine ! Sa venue n'est pas recommandée.

Sa réticence était justifiée. Il avait fui les Élérias pendant des années. Accepter ce compromis était dangereux.

— Je n'ai pas vraiment d'autre moyen, affirma-t-elle.

Jamais Léa n'envisagerait d'aller utiliser le portail sous-marin du Loch Ness.

— Comprends-moi. Je ne peux pas prendre le risque de révéler où nous sommes sans garanties.

— Quelles garanties voulez-vous ? questionna-t-elle en inclinant la tête. J'entends votre prudence et je la respecte. À l'heure actuelle, il n'y a rien de plus que je puisse faire. Puis si je ne m'abuse, vous aviez l'air plutôt sûr de vous en disant que je ne risquais rien sur Terre.

Son cran le fit sourire. Le voyant hésiter, Léa tenta un coup de bluff.

— Mais je comprends et je ne vais pas vous forcer la main, reprit-elle en haussant les épaules, une moue de déception sur son visage. Peut-être une autre fois.

Surpris par sa réaction, il s'empressa de demander :

— Tu t'en vas ?

— Nous sommes visiblement dans une impasse. J'avais espoir de vous connaître, ajouta-t-elle avec une voix aussi douce et compatissante que possible. Mais j'apprendrai la vérité autrement.

La tête basse, elle lui tourna le dos, feignant de partir.

— Attends ! s'exclama-t-il.

Il ne vit pas son sourire de victoire illuminer son visage.

— Qu'y a-t-il ? demanda-t-elle en se retournant, le regard penaud.

— Donne-moi ta main.

Posant sa main au-dessus de la sienne, les liserés dorés s'éveillèrent sur leurs avant-bras. De légers picotements remontèrent le long de sa colonne vertébrale, l'entraînant dans un nouveau tremblement. L'instant d'après, elle était à nouveau dans le salon, à côté de Kayle.

— Je sais où il est, lui dit-elle.

Chapitre 31

— Je viens avec vous ! s'exclama Edine.

— Non ! Tu restes ici, ordonna Kayle. C'est trop risqué.

Après avoir obtenu la localisation d'Hecto, ils avaient jugé préférable de prévenir les autres afin d'éviter de les effrayer de leur disparition. C'était encore le visage endormi que tout ce petit monde les avait rejoints dans le salon.

— Pourquoi tu veux y aller ? questionna Edine, déboussolée.

— Il me faut des réponses. Je pense même qu'on en a tous besoin, expliqua Léa en s'adressant cette fois-ci à tout le monde.

— Dans ce cas, on devrait tous y aller, marchanda Edine.

Kayle s'approcha de sa jeune protégée. Malgré sa détermination, il ne voulait pas prendre le risque de la mettre en danger.

— C'est plus sage si tu restes ici. Tu es en sécurité. Là-bas je ne suis pas sûr de pouvoir te protéger. Ni aucun d'entre vous, reconnut Kayle.

— Je ne pense pas que ça soit une bonne idée, ajouta Ramélia. Vous ne savez rien de ce qui vous attend. D'ailleurs, où allez-vous ?

— D'après ce qu'il m'a transmis et mes connaissances, il s'agirait d'une autre sphère.

— Laquelle ? demanda Ramélia, intriguée.

Léa hésita pendant un instant. Était-ce judicieux de leur communiquer l'emplacement des Défenseurs ? Bien qu'elle ait confiance en chacun d'entre eux, connaître cette information restait dangereux.

— Sur Jorius, avoua-t-elle finalement.

— C'est classe ! On part quand ! s'exclama Tristian, sortant d'un coup de sa léthargie.

— Personne ne vient avec nous, rétorqua Kayle.

À son tour, Léa essaya de calmer l'enthousiasme de Tristian et de rassurer les autres sur ses envies de voyage.

— Écoutez-moi. Je sais que ça peut vous inquiéter, ou pour certains vous emballer, commença-t-elle en désignant Tristian de la main. Mais on ne vous fera prendre aucun risque. On ignore ce qui nous attend mais… j'ai confiance dans ce que j'ai vu. Et je vous demande de me faire confiance aussi.

— Comment va-t-on savoir que vous allez bien ? interrogea Ramélia en s'installant sur l'accoudoir près de Tristian. C'est vrai, on ne pourra pas savoir si vous êtes capturés ou même morts.

Des éclats de voix se mirent à jaillir. Un brouhaha de peur et d'excitation engloba la pièce. Léa leur fit signe de se calmer en abaissant ses mains. Pour le coup, elle n'eut aucun soutien de Kayle, qui croisa les bras, spectateur de la scène.

— Comment tu as fait pour rentrer en contact avec lui ?

La question d'Aléna fit taire les voix et tout le monde se tourna vers Léa. Son intérêt soudain était intrigant.

— Étant de sa lignée, j'arrive à entrer en contact avec lui. Enfin, ce n'est arrivé que quelques fois.

Tout le monde sembla assez perplexe par ses propos, comme s'ils découvraient qui elle était.

— Et si vous êtes capturés ? s'inquiéta Edine. Que vous ne pouvez pas rentrer quand vous le souhaitez. Comment fait-on pour vous trouver ?

Léa manquait de réponses. Consciente des risques de partir à l'aveugle, son choix restait pourtant le même. Néanmoins, elle se retrouvait un peu coincée par leurs questions et ne savait pas comment les rassurer. Le plus inquiétant, c'est que Golra n'avait encore rien dit. Assis près de la fenêtre, le regard tourné vers l'extérieur, il était pensif. Son soutien aurait été le bienvenu.

— Golra, tu en penses quoi ?

Ramélia la devança dans sa question. Ce dernier se leva doucement de son fauteuil pour se rapprocher d'eux.

— Ce n'est pas vraiment à moi d'en décider, affirma-t-il.

Le soutien n'était pas celui espéré par Léa.

— Tu penses que c'est une bonne idée qu'ils partent ? s'affola Edine.

— Je ne peux pas dire si c'est une bonne ou une mauvaise idée. Tout ce que je sais, c'est que tu as fait ton choix, dit-il en s'adressant à Léa. Si tu as la certitude de devoir aller là-bas, alors suis ton instinct. Fais confiance à ton élément.

Ses mots la confortèrent dans l'idée de partir. D'un signe de tête, elle le remercia.

— Par contre, vous serez livrés à vous-mêmes, ajouta Golra.

Léa planta son regard dans celui de Kayle, visiblement peu rassuré.

— Ça va bien se passer, tenta Léa en se frottant les mains.

— J'espère aussi. Je ne veux pas vous perdre tous les deux, glissa Edine au bord des larmes.

— On va revenir, s'empressa d'ajouter Léa en la prenant dans ses bras.

Kayle partit échanger quelques mots avec Golra pendant que Léa se regroupait avec les autres.

— Donne-moi ton opale s'il te plaît, demanda Edine.

Léa sortit la petite pierre de la poche de son jean et la lui tendit.

Edine lui saisit son poignet droit et posa l'opale dessus. Tandis que de sa main jaillissaient des filaments dorés qui se solidifièrent en entourant le poignet de Léa, la pierre vint s'y fixer dans un écrin de bois. Un sourire illumina le visage de Léa en découvrant le bijou que venait de lui concevoir son amie.

— Ça te sera plus facile, sourit timidement Edine.

— Sinon tu aurais fini à poil devant ton paternel, s'esclaffa Tristian.

Comme à son habitude, Ramélia lui mit un coup de coude, ce qui fit sourire Léa.

—Merci, ajouta cette dernière.

Elle prit le temps de les regarder. Cela faisait peu de temps qu'ils étaient entrés dans sa vie et pourtant l'idée de les perdre lui compressa la poitrine.

Reculant de quelques pas, son regard se tourna vers Kayle, toujours en discussion discrète avec Golra.

— Prêt ? lui lança-t-elle.

— Oui, ajouta-t-il en la rejoignant.

— Tu es sûr que ça va fonctionner ?

— Il n'y a qu'un moyen de le savoir, consentit Kayle. Donne-moi ta main.

Paume vers le haut, il positionna sa main au-dessus de la sienne. Le même geste effectué un peu plus tôt par Hecto.

— C'est comme tout à l'heure. Focalise-toi sur ce qu'il t'a dit et sur l'endroit où il se trouve.

À peine son esprit se focalisa sur sa destination que leurs mains s'illuminèrent. Lors de ce partage, Léa put ressentir l'inquiétude de Kayle. Sa peur face aux Défenseurs mais aussi une angoisse de ce qu'il pourrait apprendre. Tournant son regard vers lui, elle le vit ouvrir la passerelle d'une seule main.

Léa prit le temps de respirer, l'inquiétude la prit soudainement au ventre, semant la graine du doute.

— Allons-y, se résigna-t-il.

Elle ferma ses doigts autour des siens. Ce geste d'affection lui apporta un léger confort.

— Je ne laisserai rien t'arriver, affirma-t-elle. Je te défendrai.

— Je te protégerai.

Avec un regard complice, ils passèrent à travers le portail.

La lumière de l'autre côté les aveugla. Il leur fallut quelques secondes pour s'accommoder à leur environnement extérieur. Autour d'eux, un désert de sable rouge. Un paysage aride, rocheux, sans végétation apparente, s'étendait à perte de vue.

Léa mit sa main en visière afin d'essayer d'y voir davantage. Ses chaussures commençaient à se recouvrir de sable et l'air chaud qui se dégageait de la sphère rendait l'atmosphère moite. Il y avait une légère odeur de brûlé, une odeur qu'elle avait déjà sentie auparavant, mais impossible de se rappeler où.

— Je ne voudrais pas paraître pessimiste, mais tu es sûr que tu as bien scanné mes données ? fit-elle en mimant des guillemets.

— Évidemment ! affirma-t-il en fronçant les yeux.

— Pourtant on est en plein désert !

— Ce n'est pas moi qui t'ai donné ces coordonnées-là. Donc si tu veux un coupable, tu devrais demander à ton ami Hecto, attaqua-t-il.

Son irritation soudaine la surprit.

— Pourquoi nous aurait-il donné un lieu erroné ? Et pourquoi tu es autant énervé contre lui ? questionna-t-elle.

— Tu me poses vraiment la question ? Tu pensais sincèrement qu'il te donnerait sa localisation ? Il a tué des gens, je te rappelle ! vociféra-t-il.

— Aucune raison de t'énerver contre moi.

— Je ne suis pas énervé ! Je te fais juste remarquer où on est.

— On est juste dans un désert, ce n'est pas si grave, on va rentrer.

— Bien sûr qu'on va rentrer !

— Arrête ! s'écria Léa.

Ses insinuations l'agaçaient. Elle sentait bien qu'il ne lui avait pas tout dit. Son amertume envers Hecto cachait quelque chose de plus profond. Ses messes basses avec Golra avaient forcément une raison. Pour autant, Léa gardait espoir. Son instinct lui avait dit de venir, de faire confiance à Hecto. Les Défenseurs devaient se cacher quelque part.

— J'ai bien compris que tu ne veux pas être ici, mais il faut que tu arrêtes de juger sans savoir ! Qui te dit que ce ne sont pas les Fonnarcales qui ont menti, hein ? Qui te dit qu'ils ne t'ont pas bourré le crâne avec un paquet de grosses conneries ? Tu ne les remets jamais en cause. Pour toi, tout ce qu'ils te disent est la vérité.

— Tu sais très bien que non, s'offusqua Kayle.

— Ah ouais, mais qu'est-ce que j'en sais moi ? Qu'est-ce qui me dit que tu veux vraiment m'aider ?

Ses paroles débordaient d'agressivité. Elle culpabilisa aussitôt de s'énerver contre lui, mais son entêtement était insupportable. Prête à lui bondir dessus, sa réaction la prit de court.

— Mais j'ai tout remis en cause pour toi ! hurla-t-il en la pointant du doigt. J'ai tout quitté. J'ai quitté ma ville, ma famille, tout ce en quoi je croyais. Et tout ça, je l'ai fait pour toi. Tu ne devrais pas douter de ce que je te dis.

C'était la première fois qu'il hurlait. Léa resta sans voix, quant à Kayle, son emportement le choqua.

— Navré d'interrompre votre dispute !

La voix survint de nulle part. Sans avoir le temps de comprendre, ils se retrouvèrent face à cinq hommes, apparus comme par magie. Kayle se mit instantanément devant Léa en barrage.

— On aurait dû attendre qu'ils finissent leur dispute, j'aurais bien aimé savoir qui aurait pris le dessus, dit l'un des hommes au crâne rasé, le visage couvert de cicatrices.

— Je parie sur elle, répondit celui à côté de lui. Après tout, les Protecteurs ne font pas long feu dans le coin.

Kayle sentit le danger et se prépara à bloquer leurs attaques. Chacun des hommes enflamma ses mains, ce qui fit reculer leurs adversaires.

— Vous n'allez pas nous quitter si vite, rétorqua Crâne-rasé en voyant leur mouvement de recul.

— On est là pour voir Hecto, s'interposa Léa.

— Que c'est mignon, lui répondit-il d'un ton narquois. Mais Hecto n'est pas disponible. En revanche, je peux lui apporter vos cendres.

Anticipant son geste, Léa se mit devant Kayle et bloqua le jet de flammes que le Défenseur envoya.

Malgré la puissance de l'homme, elle ne céda rien. Hors de question qu'ils s'en prennent à Kayle. Le feu remonta le long de ses veines, ses yeux s'enflammèrent, et d'un geste, le jeune homme vola dans les airs. Son dos percuta violemment une paroi invisible avant de toucher le sol.

Au départ, ce qui était juste un désert laissa place à une immense montagne tout en granit. D'une hauteur de cinquante étages environ, taillée dans la roche, l'ouverture sur ce qui ressemblait à un temple se dessina devant eux.

Autant Léa que Kayle furent surpris du décor qui se révéla à eux, autant les hommes le furent devant ce qu'il venait de se passer. Comment avait-elle fait pour stopper son attaque et surtout le repousser en utilisant le même élément que l'un des leurs ?

Tous choqués, aucun ne bougea.

Léa se dressa devant eux.

— Comme je vous le disais, on vient voir Hecto !

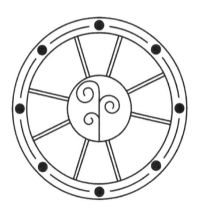

Chapitre 32

Valénia regardait les petits bouts de ruban dans ses mains. Ce n'étaient plus que de vulgaires morceaux de tissu gris. Elle était encore sous le choc de ce qui venait de se passer. Son plan s'était passé comme prévu jusque-là, seul le départ de Kayle n'avait pas été anticipé.

— Que signifie tout ce tapage ? interrogea Gorus, arrivant précipitamment dans le couloir.

À toute vitesse, elle se releva afin de ne rien laisser paraître.

— Tout va bien Père, s'exclama-t-elle en réajustant sa tenue, un sourire maladroit habillant son visage.

Saisissant la main de sa fille, il découvrit les deux rubans brisés tout en revivant les événements ultérieurs. Étant de la même lignée, Gorus pouvait lire en elle.

— Que s'est-il passé ? répéta-t-il, l'air inquiet.

— C'est compliqué, commença-t-elle en détournant le regard.

— Qu'as-tu fait ?

— Ce n'est pas ma faute Père, grommela Valénia.

— Ma fille, je t'en prie, tu te donnes en spectacle, jugea-t-il.

Tous les regards étaient posés sur eux. Les messes basses, les jugements dans leurs regards, Valénia les détestait.

— Vous avez raison, déglutit-elle en redressant la tête. J'ai besoin d'aller me recentrer, veuillez m'excuser.

D'un pas rapide, elle prit congé. Après avoir traversé le Belvédère, Valénia trouva refuge dans une salle de méditation. Ces petites pièces permettaient de s'isoler facilement.

Elle jeta un dernier regard sur son matiola brisé, avant de jeter les deux bandelettes par terre dans un cri. Le sang lui montait au visage, sa mâchoire se contractait. Cette émotion était destinée aux humains, hors de question d'y céder.

Luttant contre ses sentiments, la haine devenait trop forte, surtout pour son père à l'instant même. Comment pouvait-il croire que c'était sa faute ? Tout ceci était la faute de Léa ! Rien que de penser à son nom, la rage lui monta au visage.

Attrapant des deux mains un banc présent dans la pièce, elle le lança si fort contre le mur qu'il se brisa sous la violence du choc.

— Je vois que tout ne s'est pas passé comme tu l'espérais, interrompit la voix derrière elle.

L'ombre se présenta à elle. Les nouvelles n'étaient pas bonnes malheureusement.

— Je suis désolée de vous avoir déçu, réagit Valénia en se retournant.

Le regard baissé, les mains jointes, elle redoutait son intransigeance.

— Relève la tête Valénia, reste fière. Ce sont les autres qui s'inclineront devant toi, ajouta la voix avec prétention.

Relevant le menton, ses mots la réconfortèrent. Sa confiance en l'ombre était totale, en dépit de son ignorance sur l'identité de la personne qui se cachait derrière. Mais cela n'avait pas d'importance, il lui avait promis la grandeur et le pouvoir.

— Raconte-moi les évènements.

— Je l'ai poignardée avec la dague que vous m'aviez confiée, engagea Valénia. Le poison faisait effet mais je n'avais pas prévu l'arrivée de la protégée de Kayle. J'ai réussi à l'expédier sur Terre, mais la jeune Éléria l'a suivie. Ce qui a éveillé des interrogations chez mon sinola et malheureusement, je n'ai pas réussi à le retenir. Finalement, mon père me tient responsable de l'incident...

Sa tête s'inclina une nouvelle fois, comme une enfant qui venait d'être grondée.

— Je t'avais pourtant dit d'attendre.

— Je sais, mais quand j'ai su que Mult n'avait pas réussi à pénétrer son esprit, je me suis dit qu'il fallait agir.

— Agir sous l'impulsion n'est jamais une bonne chose. Je te l'ai pourtant enseigné.

— Je suis patiente depuis des années. Vous m'avez promis le pouvoir et pour l'instant, je ne suis reléguée qu'à suivre des ordres.

L'agressivité dans sa voix ne plut guère à l'ombre. La pièce se plongea dans le noir, comme si les ténèbres pouvaient d'un seul coup envahir le monde.

—Tu continueras à suivre mes ordres ! Si tu veux atteindre l'ultime pouvoir, tu m'obéiras ! N'oublie jamais que sans moi, tu ne serais qu'une vulgaire Éléria.

Sa voix résonnait comme dans une église. Toute la pièce aurait pu trembler. Valénia tomba à genoux, suivit par un flot de larmes.

— Pardonnez-moi, supplia-t-elle à bout de nerfs.

Léa, de par sa présence, avait réanimé toutes ses émotions, la rendant vulnérable et sans contrôle.

La lumière réapparut, laissant l'ombre s'approcher d'elle.

— Valénia, relève la tête, ordonna-t-il.

Sans hésiter, elle s'exécuta.

— Je sais que tu as voulu agir pour le mieux. Mais en aucun cas tu ne dois prendre de décision sans ma permission.

Essuyant les larmes d'un revers de la main, elle acquiesça à ses propos d'un signe de tête.

— Debout ! commanda-t-il. Ce n'est pas à toi de t'agenouiller. Je comprends ton impatience. Les évènements de ces derniers jours, plus le fait que tu aies été en contact avec une humaine, a fragilisé ton état. Quant à ton père... eh bien nous verrons plus tard.

L'ombre prononça cette dernière phrase dans un murmure.

— J'ai tout gâché ? dit-elle en se relevant, les mains jointes.

— Son arrivée était inévitable, je te l'avais dit. Je n'avais juste pas anticipé sa résistance. Le fait que Léa ait réussi à résister à un puissant Éléria tel que Mult m'intrigue.

Valénia perçut une légère hésitation dans sa voix. Si la noirceur possédait un visage, elle aurait pu y déceler de l'inquiétude.

— Je ne pense pas qu'elle ait pu survivre à sa blessure, hasarda Valénia.

— Malheureusement, elle a bien survécu.

Les yeux ronds balayant de gauche à droite, Valénia était sans voix. Le poison de l'orchidée aurait dû la tuer. Ravalant son échec, elle demanda :

— Que va-t-on faire ?

— Nous continuons notre plan. Pour l'instant rien ne change.

— Pourtant on a perdu Kayle, se risqua-t-elle.

— C'est vrai, dit l'ombre avec douceur. Son attachement envers cette humaine n'était pas prévu. Nous remédierons à cela ultérieurement. As-tu des sentiments pour lui ?

— Vous savez bien que non. Vous m'avez demandé de m'unir à lui car c'était nécessaire. En perturbant ses visions dans le bassin, nous avons pu lui faire croire que j'étais sa sinola. Mais je ne me suis pas rabaissée à ce type de sentiments. Je m'étais simplement… habituée à sa présence.

— Je suis très fier de toi, s'exclama l'ombre. L'attachement est une simple commodité.

Fière de satisfaire son maître, Valénia reprit confiance en elle.

— Comment va-t-on faire pour les trouver ?

— Je sais déjà où ils sont, rétorqua-t-il.

— Qu'est-ce qu'on attend dans ce cas ?

— Toujours ton impatience ! s'amusa l'ombre. On attend qu'elle trouve les Défenseurs pour nous.

— Vous êtes sûre qu'elle le fera ? douta Valénia.

— La curiosité est le propre de l'Homme. Son désir d'en savoir plus les poussera à leur perte.

— Comment saurons-nous l'endroit exact ? Je veux dire, Mult a échoué…

— Mult n'était pas mon seul atout, l'interrompit-il. J'ai des yeux partout.

Elle fixa l'ombre avec un regard interrogateur. Malgré sa puissance, jamais il n'avait réussi à trouver les Défenseurs. Un nouvel allié avait dû les rejoindre.

— Les réponses viendront en son temps. Je ne vais pas révéler tout mon jeu de suite.

— Je vous ai pourtant prouvé ma loyauté en me ralliant à votre cause.

— Je sais, mais il y aura encore une étape que tu devras passer.

Prête à le suivre aveuglément, elle ne protesta pas.

— Qu'attendez-vous de moi ? s'empressa-t-elle de demander.

— Tout d'abord, que tu ailles voir ton père, explique-lui les raisons qui t'ont poussée à agir aussi vite.

— Je ne sais pas s'il m'écoutera.

— Valénia, tu ne voulais que protéger ton peuple d'une menace imminente. Sous ses airs de gentille fille, tu as très bien vu sa dangerosité. Léa a pu enflammer le Globe. L'instabilité de son élément pourrait réduire en cendres notre sphère. Tu as simplement voulu la stopper.

Il marqua une pause avant de reprendre :

— Avec ces mots, ton père t'écoutera.

— Merci

Entouré d'un halo noir vaporeux, en dehors d'une apparence humaine, on ne distinguait rien d'autre. L'ombre lui était apparue à l'âge de cinq ans. Au départ, bien entendu, elle en avait eu peur. D'autant que personne d'autre ne pouvait la voir. Au fur et à mesure, elle avait cependant découvert un allié en lui.

Ce dernier l'avait aidée à devenir la meilleure de sa classe, à prendre confiance et à développer ses dons. L'ombre ne lui demandait rien en retour, si ce n'est de garder le secret. Elle était une petite fille spéciale avec de grandes capacités, selon ses dires.

Une source inimaginable de pouvoir, voilà ce qu'il lui avait promis. Séduite par cette idée, Valénia avait bien évidemment dû faire ses preuves. Son travail acharné avait fini par payer, l'ombre lui avait donné sa confiance.

Au départ, son refus avait été catégorique de s'unir avec un Éléria. Mais son maître lui avait expliqué qu'avoir un sinola à ses côtés serait bénéfique. Courageux, loyal et fidèle à leurs croyances, Kayle représentait tout de ce profil. Il ne remettait jamais en question les décisions du conseil, ni les lois sur Éléria. Par-dessus tout, son père l'adorait. La fierté s'était lue sur son visage, le jour où son matiola s'était réalisé.

Kayle était un Protecteur respecté, qui avait été bien formé, la seule chose qu'elle pouvait lui reprocher, c'était sa fascination pour les êtres humains. Il était désireux de connaître leurs coutumes, leurs façons de vivre et surtout curieux de leurs capacités à ressentir les choses. Pour elle, rien que l'idée lui donnait la nausée.

Une fois l'ombre partie, Valénia resta quelques minutes seule dans la petite salle en pierre grise afin de rassembler ses esprits et de trouver le courage d'aller parler à son père. Malgré sa confiance, elle le redoutait.

Son bureau était tout en haut de la tour centrale qui surplombait le Belvédère. Après avoir frappé à sa porte et sans attendre de réponse, elle pénétra à l'intérieur.

La pièce était circulaire, avec de grandes fenêtres ouvertes tout autour. Une vue imprenable sur le reste de la vallée. Gorus était assis derrière un grand bureau en bois. Il y avait aussi une étagère qui faisait tout le tour du mur, sur laquelle étaient exposés, sous cloches de verre, les différents types d'orchidées.

— Assieds-toi ma fille, lui dit-il en désignant le fauteuil devant son bureau.

Prenant place, elle se sentit toute petite face à lui. Ses mains devenaient moites et sa gorge sèche. Sa jambe se mit à trembler, alors elle posa ses mains dessus pour la stopper. Décevoir une nouvelle fois l'ombre n'était pas une option. L'envie de rendre son maître fier la poussait à accomplir sa mission.

— Je ne vais pas m'excuser pour ce qui s'est passé, Père. Je n'ai agi que pour le bien d'Éléria.

Reculé dans son siège, les doigts croisés, comme à son habitude quand il écoutait attentivement une personne, il l'invita à poursuivre d'un geste de la main. Elle se racla légèrement la gorge avant de poursuivre :

— Cette femme est dangereuse, vous avez vu ce qu'elle a fait au Globe et à Mult. C'est un danger pour notre peuple. C'est une menace pour notre tranquillité et notre équilibre. Ma réaction n'a été que dans notre intérêt.

Elle observa son père qui ne la quittait pas des yeux. Aucun mot ne sortit de sa bouche, rendant les secondes pesantes. Le moindre geste ou la moindre expression trahissant son comportement ferait tomber à l'eau sa défense. L'intransigeance de Gorus était crainte de tous.

Finalement il se leva, marcha jusqu'à une des fenêtres qui surplombait le Belvédère, et brisa le silence. En entendant ses premiers mots, Valénia relâcha discrètement son souffle.

— Tu sais ce qui m'a fait accepter de prendre ce poste?

— Non.

— Mon grand-père me racontait souvent la même histoire. Des années en arrière, il y avait eu une grande bataille sur Éléria. Notre peuple avait dû affronter le peuple des glaces. Des êtres dotés de grands pouvoirs qui rêvaient de conquêtes. La guerre avait duré environ dix ans. Dix ans de peur, de souffrances, de pleurs. Eh oui ma fille, notre peuple a versé des larmes, babilla-t-il.

À son tour, Valénia se leva afin de le rejoindre.

— Je me suis toujours dit qu'un jour je deviendrais un Fonnarcale, afin d'éviter à notre peuple de revivre de tels évènements, enchaîna-t-il.

— Vous avez brillamment réussi, flatta-t-elle.

— Je n'en suis pas aussi sûr.

— Ce que nous avons vécu n'a pas été facile, mais vous nous avez protégés contre les Défenseurs. Vous les avez repoussés et nous vivons en paix depuis.

— Depuis leur disparition, je vis dans la peur. Peur de leur retour, peur que cet enfant ait survécu.

Ébahie par les confidences de son père, Valénia n'en croyait pas ses oreilles. Cet homme si impitoyable vivait dans l'angoisse.

— Quand la jeune Edine est venue me trouver pour me dire avoir retrouvé l'enfant d'Hecto, j'ai paniqué. J'avais secrètement prié pour que ce bébé soit mort. Mais non, il a fallu que sa lignée vive, continua Gorus, la voix brisée. C'est pour cette raison que je t'ai demandé de la ramener ici. J'avais besoin de la voir de mes propres yeux.

— Pourquoi vous ne l'avez pas tuée tout de suite ? fustigea Valénia.

— J'y ai pensé. Mais une fois face à moi, je n'ai pas pu, avoua-t-il, embarrassé. Puis après l'aveu de ses visions, je me suis dit qu'elle pourrait nous aider à les trouver. Cela aurait été notre chance de salvation. Je n'avais malheureusement pas anticipé sa puissance.

Valénia grimaça. Que son père reconnaisse sa puissance était intolérable. Comment pouvait-il croire que Léa était plus puissante que les autres ou même qu'elle. Ce n'était qu'une petite naïve du monde des humains, avec un langage déplacé et un manque de respect qui ne pouvait être toléré.

— Elle n'est pas aussi puissante que vous le dites, reprit Valénia, exaspérée.

— Pourtant tu as toi-même reconnu qu'elle était dangereuse, rétorqua son père.

— Elle est dangereuse seulement car ses émotions la contrôlent, laissant la possibilité à son élément de prendre le dessus. Ça sera sa faiblesse. Rien que je ne puisse gérer.

— Pourtant tu n'as pas géré le départ de Kayle, accusa Gorus.

La remarque la frappa de plein fouet. Elle n'avait effectivement pas réussi à l'empêcher de partir, mais le plus douloureux, c'était qu'il se soit rallié à Léa.

— Il est simplement égaré, cette humaine lui a retourné le cerveau, fit remarquer Valénia en s'éloignant de son père. Être à son contact lui a fait perdre la raison. Tu sais ce que les émotions peuvent faire. De plus, je trouve que vous prenez à la légère ce problème qui s'impose à vous.

Gorus lui fit face, le regard dur. Ses propos étaient sortis trop rapidement, pourtant elle ne regretta pas son accusation.

— Ce problème comme tu dis, c'est toi qui me l'as imposé. Maintenant je voudrais bien savoir ce que tu comptes faire pour le régler ? reprit Gorus en plantant son regard dans celui de sa fille.

Il lui lança l'opportunité qu'elle attendait.

— Je vais les retrouver et en plus, je vous livrerai les Défenseurs.

— Tu as l'air sûre de toi ma fille, devrais-je m'inquiéter ?

— Il est temps de régler ce problème.

— Tu ne leur laisses aucune chance.

— Pourquoi, je devrais ? rétorqua-t-elle avec un sourire machiavélique.

Elle prit la direction de la porte, prête à accomplir sa mission.

— Ne devrions-nous pas ? questionna Gorus avec espoir.

— Comment pouvez-vous demander ça ? fulmina-t-elle. Après tout, ce sont eux qui nous ont trahis. Ils ont bafoué toutes nos lois en salissant tout ce en quoi nous croyions. Je ne leur donnerai aucune rédemption.

Le regard de Gorus était un mélange de fierté et de peur.

— Tu es aussi intransigeante que ça, ma fille ?

— Je suis comme vous Père ! Je ne laisserai personne défier les Élérias, conclut-elle, déterminée.

En trombe, Valénia quitta son bureau.

Gorus retourna s'asseoir, le regard bas. Laissant échapper un soupir, il savait que la confrontation était proche.

Chapitre 33

Une fois à l'intérieur de la montagne, ce furent des murs vert émeraude qui les accueillirent. Un nouveau monde s'offrait à eux. Malgré tout ce qu'elle avait découvert ces derniers mois, Léa continuait d'être surprise.

L'endroit était immense, creusé dans la montagne. Le couloir central était haut sous plafond, en comparaison avec l'extérieur, l'air était frais et plus respirable.

Ils avancèrent, encerclés par les cinq hommes qui les avaient « accueillis » un peu plus tôt, sillonnant la cité bordée de colonnes qui séparaient les pièces. Orné de fresques et de mosaïques colorées, le lieu était en complète opposition avec l'aridité de la sphère.

Regardant partout autour de lui afin de repérer les issues éventuelles, Kayle laissait percevoir sa nervosité. Léa pensait lui prendre la main, mais elle jugea plus judicieux de ne rien laisser paraître.

Maintenant, ils pénétraient dans une immense salle qui lui semblait familière. À trois reprises, Léa s'était retrouvée là. Un peu moins haute sous plafond, des colonnes en granit, un curieux mélange entre une salle de bal et un corridor.

— Déjà-vu ? lança d'une voix rauque l'homme qui venait d'entrer dans la pièce.

Sans hésitation, Léa reconnut Hecto. Il était similaire à ses visions mais le voir en chair et en os instaurait une sorte de malaise. Ses émotions étaient partagées. La peur de s'être trompée et l'envie d'en savoir plus.

— Effectivement, finit-elle par lui répondre.

— C'est un plaisir de te recevoir, ajouta Hecto, enjoué.

— Dans ce cas, il faudrait revoir votre façon d'accueillir, rétorqua-t-elle en croisant les bras.

— Je ne m'attendais pas à ce que tu sois accompagnée... par une personne aussi loyale envers les Fonnarcales, enchaîna-t-il en dévisageant Kayle.

— Attention à ce que tu dis, intervint ce dernier.

L'irritation était toujours présente dans sa voix. Sa colère envers Hecto cachait quelque chose d'autre. Et bizarrement, il le tutoyait.

— J'ai simplement dit qu'une personne de confiance pourrait m'amener.

— Je ne pensais pas à lui, insista Hecto sans lâcher du regard le Protecteur.

— Vraiment ? Et vous pensiez à qui ? interrogea Léa, curieuse.

Reportant finalement son regard sur Léa, le visage d'Hecto s'adoucit. Il paraissait plus humain qu'elle ne l'aurait pensé. Ses yeux dégageaient autant de tendresse que de peine. Avec prudence, il s'approcha d'elle, la faisant légèrement reculer. Sur ses gardes, Kayle ne le lâcha pas du regard, surveillant ses moindres gestes.

— Tu lui ressembles tellement, avoua Hecto avec tendresse.

Il semblait être en pleine hallucination. Ses yeux ne clignaient pas et un sourire se dessinait sur son visage. Hecto leva doucement sa main pour l'approcher du visage de Léa, mais son geste fut stoppé en pleine course par Kayle qui venait de lui saisir le bras. L'atmosphère de la pièce changea d'un seul coup.

— N'y pense même pas, ordonna Kayle d'un ton sec.

— Oh mon garçon, tu as oublié ce que je t'ai appris, lui répondit Hecto avec un sourire aux lèvres.

Les secondes suivantes s'enchaînèrent rapidement. Kayle sentit sa main chauffer sous la chaleur dégagée par le bras de son adversaire. Sans trop d'effort, il le propulsa quelques mètres plus loin. Hecto atterrit lourdement sur le sol. Puis il y eut comme un silence pendant lequel tout le monde jaugea la situation. Malheureusement, la réflexion fut de courte durée.

Léa voulut tenter de s'interposer en calmant les choses, mais personne ne lui laissa le temps de prononcer un mot. L'homme à ses côtés l'écarta si violemment qu'elle glissa sur le sol et sa tête heurta une colonne en granit. Ses oreilles sifflèrent, lui troublant la vue.

Les hostilités étaient lancées. Sa rapidité et sa connaissance des combats permettaient à Kayle d'anticiper tout en esquivant beaucoup de leurs attaques. Seulement, seul face à dix hommes, les chances étaient contre lui.

À nouveau sur pied, Hecto avait soif de vengeance.

Pendant que Kayle se faisait malmener par deux de ses gardes, Hecto en profita pour se faufiler à son insu et lui décocha un coup de poing qui le déstabilisa un instant. Les deux hommes s'affrontèrent pendant que Léa rassemblait ses esprits.

Le vol plané l'avait pas mal sonnée. Après tous ces coups reçus, elle se dit qu'un scanner ne serait pas du luxe.

— Stop, arrêtez… balbutia-t-elle en se relevant péniblement.

Sa voix ne portant pas assez loin, personne ne fit attention à ses propos. Elle passa sa main derrière sa tête et y vit un peu de sang. La panique la saisit. Le choc avait été plus violent que prévu. Les jambes ramollies, Léa s'appuya contre la colonne afin de ne pas retomber. Regardant la scène comme impuissante, elle grommela.

Avec ses mouvements pleins de colère, Kayle avait le dessus.

Le visage d'Hecto commença à saigner sous ses frappes. Voyant leur chef en difficulté, les autres se jetèrent à nouveau dans la bataille et cette fois-ci, Kayle se retrouva en position de faiblesse. Après plusieurs coups reçus, il bascula en arrière et ne put contrôler sa chute. Son corps frappant le sol fut comme une onde de choc pour Léa. Elle sentit sa chute comme si elle la vivait. Sa respiration se coupa, ses émotions devenaient siennes. Un mélange de colère et de peur. Son geste de départ était de la protéger mais mêlé à ses émotions, il n'avait pas su retenir son impulsion.

Du revers de sa manche, elle essuya une larme qui venait de couler. Les tambours de son cœur dans ses oreilles lui redonnèrent stabilité. Sa vision redevint claire, son élément l'envahit soudainement. D'un seul geste, une onde de feu émana de ses mains, propulsant les Défenseurs à bonne distance de Kayle.

Quand chacun releva la tête, ils eurent la même vision, Léa avançant vers eux, les bras en feu. Ses yeux étaient comme entourés de flammes.

— J'ai dit: ça suffit ! s'écria-t-elle d'une voix profonde.

— Ah d'accord ma jolie, tu veux jouer ! s'exclama Crâne-rasé qui voulait sa revanche.

Son embrasement alla au-delà de simples flammes. Il se métamorphosa en une immense hyène. Léa se retrouva face à un animal de plus de deux mètres de haut. La peur aurait pu la figer sur place, or elle continua sa course jusqu'à Kayle.

La hyène grogna en fonçant sur eux. Avec un léger sourire, Léa anticipa son attaque et se baissa, laissant passer l'animal au-dessus de sa tête. Pivotant sur elle-même, de puissants jets de flammes clouèrent le Défenseur au sol.

Les autres s'apprêtaient à faire de même quand Hecto les interrompit.

— Ça suffit ! exigea-t-il.

Nul besoin de se répéter, Crâne-rasé reprit forme humaine et tous les autres renoncèrent. Seule Léa resta en position d'attaque, bien décidée à leur coller une raclée. Discrètement, Kayle lui saisit la main. Le sentant plus apaisé, elle décida à son tour de se calmer. La tension restait tout de même palpable. Hecto s'avança vers eux, satisfait de la démonstration qu'il venait de voir.

Un soulagement l'envahit lorsqu'elle constata que ses vêtements avaient bien résisté aux flammes.

— On s'en va ! s'exclama-t-elle en regardant Kayle.

Sans hésiter, il se mit à la suivre.

— Ne partez pas, intervint Hecto en se mettant en travers de sa route. Restez !

— Après ce qui vient d'arriver ? Hors de question, lui lança-t-elle en le dépassant.

— Ce n'était pas mon intention de vous faire fuir. Voilà tant d'années que nous sommes repliés ici que nous en avons perdu notre sens de l'hospitalité, répliqua Hecto en lui barrant une nouvelle fois la route.

— Je vous rassure vous n'avez rien perdu, j'ai eu le même accueil sur Éléria !

Léa tenta de le dépasser, mais Hecto se mit encore une fois sur son chemin.

— Je t'en prie, reste.

— Je n'en vois aucune raison, finit-elle en faisant un signe de tête à Kayle pour l'inviter à la suivre.

— Ça sera ta seule chance d'apprendre la vérité, lança Hecto alors qu'elle s'apprêtait à quitter la pièce.

Il fut satisfait de la voir s'arrêter. Léa baissa la tête, prenant le temps de respirer. Trop de questions, si peu de réponses, elle avait besoin de savoir. Malgré le désaccord de

Kayle, elle accepta de discuter avec lui à condition que les Défenseurs restent loin.

Soulagé par son choix, il les invita à le suivre dans une pièce plus petite qui répondait aux exigences de Léa. Une femme du nom de Bériam resta avec eux, mais à bonne distance pour ne pas les déranger dans leurs conversations. Hecto avait renvoyé tous ses gardes.

Léa s'installa avec Hecto sur le sofa en cuir marron. Kayle, lui, resta debout, près de la porte, les bras croisés.

— On vous écoute, lança Léa sans ménagement.

— Tu es directe, lui répondit Hecto en souriant.

Tout ceci semblait l'amuser.

— Je pense que les présentations ont été faites, donc autant passer au vif du sujet.

— Je sens de l'agressivité dans ta voix.

Le dos bien droit, elle pencha légèrement la tête.

— Deux attaques en l'espace de même pas une heure, je pense que c'est justifié, non ?

— Je suis navré du désagrément mais comme tu t'en doutes, on ne reçoit pas beaucoup de visiteurs ici. Encore moins ceux qui ne sont pas de notre famille, dit-il en pointant Kayle du regard.

Il en faudrait peu pour que la situation dérape à nouveau.

— On va clarifier une chose, intervint Léa. Si sa présence vous dérange, je ne vois aucune raison de rester. Je suis venue certes pour avoir des réponses, mais c'est la dernière fois que vous le touchez, est-ce que c'est clair ? Si vous me tolérez, vous le tolérez aussi. Est-ce que je me suis bien fait comprendre ?

Kayle eut un léger sourire en coin. Malgré son ignorance de ces nouveaux mondes, elle ne manquait pas de cran.

— Très clair, lui répondit Hecto en posant ses deux mains à plat sur ses jambes.

Il aurait pu se sentir agressé par ses propos, mais semblait plutôt fier de son intervention.

— Comme tu le sais, il y a environ quinze ans, les quatre peuples des différentes familles vivaient ensemble sur Éléria, commença Hecto en se raclant la gorge.

Léa acquiesça d'un signe de tête.

— Je faisais partie des personnes qui assuraient le bon fonctionnement des règles et veillaient à garder une bonne harmonie au sein de nos familles.

— Vous étiez un Fonnarcale, je sais, s'impatienta Léa.

— Peu de temps, mais c'est exact. Tous les vingt ans, le conseil est renouvelé. Comme tu dois le savoir aussi, nous n'avons pas le même type de relations que sur Terre.

— J'ai pu le constater en effet.

— Je vais te résumer assez rapidement comment les relations fonctionnent chez nous, afin que tu comprennes l'essentiel mais sans m'attarder. Dès l'âge de quinze ans, on nous attribue un ou une partenaire. Cette personne est choisie par le conseil et c'est avec elle que l'on devra s'unir. À seize ans, nous venons passer une semaine sur Terre afin de nous familiariser aux émotions humaines et accroître notre future union. Puis nous testons pour la première fois le bassin. On sait tous les deux que tu es familière avec cet endroit.

Elle continua à hocher la tête, l'invitant à continuer.

— Tu connais donc son pouvoir de guérison ainsi que sa capacité à nous faire voir des choses. Mais ce que nous voyons à un sens. Il nous montre notre création, mais aussi notre futur, reprit Hecto en comptant deux temps sur ses doigts.

— C'est ce qu'on m'a expliqué.

— Très bien, je poursuis. Quand nous plongeons la première fois dans le bassin, nous découvrons qui sera notre sinola. La personne nous apparaît dans nos visions. En général, même 99 % du temps, c'est la personne avec qui nous sommes liés depuis nos quinze ans.

— Mais pas toujours ? interrogea Léa en inclinant légèrement la tête.

— Le bassin peut ne pas être aussi unanime que le conseil sur leur choix.

— C'est-à-dire ?

— À seize ans, j'ai eu la vision d'Iradis, ma sinola. Mais j'ai aussi eu la vision d'une autre femme.

— Qui ?

— Niris.

L'attention de Kayle se fit plus présente. Toujours les bras croisés, il s'approcha légèrement.

— Et qui est cette Niris ? demanda Léa en levant les mains.

— Ta mère. Enfin pardon, la personne qui a donné vie à notre lignée. Donc à toi.

Hecto laissa poser le silence dans la pièce, guettant leurs réactions. Pour Léa, il savait que ce nom ne lui dirait rien, mais il en était tout autre pour Kayle. Ce dernier ne mit pas longtemps à réagir.

— Impossible ! s'exclama-t-il en secouant la tête.

— Crois-tu ? lança Hecto en le toisant du regard.

— Pourquoi impossible ? demanda Léa, en passant son regard de l'un à l'autre.

— Car c'était une de nos Bénalleachs ! avoua Kayle.

Chapitre 34

Il ne pouvait y avoir que deux Bénalleachs en même temps. Mayanne en était une, Niris l'autre. Léa avait appris que cette seconde avait été tuée par Hecto. Cette histoire prenait un virage des plus serrés.

— Attendez ! Je croyais que vous aviez eu un enfant avec une humaine ? interrogea Léa en levant la main en signe de protestation.

— C'est l'histoire qu'on t'a racontée, qu'on vous a racontée, ajouta Hecto en fixant Kayle.

Ce dernier le dévisageait toujours. La mâchoire serrée, le regard dur, il continuait de secouer lentement la tête.

— Tu peux continuer à me regarder ainsi tant que tu le souhaites, mais je peux t'assurer que c'est la vérité.

Kayle ne rétorqua pas.

— Est-ce que vous voulez savoir ce qui s'est réellement passé ? finit-il par demander.

— On le sait déjà, vociféra Kayle. Tu as eu une relation avec une humaine et engendré un enfant sans le consentement du conseil. Puis dans ta fuite, tu as tué Niris. Tu as non seulement ôté la vie à une femme remarquable mais en plus, tu as déclenché une guerre.

Ses muscles se contractaient, il perdait son sang-froid. Léa n'avait pas eu le temps de lui apprendre à canaliser ses émotions comme elle l'avait fait pour Edine.

— Encore une fois, répéta Hecto en se levant brutalement du sofa. C'est ce qu'on vous a fait croire.

— Et c'est la vérité, s'écria Kayle faisant face à Hecto.

— La tienne et celle de ce foutu conseil ! Tu n'as pas idée de ce qui s'est vraiment passé. Tu as toujours gobé leurs paroles sans même réfléchir un instant à ce qui était vrai.

Léa n'avait plus aucun doute, ils avaient un passé commun, au-delà d'être juste deux Élérias.

— Reconnais ta faute ! insista Kayle, se rapprochant encore de lui.

Les deux hommes étaient à quelques centimètres l'un de l'autre.

— La seule faute que j'ai commise a été de développer de réels sentiments.

— Foutaises ! hurla Kayle en balançant au sol les livres posés sur la table.

Léa s'empressa de se lever afin de les écarter. Chacun recula d'un pas sans se lâcher du regard.

—Écoutons son histoire, supplia Léa en se tournant vers Kayle, une main sur sa poitrine.

— Il parle d'être amoureux Léa. Tu sais bien que ce n'est pas possible chez nous sans la présence des humains. Ces sentiments ne s'éveillent que si nous sommes en contact avec eux. Comme pour…

Kayle étouffa la fin de sa phrase.

— Comme pour ? reprit Hecto avec un sourire en coin. Tu vas me faire croire que c'est impossible.

— Nous nous unissons…

— Je ne te parle pas de ta sinola, le coupa Hecto. J'ai bien vu que ton poignet était vide. Tu as rompu ton serment et ce n'est sûrement pas suite à une illumination sur leur façon d'agir.

Embarrassé, Kayle tira sur la manche de son haut, le regard fuyant.

— Si tu as rompu ton lien, c'est sûrement...

— Tu ne devrais pas parler de ce que tu ne sais pas, l'interrompit à son tour Kayle en le pointant du doigt.

— C'est bien ça qui t'agace, c'est que je sache de quoi je parle. Je remets en cause ce en quoi tu as toujours cru.

Percé à jour, Kayle recula dans la pièce. Léa s'avança vers lui, le poussant à baisser les yeux sur son visage. Sans qu'elle ait besoin de prononcer un mot, il capitula dans un soupir. Mimant un merci sur ses lèvres, Léa reprit sa place sur le sofa près d'Hecto.

— Je vous écoute.

— Quelques années plus tard, je suis rentré au conseil afin de prendre ma place en tant que Fonnarcale, c'est là que je l'ai rencontrée. Une femme puissante, son élément était plus élevé que celui des autres. Les Bénalleachs sont les êtres les plus puissants sur Éléria. Bien évidemment, je l'ai reconnue tout de suite. La femme de ma vision. À partir de là, plus rien n'a été comme avant. Sa seule présence me bouleversait. J'avais du mal à me concentrer, du mal à m'exprimer et mes seules pensées quotidiennes lui étaient destinées. Nous passions une partie de nos journées ensemble à travailler sur l'équilibre de notre sphère. Chaque seconde en sa présence me rendait plus vivant et chaque seconde sans, j'avais l'impression que mon cœur allait cesser de battre. J'ignorais totalement ce qu'elle ressentait.

— C'était réciproque ? demanda Léa de façon rhétorique.

Il prit une respiration profonde, comme si la réponse n'était pas évidente à admettre.

— Un soir, nous avions décidé de nous ressourcer près de la forêt de Septiene, le village des Créateurs. Je ne pouvais plus retenir mes sentiments pour elle. Je savais que je risquais le bannissement, mais c'était plus fort que moi. Je m'apprêtais à tout lui avouer, quand elle a pris ma main et m'a embrassé. Une émotion comme je n'en avais jamais ressenti auparavant.

Léa et Kayle échangèrent discrètement un regard.

— Nous avons décidé d'entamer une relation secrète. Malgré l'interdiction, l'attirance était trop forte. La journée nous accomplissions nos tâches, avant de nous éclipser dans la forêt.

Il déglutit en marquant une pause.

— Nous avions tellement peur d'être surpris que nous avons décidé de nous voir en dehors d'Éléria.

Hecto regarda intensément Léa avant de reprendre :

— Nous avons décidé de nous voir sur Terre.

— Comment faisiez-vous pour vous y rendre sans vous faire surprendre à utiliser le portail ? questionna Léa en se frottant le menton.

— Un ami nous aidait.

Son regard se perdit dans le vague quelques secondes avant de continuer :

— Pendant quelque temps, nous avons continué de cette façon. Être sur Terre nous accordait plus de temps. Cependant, nous ne mesurions pas les effets que cela pouvait avoir sur nos corps.

Léa plissa les yeux un moment avant de comprendre de quels effets il parlait.

—Elle est tombée enceinte, soumit Léa.

Hecto se leva, son corps comme engourdi.

— On en a déduit que d'être sur Terre, nous permettait, au-delà des émotions, d'acquérir aussi la possibilité de créer la vie.

Kayle n'en croyait pas ses oreilles. Ses yeux se fermèrent comme pour mieux assimiler l'information.

— Le souci, reprit Hecto, c'est qu'au-delà d'être enceinte, c'était une Bénalleach. Ces dernières ne sont pas autorisées à avoir des enfants. De n'importe quelle façon.

Elles sont considérées comme des êtres absolus. Alors tu imagines, apprendre qu'une Bénalleach pouvait tomber enceinte d'un Éléria remettait toutes nos croyances en cause. Savoir que nous pouvions nous reproduire sur la Terre était…

— Dégradant ? tenta Léa avec sarcasme. Que s'est-il passé ensuite ?

— Nous avons essayé tant bien que mal de cacher sa grossesse. Avec quelques subterfuges, nous avons pu dissimuler son ventre qui s'arrondissait. Cela fonctionnait bien jusqu'au jour où l'on a découvert qu'enfanter de cette façon lui permettait d'acquérir l'élément de son bébé. Comme tu t'en doutes, ce n'était pas le sien que notre enfant possédait.

— C'était le vôtre, acquiesça Léa en haussant les sourcils.

Tournant son regard vers l'extérieur, ses yeux se perdirent dans le sable rouge de Jorius.

— Son élément devenant incontrôlable, Niris eut l'idée d'aller se cacher sur Terre. J'étais bien entendu contre, mais elle était obstinée et déterminée. Seul notre enfant comptait.

— C'était assez logique comme raisonnement, répliqua Léa en s'appuyant contre le dossier.

Hecto pivota vers elle, la laissant continuer.

— Le temps s'écoule plus vite sur Terre. Elle pouvait donc s'y cacher quelques mois sans éveiller les soupçons, justifia Léa.

— C'est exactement ce qu'elle a dit, sourit Hecto en baissant les yeux. C'était la seule façon de donner unechance à notre enfant. Si le conseil découvrait ce que nous avions fait, jamais nous n'aurions pu le garder.

Seulement tout le temps consacré à Niris, j'en avais délaissé ma sinola. Le soir où l'on a décidé de partir, elle nous a surpris. En à peine quelques minutes, ils nous sont tombés dessus, on a juste eu le temps de créer une passerelle pour Niris avant d'être arrêtés. Pendant des heures, des jours, ils ont torturé mon ami afin qu'il révèle son emplacement. J'avais admiré et respecté notre peuple, mais ce jour-là, j'ai vu en eux une violence que je ne soupçonnais pas.

Léa repensa au moment où Mult avait essayé de pénétrer son esprit. Subir cela pendant des jours avait dû être un calvaire.

— Un soir, un de mes fidèles frères, Desmien, a réussi à nous faire sortir de notre prison. Je n'avais pas vu mon ami depuis des jours et je l'ai retrouvé dans un sale état. Il avait des marques de brûlures sur le visage et les mains ensanglantées.

Léa réfléchit un instant, cela semblait trop évident. Les mains abîmées, ayant subi des tortures mentales… Non, ce n'était pas possible, pensa Léa.

— Attendez, je connais votre ami, le stoppa-t-elle en levant la main. C'est l'homme qui m'a guérie. C'est lui qui m'a enseigné comment contrôler mon élément. C'est Golra !

— Oui, répondit Hecto.

Figés dans la même position, Léa et Kayle étaient bouche bée.

— Il sait que vous êtes vivant ? demanda Léa, les yeux écarquillés.

— Oui.

— Et il sait où vous êtes n'est-ce pas ?

Hecto hocha la tête. Le fait que Golra ne se soit pas opposé à son départ sur Jorius prenait tout son sens. Il savait que son ami était là. Léa entrelaça ses doigts derrière sa tête, encore sous le choc de cette révélation.

— Dans un effort presque surhumain, Golra a recréé une passerelle pour nous mener jusqu'à Niris. De son côté, des semaines s'étaient écoulées. Elle avait trouvé refuge au sein d'un couvent et avait donné naissance à notre enfant. Une petite fille.

Il regarda Léa, ses yeux se mirent à briller.

— Ma fille dans mes bras, nous étions réunis. Nous pensions être en sécurité, sauf qu'ils avaient réussi à nous suivre. Les perpétuelles tortures sur Golra avaient porté leurs fruits.

J'ai supplié Niris de partir avec notre enfant, le temps que je les retienne. Persuadée de pouvoir expliquer et faire accepter la situation aux Fonnarcales, elle me confia notre fille. Refusant de la laisser les affronter seule, j'ai demandé à une sœur d'emporter notre enfant en dehors du couvent par sécurité. Le temps que je revienne, les Élérias avaient pris possession du lieu et tenaient Niris en otage. Gorus nous a demandé où était notre bébé... Comme nous nous entêtions à ne rien révéler, sans aucune sommation, Gorus l'a tuée.

— Quoi ?! s'exclamèrent Léa et Kayle en même temps, la bouche grande ouverte.

— Vous avez bien compris, les Fonnarcales l'ont exécutée.

Quelques larmes roulèrent le long de ses joues.

— Je l'ai vue mourir sous mes yeux. La seule personne que j'avais aimée venait de rendre son dernier souffle. Mon cœur s'est déchiré, plus rien n'avait de sens. La douleur, la peine étaient si grandes que je n'ai pas pu et pas voulu retenir mon élément, articula-t-il la voix pleine de sanglots. En quelques secondes, le couvent s'est embrasé. Je n'ai même pas cherché à essayer de sauver ou de protéger des personnes, la colère, la haine, étaient maîtres.

— Vous avez laissé brûler toutes les personnes qui étaient dans le couvent ? s'émut Léa, les yeux rougis.

— Ce n'est pas ce que je voulais mais je n'ai pas su me maîtriser... répondit-il les yeux pleins de larmes. Le feu est un élément dangereux quand il prend le dessus sur une personne. Mes émotions étaient si intenses que c'était comme regarder la scène de l'extérieur, je n'avais plus aucun contrôle.

Cette sensation, Léa l'avait expérimentée dans le Globe.

— Gorus et ses hommes ont réussi à s'enfuir et à rentrer sur Éléria. Tu connais la suite. Afin de garder leur crédibilité, ils ont dit que j'avais enfanté une humaine. Niris aurait essayé de me raisonner avant que je la tue de sang-froid.

— Pourquoi vous accusez de ce meurtre-là ?

— Tuer une Bénalleach les aurait condamnés eux aussi. S'ils avaient avoué la vérité, tout notre système s'effondrait. Notre façon de procréer, notre foi dans le bassin, Éléria aurait perdu de sa grandeur. Et puis, cet enfant était source d'inconnu, qui sait quelles capacités elle aurait ? Hecto posa son regard sur Léa, essayant encore de comprendre. Bien qu'elle soit de la lignée d'une Bénalleach et d'un Fonnarcale, elle était aussi à moitié humaine. Son héritage s'était limité au feu.

Après un moment de silence, Hecto décida de poursuivre son histoire.

— La guerre a éclaté sur Éléria. Les familles se sont entretuées pendant des mois. Nous perdions la bataille, ainsi nous avons décidé de fuir.

— C'est pour ça que vous avez créé les percefors ?

— Ces créatures nous ont permis de faire front, mais nous ne les avons pas créées.

— Comment ça ? hésita Léa.

— Les percefors existaient déjà. Ceci est leur monde.

Kayle s'apprêtait à parler mais retint ses mots, cherchant encore un sens à tout ça.

— En passant le portail de cette sphère, nous nous sommes retrouvés face à ces créatures. Ils se trouvent que les percefors sont les protecteurs de cette terre. Ils vivent en surface, protégeant ce qui se cache en dessous. On a découvert leur capacité à ressentir les éléments. Et leur létalité pour tous les Élérias, hormis pour les Défenseurs. Apparemment, le feu est leur faiblesse, c'est pour cetteraison qu'il est plus difficile pour elles de nous détecter. Alors on les a fait passer sur Éléria…

Léa posa son attention sur Kayle. Une partie de sa colère prenait sens. Il ne devait être qu'un adolescent quand sa sphère a dû être attaquée.

— Je ne suis pas fier de ce qu'on a fait mais c'était le seul moyen de leur échapper, conclut Hecto.

Malgré le fait qu'Hecto était convaincant, le doute régnait dans la tête de Kayle. Personne ne pouvait confirmer où se trouvait la vérité.

— Tu as des doutes ?

— Comment pourrais-je ne pas en avoir ? Ce que tu viens de dire est en totale contradiction avec l'histoire que j'ai entendue, glissa-t-il, les bras ballants.

— Je comprends ton scepticisme mais pourquoi j'inventerais une telle histoire ?

— Pour arriver jusqu'à elle ? dit-il en désignant Léa.

— Si je te prouve mes dires, me feras-tu à nouveau confiance ?

— Comment pourrais-tu me le prouver ?

— En lui montrant, ajouta Hecto en pointant à son tour Léa.

Chapitre 35

Entendre une histoire était une chose, la voir en était une autre.

Hecto lui offrit sa main, attendant son choix. La jambe de Léa se mit à trembler alors que nerveusement, elle soufflait afin de libérer son esprit. Kayle s'était positionné debout à ses côtés, afin de la soutenir dans ce voyage chargé d'émotions.

Une fois sa main posée sur celle d'Hecto, la connexion se fit instantanément. En quelques secondes, Léa revit non seulement la scène, mais la ressentit également.

À l'entrée de la forêt de Septiene, Hecto et Niris échangeaient leur premier baiser. Une étincelle jaillit entre les deux Élérias après ce geste interdit, mais tellement désiré. Les sourires complices, les rendez-vous en cachette, chaque moment ensemble passait dans l'esprit de Léa comme le souvenir d'un ancien amour de jeunesse.

Les escapades sur Terre en passant à travers une passerelle, la peur de se faire surprendre et le manque de l'autre une fois la nuit tombée rythmaient leur quotidien.

Puis elle vit le ventre de Niris s'arrondir, et la panique les enveloppa. Une main sur son ventre, la Bénalleach jura protection à son enfant.

S'en suivit la fuite d'Hecto sur Terre, découvrant pour la première fois sa fille. Si fragile, si petite dans ses bras d'homme, il libéra des larmes de bonheur. Le visage radieux et plein d'amour que Niris lui portait à cet instant le combla de joie.

Son cœur se déchira quand il dut abandonner sa fille afin d'aller sauver sa mère. Un cri de douleur explosa en lui quand Gorus enfonça la lame dans le corps de son amour. Sa silhouette sans vie s'étendit sur le sol, alors qu'Hecto courait sans espoir vers elle. Une bombe de feu explosa depuis l'âme de l'Éléria, dévastant tout autour de lui.

Avec l'impression d'avoir fait de l'apnée pendant de longues minutes, Léa reprit son souffle douloureusement. Ses expirations étaient saccadées, elle pressa une main sur sa poitrine là où jadis, Niris avait été poignardée. Les yeux pleins de larmes, pour la première fois, Léa eut de la compassion pour Hecto.

— Je suis désolé, lui dit-il en retirant délicatement sa main, le regard humide.

Hecto se leva, laissant la place à Kayle qui aussitôt s'assit en face de Léa. Elle eut besoin de quelques secondes supplémentaires pour assimiler ce qui venait de se passer.

— C'est la vérité, murmura-t-elle.

L'échange de pensées révélait ce que nous avions vécu et non ce que nous avions imaginé. Le mensonge était impossible.

— Je suis désolé que tu aies subi ça, glissa-t-il doucement.

—On connaît tous les deux la vérité maintenant.

Sans plus aucune gêne, Léa saisit sa main. Il referma ses doigts autour, ignorant totalement où tout ceci le mènerait.

— Pourquoi vous n'êtes pas parti à la recherche de votre enfant après ? demanda Léa en s'éclaircissant la gorge.

— J'ai essayé, mais beaucoup de temps s'était écoulé. Nous ne restions jamais longtemps au même endroit. J'ignorais totalement si ma fille avait survécu, mais elle avait de meilleures chances de s'en sortir sans moi. Quelques années plus tard, Golra est venu me trouver, clamant que ma lignée avait perduré. Notre fille avait non seulement survécu, mais avait perpétué notre descendance. Cela me satisfit, j'ai alors refusé de l'accompagner.

— Pourquoi ?

— Je ne pouvais pas prendre le risque qu'on nous retrouve ou pire encore, qu'ils retrouvent mes petits-enfants. J'avais causé à mon peuple suffisamment de tort, alors j'ai accepté mon châtiment en restant loin.

Malgré encore quelques trous, le puzzle prenait forme. Le mystère qui entourait Golra se révélait. Le voile sur son mutisme par rapport à l'histoire de Léa se levait enfin.

— C'est beaucoup d'émotions et d'informations d'un coup, remarqua Hecto.

— C'est sûr, mais continuez s'il vous plaît. Comment ça se fait que mon élément ne se réveille que maintenant ?

— Parce que tu as été en contact avec eux, dit-il en désignant Kayle.

—Quand Edine m'a touchée ! comprit Léa. Pourquoi avoir décidé de me rencontrer maintenant sachant que vous ne vouliez pas interférer dans votre lignée ?

— Quand je t'ai vue dans cette salle la première fois, je n'ai pas compris qui tu étais. Car il était incompréhensible qu'une personne soit là. Puis j'ai eu la visite de Golra, me signalant que les Élérias t'avaient trouvée.

— Une seconde ! À ce moment-là, je ne l'avais pas encore rencontré, comment savait-il que j'étais sur Éléria ?

Hecto ne répondit pas tout de suite, lui laissant le temps de comprendre d'elle-même.

— Bien sûr ! s'exclama-t-elle. Ce n'est pas une coïncidence si son manoir est en Écosse.

— Il te suit depuis ta naissance, confessa Hecto. Il a toujours veillé sur toi, comme il a veillé sur ton père avant. Golra m'avait promis de garder un œil sur ma lignée et c'est ce qu'il a fait.

Le cœur de Léa s'emballa quand Hecto se mit à parler de son père. Il avait possédé cet élément lui aussi sans le savoir. Sa poitrine se compressa, rendant sa respiration lourde. Les larmes envahissaient à nouveau ses yeux. À cet instant précis, elle aurait aimé l'avoir à ses côtés, ils auraient eu tellement de choses à se dire…

— Avec toutes ces générations, il doit y avoir plusieurs personnes comme toi sur Terre, hasarda Kayle.

— Golra s'est rendu compte qu'il n'y avait qu'un seul enfant par famille. L'élément ne pouvant se dédoubler devait bloquer la reproduction chez l'hôte une fois le gène transmis. Enfin on suppose, expliqua Hecto.

Les yeux écarquillés, Léa se massa les tempes en essuyant discrètement une larme.

— Comment Golra fait pour être encore en vie aujourd'hui ? En étant sur Terre, il devrait déjà être… mort, souligna Léa.

— Il peut ralentir son propre vieillissement, comme si son corps suivait toujours la temporalité qui se trouve sur Éléria.

Même si Léa tâchait de faire bonne figure, la tristesse se lisait sur son visage.

— On devrait peut-être rentrer, lui murmura Kayle.

— J'aimerais beaucoup que vous restiez, s'empressa d'ajouter Hecto après avoir vu Léa acquiescer aux propos de Kayle. Restez manger avec nous.

Sa voix était pleine de détresse et d'espoir. Léa ne put s'empêcher d'avoir de l'empathie pour cet homme. La voyant hésiter, Kayle répondit à sa place :

— On restera autant qu'elle le voudra.

— Fantastique ! s'enjoua-t-il. Bériam va vous montrer ou vous pouvez vous reposer quelques heures.

Le gratifiant d'un sourire, Léa et Kayle quittèrent la pièce, devancés par Bériam. S'enfonçant petit à petit dans les couloirs de la montagne, Léa eut un pincement au cœur en pensant à toutes ces années où ils avaient dû vivre ainsi reculés.

— Comment avez-vous fait pour survivre sur cette sphère ? interrogea Léa.

Bériam se tourna vers elle comme si elle ne comprenait pas la question.

— Tout semble hostile ici, reprit-elle.

— Au premier abord, cette sphère semble inhospitalière, mais son centre regorge de trésors, dit-elle avec un sourire. Parfois, notre première impression n'est pas la bonne.

— De quel trésor vous parlez ? demanda Kayle.

Bériam s'arrêta et leur fit face.

—Je pense qu'un petit détour s'impose, ajouta-t-elle avant de changer de direction.

Ils s'enfoncèrent dans les couloirs qui se faisaient plus étroits, de simples torches éclairaient les murs. Léa serra la main de Kayle, marcher dans ce couloir lui rappelait le moment de son interrogatoire sur Éléria. Il fut légèrement surpris par son geste mais ne dit rien et continua à suivre leur guide.

Ils se trouvaient à présent à l'embouchure d'un escalier en pierre qui descendait, presque sans fin. Bériam s'y engouffra sans hésiter. En échangeant un regard, Kayle perçut son inquiétude et décida de passer le premier. La descente semblait interminable. Puis au détour d'une marche, le mur disparut pour laisser place à un décor qui semblait sorti de l'imaginaire.

Sous leurs yeux ébahis, une caverne souterraine s'offrait à eux. Un puits de lumière traversait la roche depuis l'extérieur pour venir se refléter dans l'eau turquoise qui se trouvait en dessous. Une végétation luxuriante poussait sur les bords des parois. Au milieu de cette étendue d'eau, trônait, sur une petite île, un majestueux Biliome. Chaque sphère en possédant un, celui de Jorius se trouvait ici.

— Incroyable ! s'émerveilla Léa, complètement sous le charme de ce décor.

— Je sais ! Quand nous sommes arrivés, jamais on n'aurait pensé pouvoir survivre sur cette sphère. On s'est cachés ici quelques jours afin d'échapper aux détections des Élérias, puis sans s'y attendre nous avons découvert cet endroit. Le fond de cet océan souterrain est rempli de turquoises.

— Ce qui crée naturellement un champ de protection autour de cette montagne et vous rend indétectables, ajouta Kayle.

— Tout à fait, confirma Bériam en joignant les mains demain elle.

Cela expliquait pourquoi les Élérias n'avaient jamais réussi à les trouver.

— Vous avez dit que c'était un océan ? interrogea Léa.

— Effectivement. Sous la surface de cette sphère, il y a un océan qui coule. La montagne est traversante, le portail de passage se trouve à l'extrémité de la caverne. La vie est souterraine sur ce monde.

Ils restèrent là tous les trois à contempler le trésor que cachait Jorius. Kayle s'avança jusqu'au bord de l'eau. Il trempa sa main et ressentit toute la puissance des pierres au fond. Hypnotisée par la couleur de l'eau, Léa resta tout de même en retrait.

— L'eau est en opposition au feu, c'est normal que tu la redoutes, souligna Bériam.

— Je me suis toujours demandé pourquoi j'avais peur de l'eau. Mes parents n'ont jamais compris pourquoi même enfant, je craignais de me baigner.

— Le feu a toujours vécu en toi, comme en nous tous.

— Pourtant vous n'avez pas l'air de la craindre ? remarqua Léa.

— L'eau est bénéfique et protectrice, comme ton ami, dit-elle en désignant Kayle. Ce n'est pas parce que ce sont des éléments opposés que tu dois en avoir peur. Au contraire, les deux ensemble sont plus puissants. Mais ça, j'imagine que tu l'avais déjà remarqué.

Un joli sourire se dessina sur son visage, mettant mal à l'aise Léa. La même gêne, quand à douze ans, elle avait avoué à sa mère avoir un petit copain.

Au bout de quelques minutes, Bériam leur proposa de remonter afin de se reposer avant le dîner. Elle les conduit à leur chambre qui se trouvait à l'étage supérieur du temple.

— C'est là que je vous quitte. Vous aurez de quoi vous changer et vous laver. Je n'ai pas jugé bon de vous donner deux chambres séparées, finit-elle par ajouter avec un clin d'œil.

Encore embarrassée, Léa mima un pouce levé avant de refermer la porte. La chambre était sans ouverture extérieure, une simple torche éclairait la pièce. Tout était sommaire. Il y avait cependant plusieurs miroirs au mur donnant de la lumière, ainsi qu'un lit, accompagné d'une commode et d'une chaise. Léa s'écroula sur le lit, émotionnellement épuisée.

— Est-ce que ça va ?

— J'ai l'impression qu'on passe notre temps à se poser cette question, s'amusa-t-elle, les yeux fixés au plafond.

— Avec tout ce qui se passe, je pense que c'est justifié.

Kayle s'installa sur la chaise en bois faisant face à Léa.

— Ma soif de vérité t'a causé de la peine et pour tout ce que je te fais traverser, je m'excuse, amorça-t-elle avec douceur en se redressant. Mais sache que je suis heureuse que tu sois venu avec moi.

— C'est moi qui suis désolé, répliqua-t-il en croisant les mains.

— Pourquoi ?

— Pour ma façon d'agir.

— Tu n'y es pour rien. Depuis que l'on se connaît, nous avons dû avoir cinq minutes de répit. Je ne peux pas te blâmer de ressentir des émotions.

Elle marqua une pause avant de reprendre :

— Parfois je me dis que si tu n'avais pas vu mes pensées près du Biliome, rien de tout ceci ne serait arrivé.

— Il faut que je t'avoue quelque chose, dit-il en se penchant en avant, les coudes en appui sur ses cuisses.

— Je t'écoute.

— Je ne t'ai jamais parlé de ce que j'avais vu dans le bassin il y a quelques années.

Léa secoua la tête, intriguée.

— Quand j'ai plongé dans l'eau, mes visions ont été assez floues, mais j'y ai vu Valénia et mon chemin de vie sur Éléria. J'avais du mal à distinguer certaines choses, mais une image très claire s'est révélée à moi.

— C'était quoi comme image ?

— Toi.

— Tu es en train de me dire que tu m'avais vue dans tes visions ? s'étonna Léa, ne pouvant cacher sa joie.

— Ton visage s'est présenté juste avant que je ne reprenne mes esprits. Je ne comprenais pas le sens de cette image jusqu'au soir où je t'ai vue dans ce bar. À partir de cet instant, je n'avais qu'une idée en tête : comprendre le sens derrière ce message. Et plus je passais de temps avec toi, plus je comprenais la signification de cette vision.

Léa se sentit rougir et devait avoir le sourire d'une adolescente. Elle comprit mieux le sens de ses propos quand, sous l'effet du venin des percefors, il disait l'avoir déjà vue.

— Quoi ? demanda-t-il, la voyant sourire.

— Ça explique ton regard bizarre ce soir-là, se moqua-t-elle en mimant les gros yeux.

Il l'accompagna dans son rire.

— Mais je suis contente de savoir que je n'étais pas la seule à t'avoir vu.

— C'est-à-dire ?

— Je n'ai pas tout raconté au conseil sur mes visions. Après mon échange avec Hecto, tu es apparu. Je pensais au départ m'être réveillée, mais j'ai compris après que non. N'ayant aucune idée de la signification de ces rêves, j'ai simplement pensé que c'était un genre de fantasme.

— Un quoi ?

— Évidemment que tu demandes ! ...Euh c'est quand...tu rêves secrètement d'une personne et que ces pensées sont à caractères...sexuels, finit-elle en raclant la gorge.

Resserrant ses épaules en coinçant ses mains entre ses cuisses, Léa était gênée de son explication, mais trouvait sa naïveté touchante sur le sujet.

— Pourquoi ne pas en avoir parlé au conseil ?

— Je ne me sentais pas de raconter mon rêve sexuel à ton égard, à un conseil présidé par le père de ta compagne.

— Effectivement, je comprends, confirma-t-il avec un sourire qui aurait fait craquer n'importe qui.

— Donc ça explique pourquoi on peut se connecter tous les deux.

— Non, pour moi c'est toujours un mystère.

— Je croyais que c'était normal de pouvoir partager son esprit avec son sinola ou sa famille.

— Pour pouvoir lire en son sinola il faut être unis, ce que nous ne sommes pas.

— Alors comment c'est possible ?

— Je ne sais pas. Tout comme je ne sais pas comment tu fais pour te connecter à quelqu'un qui n'est même pas sur la même sphère que toi. Ta capacité à te relier aux autres est différente de ce que j'ai connu.

— Tu penses que j'ai un problème ? s'inquiéta-t-elle.

— Je pense que le fait d'avoir été élevée sur Terre te rend différente. C'est intrigant, ajouta-t-il avec un sourire.

— Tu sais ce que moi je trouve intrigant ?

— Quoi donc ?

— Le fait que tu connaisses déjà Hecto. Et je ne parle pas juste de le connaître parce qu'il a vécu sur Éléria. Il y a clairement un passé entre vous.

Kayle s'adossa à sa chaise en passant une main dans ses cheveux.

— Hecto a été mon mentor, lança-t-il.

— Vraiment ? s'étonna Léa.

— Avant de devenir un Fonnarcale, il était un des meilleurs professeurs que j'ai eus. Il m'a enseigné l'art de combattre et de protéger. C'était un modèle. Une personne respectable et honnête. Il m'a appris quasiment tout ce que je sais. Quand Gorus nous a raconté ce qu'il avait fait, je n'ai pas supporté sa trahison.

— Maintenant tu sais ce qui s'est vraiment passé, glissa-t-elle doucement.

— Et qu'est-ce que je suis censé faire ? demanda Kayle, blessé.

Léa lui suggéra de parler avec Hecto. Cela l'aiderait peut-être à libérer sa colère.

Il secoua la tête, peu motivé par cette idée et préféra la laisser seule dans la pièce pour aller se doucher. Léa s'allongea sur le lit et ferma les yeux.

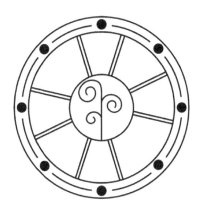

Chapitre 36

Son corps en tremblements la réveilla. Le souffle saccadé, Léa sortit à nouveau d'un cauchemar. Hecto et Gorus étaient face à face avant qu'un mur de flammes ne les sépare. Voilà ce dont elle avait rêvé. Quand le robinet de la douche s'ouvrit, laissant entendre l'eau couler, elle réalisa n'avoir fermé les yeux qu'une minute ou deux. Assise sur le bord du lit, étirant sa nuque, Léa ne comprenait toujours pas le sens de ces rêves.

En se dirigeant vers la salle de bain, elle s'accouda sur la faïence de la douche afin d'admirer Kayle. L'eau ne coulait pas sur sa peau, mais pénétrait à l'intérieur de lui en suivant le contour de ses vaisseaux sanguins. Son tatouage au milieu du dos scintillait. Uni complètement à son élément.

— Tu es magnifique, s'extasia-t-elle.

À peine surprise de la voir, il lui tendit simplement la main. Après avoir retiré ses vêtements, elle saisit son invitation à le rejoindre. L'eau au contact de sa peau l'apaisa.

Ses muscles se relâchèrent, effaçant le souvenir de ce rêve pesant.

Kayle se pencha naturellement vers elle pour l'embrasser. Un simple baiser au départ qui devint plus fougueux et plus intense. Ses mains remontèrent dans son dos, il attrapa sa nuque afin d'intensifier l'emprise de ses lèvres.

Léa apprécia la sensation froide de son corps contre le sien. Une barbe naissante se devina quand sa main s'attarda sur sa joue. L'eau ruisselait le long de son corps, rendant les gestes de Kayle plus habiles, plus confiants.

La poussant délicatement contre la paroi, le frais du mur en pierre lui coupa le souffle. Ses baisers descendirent le long de sa nuque pendant que le bout de ses doigts effleurait le galbe de ses fesses. Léa le guida dans son mouvement et, attrapant l'arrière des cuisses, il la souleva du sol.

Peau contre peau, la chaleur commença à grimper dans son corps, le feu grandissait. Quelques jours auparavant, les rapports humains étaient encore totalement inconnus pour lui. Aujourd'hui, impossible de vivre sans.

Sans hésitation il la pénétra. Le plaisir ressenti en elle le faisait vibrer. Léa agrippa ses mains sur son dos, sentant ses muscles se contracter dans ses mouvements. Son élément s'amplifia sous l'effet du désir éprouvé. Cette fois-ci aucune peur, aucune retenue, Léa avait confiance. Dans un gémissement, une vague de chaleur émana de tout son être, ce qui plongea la pièce dans un nuage de brume.

La vapeur présente dans la pièce était comparable à celle des hammams. Léa referma une serviette autour de sa taille et laissa ses cheveux humides à l'air libre. Les gouttes d'eau tombaient le long de son dos, lui procurant une sensation agréable. Elle se dirigea vers la commode dans laquelle se trouvaient plusieurs vêtements disponibles. Notamment une robe de soie rouge. Léa envisagea de la porter, mais préféra une tenue plus confortable et moins voyante. Elle remit son jean et enfila un haut à capuche noir.

— Prête ? lui demanda Kayle une fois habillé.

— On va dire oui, soupira-t-elle.

Tout en avançant dans le couloir afin de rejoindre la pièce principale avec toutes les colonnes, Léa remarqua une certaine nervosité chez lui. Ce dernier tirait sur ses manches et le bas de son tee-shirt.

— Tu es nerveux ? questionna-t-elle.

— Je ne suis juste pas vraiment à l'aise avec ces vêtements.

Il avait opté pour un pantalon et un henley noirs près du corps.

— Je te trouve carrément canon avec.

— Ce qui veut dire ? interrogea-t-il naïvement en tirant une nouvelle fois sur sa manche.

Il ne devait pas avoir l'habitude des compliments non plus, pensa Léa.

— Tout simplement que je te trouve très séduisant dans cette tenue. En résumé, tu es très bien, expliqua-t-elle avec un sourire charmeur.

— Vraiment ?

— Oh que oui, ça change du bleu ! Puis ça te fait un super cul, s'amusa Léa en haussant les sourcils.

Le sourire aux lèvres, ils arrivèrent dans la grande salle où, visiblement, tous les Défenseurs s'étaient réunis, bien que peu nombreux.

Plusieurs plateaux débordant de fruits avaient été déposés sur des tables. La végétation qui courait sous la surface de Jorius apportait une abondance de nourriture.

Léa ne sut pas si c'était sa présence ou celle de Kayle qui fit que tous les regards se tournèrent vers eux. Hecto arriva à leur hauteur.

— Je vous remercie d'être là. Viens avec moi Léa je vais te présenter.

Il lui offrit son bras et l'invita à le suivre. Avant d'accepter son invitation, elle s'assura que Kayle était confortable à l'idée de rester seul. Un simple signe de tête suffit.

Il la regarda s'éloigner dans la foule de gens qui commençait à se regrouper autour d'elle. L'observer de loin discuter avec différentes personnes, échanger des sourires, lui provoqua un léger pincement. Léa était visiblement plus à l'aise ici. Sa famille était accueillante et bienveillante envers l'une des leurs. Son destin se trouvait-il en ces lieux ?

— Quel regard ! s'exclama Hecto, le tirant de ses pensées.

— Je m'assure juste de sa protection, répondit Kayle sans lâcher Léa des yeux.

— C'est sûr et je te remercie grandement pour ta surveillance.

— Tu peux ironiser autant que tu veux mais c'est la vérité, lui rétorqua Kayle en croisant les bras.

— Sacré chemin parcouru !

— Parce que je peux distinguer les différents tons de la langue terrestre ? dit-il en tournant la tête dans sa direction.

— Entre autres, mais surtout d'avoir réussi à te défaire de leur emprise.

Se sentant gêné par ses propos, Kayle préféra ne pas répondre et reporta son attention sur Léa. Elle était en pleine conversation avec une autre femme.

— Que comptes-tu faire maintenant ? questionna Hecto en avalant une gorgée de son breuvage.

— Tu n'as pas d'autres personnes avec qui discuter ?

— Il y a beaucoup de gens effectivement avec qui je pourrais avoir de plus charmantes conversations mais étonnamment, c'est avec toi que je souhaiterais échanger.

— Et pourquoi ? s'agaça ce dernier en lui faisant face.

— Pour connaître tes intentions, notamment envers ma petite-fille.

— Je te l'ai déjà dit…

— Oui oui, je sais, tu la protèges, répondit Hecto, exaspéré par sa réponse. C'était peut-être vrai au début, mais on sait tous les deux qu'elle est parfaitement capable de se défendre. Tu n'en as pas marre de répondre toujours la même chose ?

Encore une fois, Kayle préféra se taire. Hecto lui tapait sur les nerfs et il ne voulait pas perdre à nouveau son sang-froid.

— Encore une chose qu'on a en commun, l'obstination, ajouta Hecto, un sourire en coin.

— On n'a plus rien en commun, s'attrista Kayle.

— Il me manque, le temps où tu m'admirais, asticota Hecto.

— Ce temps est loin derrière nous, ce que tu as fait, bien que je connaisse la vérité, ne change rien. Je ne suis pas comme toi.

— Justement, c'est là que tu te trompes, affirma Hecto, reprenant son sérieux. On a beaucoup plus en commun que ce que tu crois. Tu peux prétendre le contraire autant que tu veux, mais on sait tous les deux pourquoi tu es vraiment là. Ta seule présence est due au fait que tes sentiments s'éveillent pour elle.

Kayle voulut rétorquer mais refoula ses paroles, laissant à Hecto la possibilité de continuer.

— Je comprends le choix que tu as fait. J'ai fait le même il y a quelques années. Je suis tombé amoureux sans m'y attendre. Alors oui, le bassin m'avait montré son visage, mais le bassin ne décide pas de nos sentiments.

Sa remarque éveilla la curiosité de Kayle qui reporta son attention sur son ancien mentor.

— Eh oui, tu peux voir beaucoup de choses dans cette eau, mais en aucun cas elle ne décide pour toi. Nous avons le libre arbitre de ce que nous voyons.

— Mais…

— Mais les Fonnarcales disent autrement, bien entendu. Tu imagines si jamais ils annonçaient que peu importe ce que nous voyons, le choix nous revient ? Ça remettrait en cause beaucoup de leurs fondements. Et surtout, ça laisserait place à d'éventuels sentiments. En nous disant que le bassin détient la vérité, ils s'assurent que tout le monde respectera leur volonté. Le bassin est neutre, il n'a pas de parti pris. Il te montrera ce qui est important pour toi, ensuite tu décides. Tu as peut-être vu celui de ta précédente compagne mais le choix te revenait de l'accepter ou non.

Kayle glissa les mains dans ses poches tout en fixant Léa des yeux.

— Je sais que tu me détestes par rapport à ce que j'ai fait et que tu n'as aucune raison de me pardonner, reprit Hecto. Mais je n'essaye pas de te manipuler ou même de te piéger. Il s'est peut-être passé des années, mais tu me connais aussi bien que je te connais. Je t'ai vu grandir, te transformer, croire en nos actions. Je suis toujours cet homme-là que tu as jadis admiré. Tu me l'as ramenée et je t'en suis reconnaissant. Je sais que ce n'est pas ma fille mais…

Il marqua une pause avant de reprendre :

— Mais c'est une partie de notre amour qui a survécu.

Kayle fut touché par ses propos. Pour la première fois, la tristesse l'envahit. Il n'avait encore jamais exploré cette émotion-là et peina à la cacher.

— Tu regrettes le choix que tu as fait ? demanda Kayle sans oser le regarder.

— Parfois, répondit calmement Hecto.

— Vraiment ?

— Dans certains moments, je me dis que si j'avais suivi ma raison, elle serait toujours en vie.

Il s'arrêta un instant, ses yeux rougis se perdirent dans le vague, les souvenirs lui revenaient en mémoire.

— Si Niris me voyait comme ça, elle me dirait clairement que je suis un idiot de regretter nos moments passés ensemble. Et elle aurait bien raison. L'aimer a été la meilleure décision de ma vie. Mais je ne me pardonnerai jamais l'avoir tuée.

— Je croyais que Gorus l'avait tuée, rétorqua Kayle, cette fois-ci en le regardant.

— Si je ne m'étais pas enfui d'Éléria, elle serait encore en vie. C'est mon égoïsme qui l'a tuée.

— De quoi tu parles ?

— Je savais que c'était risqué d'aller la rejoindre, mais c'était plus fort que moi. L'envie de voir notre enfant était si forte que je n'ai pas réfléchi aux conséquences. Elle est morte par ma faute.

— Ce n'était pas ta faute, avoua Kayle. Les sentiments nous font agir avec impulsivité... mais ça ne veut pas dire que l'on fait de mauvais choix.

Tous deux posèrent leurs yeux sur Léa. Elle dut sentir leurs regards car sa tête pivota dans leur direction. Kayle lui envoya un sourire qui lui fut rendu.

— De quoi as-tu peur ? lui demanda Hecto.

— Je ne veux pas qu'elle subisse le même sort que Niris.

— On fera en sorte que ça n'arrive pas, affirma Hecto en lui tapant l'épaule.

— Je l'ai déjà mise en grand danger. Le pire, c'est qu'elle ne s'en rend pas compte et me fait confiance.

— À nous deux, on devrait pouvoir réussir à la protéger.

Les deux hommes échangèrent un regard de confiance. Quinze annnées s'étaient écoulées depuis leur dernière conversation. Léa avait raison, discuter avec Hecto lui avait permis de libérer un peu de sa colère. En fin de compte, Kayle comprit que son mentor lui avait manqué.

Chapitre 37

— Est-ce que ta soirée se déroule bien ?

Léa se tourna vers Hecto qui venait de la rejoindre. Elle jeta un coup d'œil furtif derrière lui et vit Kayle en étrange discussion avec Crâne-rasé. Les imaginer amis l'amusa.

— Il ne craint rien, ne t'en fais pas, enchaîna Hecto. Desmien est une tête brûlée, mais il n'est pas méchant.

Léa se dit en connaître une autre, de tête brûlée. En repensant à Tristian, elle se fit la remarque qu'ils devraient peut-être les prévenir que tout allait bien.

— Alors comme ça vous avez été son mentor, lança Léa en croquant dans un raisin.

— Je vois qu'il t'a raconté, sourit Hecto en se retournant vers son ancien élève.

— Brièvement. J'avais bien senti que la colère à votre égard cachait autre chose.

— Je peux comprendre sa blessure. Vivre sur Éléria après cette histoire n'a pas dû être facile.

Léa décela une pointe de regret dans sa voix. Ils avaient dû être vraiment proches.

— Je ne peux qu'imaginer, dit-elle en haussant les épaules.

— Parle-moi un peu de toi. Qu'est-ce que tu aimes dans la vie ou n'aimes pas ? questionna-t-il, intéressé.

— J'ai beaucoup voyagé. Je suis allée à la découverte de différentes cultures, différents modes de vie. Rencontrer des personnes aux quatre coins du monde m'a permis d'acquérir une certaine indépendance et une facilité à m'adapter.

— Je m'en rends compte. Tu t'intègres rapidement dans un nouveau milieu.

— Ce milieu est tout de même exceptionnel, avoua-t-elle en avalant un autre raisin.

— Tu ne t'y sens pas à ta place ?

— Je ne sais pas quelle est ma place. Je suis censée faire quoi maintenant ?

— J'aimerais bien te dire que tu pourrais rester ici… mais je ne suis pas sûr que tu en aies envie, soumit Hecto.

Son regard se posa sur Kayle, toujours en grande conversation avec son nouvel ami. Léa ignorait totalement quoi faire ou ce dont elle avait envie. Retourner vivre sur Terre auprès de Golra ou bien rester ici ? La situation était complètement floue.

Au bout de quelques secondes, elle lui répondit :

— Pour le moment, je suis dans l'incertitude.

— Je comprends. Sache que vous serez toujours les bienvenus ici.

Léa le remercia et s'excusa afin d'aller rejoindre Kayle. Une main sur son bras, elle attira son attention, le coupant dans sa discussion avec Desmien.

— Tu viens quelques minutes ? lui demanda-t-elle.

Ils partaient s'isoler dans un coin plus discret de la pièce quand derrière eux, une passerelle s'ouvrit. À l'apparition de Mayanne, la surprise fut grande. Et la voir accompagnée de Tristian les laissa carrément sans voix.

— C'est classe ici, s'extasia le jeune homme en découvrant le lieu.

— Je vois que tu as suivi ton instinct, mon néfi, se réjouit Mayanne.

Complètement sous le choc, Kayle peina à trouver ses mots.

— Mayanne mais... mais qu'est-ce que... je veux dire comment...

— Ce sont de très bonnes questions auxquelles je vais essayer de répondre au plus vite, répliqua sa marraine.

Les yeux rivés sur eux, Léa n'arrivait pas à croire que Tristian soit venu avec elle. Se connaissaient-ils ? Comment l'avait-il trouvée ? Et encore plus surprenant, Hecto semblait habitué à la voir, car il n'y avait aucun signe de panique ou d'angoisse dans son comportement.

— Tu ne t'en souviens peut-être pas Kayle, mais Niris et moi étions très amies. On a toujours été là l'une pour l'autre, même quand elle a décidé de transgresser les règles.

— Vous étiez au courant de leur histoire !! s'exclama Léa, tout aussi perturbée que Kayle qui n'arrivait toujours pas à retrouver l'usage de la parole.

— Elle était venue se confier à moi sur ses sentiments envers Hecto.

Mayanne et lui partagèrent un regard plein de tendresse et de tristesse.

— Elle m'a parlé de sa grossesse et de son idée de fuir Éléria. J'ai essayé de l'en dissuader, mais déterminée, son choix était fait. Étant toutes les deux des Bénalleachs, nous avons réussi à maintenir le contact par le biais d'une connexion. Ce n'était pas facile car le temps s'écoule différemment entre les deux sphères, mais j'arrivais à savoir si elle allait bien. Après sa mort, et la disparition des Défenseurs, Golra m'a contactée afin de me révéler leur emplacement. Je me suis servie du portail pour venir leur rendre visite sur Jorius et m'assurer que le peuple était en sécurité.

Léa et Kayle se regardèrent tout en essayant encore de comprendre. Sa tête entre ses mains, elle se mit à marcher, essayant de mettre ses idées au clair.

Donc Niris et Mayanne étaient proches. Cette dernière, au courant pour son enfant et sa survie, s'était mise à protéger les Défenseurs. Étant une Bénalleach, elle pouvait aller et venir à son gré sans éveiller les soupçons. C'était intelligent.

Léa était épatée par la loyauté qui liait encore ces trois Élérias. Chacun d'entre eux croyait en leurs convictions, pourtant ils avaient tout risqué pour protéger l'amour d'Hecto et de Niris.

— Je comprends que vous soyez confus mais le temps presse, s'agita Mayanne.

Léa se retourna vers elle, les mains sur les hanches.

— Confus ? Le mot est faible, il nous faut le temps de raccrocher les wagons !

Tous les quatre la regardèrent sans comprendre le sens de sa phrase.

— C'est une expression ! expliqua Léa, les voyant perplexes. Vous ne vous êtes jamais dit qu'il serait plus simple de tout nous raconter d'un coup, au lieu de nous balancer des morceaux d'histoire ?

— Perso j'ai rien compris, mais c'est marrant, blagua Tristian en saluant les Défenseurs d'un geste de la main.

Aucun d'eux ne bougeait. Tous étaient visiblement bien habitués à voir Mayanne débarquer ici.

— Comment as-tu pu me cacher tout ça ? rétorqua Kayle, ayant enfin réussi à aligner deux mots.

Mayanne s'approcha de lui et posa délicatement sa main sur sa joue.

— Je sais mon néfi que ce n'est pas évident pour toi. Mais je ne pouvais pas prendre le risque de t'en parler.

— Pourquoi pas ? Tu ne me faisais pas confiance, rétorqua-t-il, blessé.

Le temps pris pour lui répondre le toucha. Il recula près de la fenêtre en s'accoudant sur le rebord. Le vent soufflait fort sur Jorius, soulevant le sable, si bien que l'horizon avait disparu.

— C'est ta loyauté envers les Fonnarcales que je remettais en question. Tu as toujours été tellement fidèle à leurs lois et à leurs agissements. J'ai bien vu ta déception et ton mécontentement quand toute cette histoire s'est passée. Je ne pouvais pas leur faire prendre le risque. Jamais je n'aurais pensé que tu te retournerais contre eux. Puis quand tu es venu me voir pour me parler de tes doutes et de ton ressenti pour Léa, j'y ai vu une ouverture et un espoir que tu agisses autrement.

Kayle se retourna et, un par un, les pointa du doigt.

— Je n'en reviens pas que vous m'ayez tous menti. Vous connaissiez la vérité depuis le début et vous m'avez laissé dans l'ignorance.

— On a voulu te protéger, intervint Hecto. Tu n'avais que vingt ans à l'époque, tu n'avais pas à porter un fardeau aussi lourd. C'était notre décision.

— Je comprends que tu nous en veuilles et que vous souhaitiez plus d'informations, mais le temps presse, répéta une nouvelle fois Mayanne, cherchant du regard le soutien de Léa.

— Ouais apparemment il y a un souci, enchaîna Tristian, dont les yeux scrutaient encore chaque recoin de la pièce.

— Quel est le problème ? demanda Hecto en se tournant vers Mayanne.

— Les Élérias sont en route pour la Terre. Ils ont trouvé le refuge de Golra.

Un silence pesant s'abattit sur eux. Léa ouvrit et ferma plusieurs fois la bouche avant de pouvoir prononcer un seul mot.

— Comment ça ? bégaya Léa.

— Pourquoi il ne m'a rien dit ! s'exclama Tristian, visiblement surpris.

— Ils savent où Golra et les autres se trouvent, répondit Mayanne.

— On doit y aller, s'empressa d'ajouter Kayle en les rejoignant.

Léa cherchait encore à comprendre comment cela était possible.

— Comment ils nous ont trouvés ?

— Ça n'a pas d'importance, répliqua Kayle. On doit les rejoindre.

— Je suis d'accord, mais je croyais que le domaine ne pouvait pas être trouvé. Il masquait notre présence.

Sur ces mots, Léa regarda Tristian en espérant une réponse logique.

— C'est le cas, néanmoins ils vous ont trouvés. C'est pour cette raison que Golra t'a demandé de venir me chercher, ajouta Mayanne en s'adressant à Tristian.

— Fais chier, s'écria ce dernier en tapant dans le mur. Il aurait dû me laisser rester. J'aurais pu les aider.

— Toi seul pouvais faire l'aller-retour entre les sphères. Quand j'ai découvert que les Élérias se préparaient à venir sur Terre, j'ai prévenu Golra qui t'a envoyé me chercher. C'était le moyen le plus rapide pour venir.

Léa se rappela que les Bénalleachs pouvaient se connecter à tout le monde. Connaissant ce lieu, elle avait dû le partager avec Tristian. La peur la saisit en repensant à Ramélia, Aléna et Edine, laissées là-bas.

— Arrêtons de parler, on doit rentrer ! ordonna Tristian.

— Je suis d'accord, acquiesça Kayle, prêt à partir.

— Une seconde, je comprends que vous vouliez retrouver vos amis mais c'est trop dangereux

Hecto se mit en travers de leur chemin, inquiet de les voir partir à la hâte.

— C'est à cause de nous s'ils sont dans cette situation, réagit Léa. On doit régler ça. Je suis désolée.

— Je viens avec vous, je pourrais peut-être essayer de les raisonner, proposa Mayanne.

— Hors de question ! répliqua fermement Kayle.

— Il a raison, on ne vous mettra pas en danger. Assez de gens sont déjà impliqués par notre faute, rétorqua Léa.

— Élaborez au moins une stratégie, un plan avant d'y aller, suggéra Hecto.

Voyant Léa réfléchir, Tristian se positionna face à elle, le regard en détresse.

— On n'a pas le temps pour ça !

— Restez tous les deux ici, vous serez en sécurité, décréta Léa à Mayanne et Hecto en hochant la tête. Ils ne savent pas où vous êtes, il faut faire en sorte que ça le reste.

— Soyez prudents, murmura Mayanne en prenant Kayle dans ses bras.

Les yeux d'Hecto se mirent à rougir, la laisser partir était un supplice.

D'un geste de la main, Kayle ouvrit une passerelle menant au manoir. Avant de s'engouffrer dedans, il pivota vers Hecto, lui signifiant de la tête la promesse qu'ils s'étaient faite de veiller sur Léa.

Chapitre 38

Le portail s'ouvrit dans le salon de Golra, ils étaient rentrés. Sans savoir à quoi s'attendre, rien ne laissait paraître une quelconque attaque. Tout était à sa place, aucune trace de lutte, ni de présence étrangère, mais également aucun bruit. Le manoir n'avait jamais été aussi calme.

— Restez près de moi, leur murmura Kayle.

À pas feutrés dans le salon, tous les trois recherchèrent un bruit ou un indice sur ce qui se passait. Leurs amis avaient-ils été ramenés sur Éléria ?

Kayle remonta sa manche et essaya de localiser Edine. En quelques secondes, son bras s'éveilla, une lueur dorée apparut et le dessin se figea.

— Elle est toujours ici, chuchota-t-il.

— Trouvons-la, répondit Léa tout aussi doucement.

Tandis qu'ils avançaient dans le salon, Léa jeta un coup d'œil rapide dehors mais le brouillard était à ras de terre.

On est bien de retour en Écosse !

Un léger grognement se fit alors entendre. Ils se figèrent dans leur élan, pas certains du bruit entendu. Le plancher craqua et le même grognement résonna à nouveau. Sans gestes brusques, ils se retournèrent, faisant face à un immense loup.

Léa fit un pas en arrière, instinctivement, Kayle se mit en posture de protection. Tristian recula de lui-même et vint se placer juste à côté de Léa. Le loup dégageait la même lueur que le totem d'Edine, Léa en conclut que la personne était de signe terre. Les Élérias étaient donc bien ici. Le loup grogna une nouvelle fois.

— On est là pour discuter. Où sont les autres ? tenta Kayle.

Le loup racla sa patte sur le sol, prêt à charger. La bave aux lèvres, le nez retroussé, l'animal s'apprêtait à bondir.

— Inutile de s'énerver, je ne veux pas te faire de mal, avertit Kayle.

Décidé, le loup s'élança. L'espace les séparant n'étant pas grand, l'animal se retrouva sur eux en deux mouvements. Kayle avait bien sûr anticipé cette attaque. Faisant jaillir son bouclier d'eau, le loup fut projeté au milieu de la pièce en détruisant la table du salon.

Après avoir secoué sa gueule pour reprendre ses esprits, il leva ses pattes avant et frappa le sol. Au même moment, le plancher se mit à trembler sous leurs pieds, et ils se retrouvèrent éjectés par la porte-fenêtre. La chute fut lourde en atterrissant sur le béton de la cour.

— Est-ce que ça va ? interrogea Kayle en se tournant vers Léa et Tristian.

— Si ce n'est pas touchant ! se moqua Valénia.

Le brouillard se leva petit à petit, leur offrant la vue sur ce qui se passait. Entourés par plusieurs Élérias, leurs amis se tenaient en face d'eux, mains enchaînées, à genoux avec une dague sous le cou.

— C'est gentil de nous avoir rejoints ! s'extasia Valénia. Comme vous pouvez le voir, on a déjà fait connaissance.

— Valénia, qu'est-ce que tu fais ? lui demanda Kayle en se relevant.

— Je vais ramener ces traîtres sur Éléria dans un premier temps, afin qu'ils subissent le verdict du conseil. Je pense que le bannissement ne suffira pas cette fois-ci, s'amusa-t-elle en se tapotant le menton comme pour réfléchir. Puis je m'occuperai de trouver ce qu'il reste des Défenseurs.

Les poings serrés, Léa fit un pas vers elle. Ses pieds s'englurent dans le sol, plus aucun mouvement n'était possible. Impossible de bouger le reste de son corps. De fines particules violettes voletaient dans l'air – ils venaient de subir un sort d'immobilité.

Le Brixma était si puissant qu'ils s'écroulèrent tous les trois au sol. Léa essaya de lutter mais rien à faire, son corps refusait de répondre. Déjà familière avec ce sort, elle savait que sa durée n'était pas longue, il ne restait donc plus qu'à patienter.

En tournant les yeux sur la droite, elle reconnut la femme brune qui accompagnait toujours Valénia. Sans nul doute, le Brixma venait d'elle.

— Tout ceci aurait pu être évité si tu avais décidé de jouer via nos règles, nargua Valénia.

— Ça n'a rien à voir avec vos règles ! s'enragea Léa. Tout ceci n'est qu'une excuse pour te donner de l'importance et une existence.

Valénia la gifla. Kayle tenta de réagir, mais son corps était aussi lourd que du marbre. Léa accusa le coup et, voyant Kayle lutter pour agir, elle lui fit comprendre par un signe de tête d'arrêter. En fin de compte, le but était de gagner du temps jusqu'à ce que le sort s'estompe.

— Bien, il est temps de rendre les choses plus intéressantes, prêcha Valénia. J'ai pensé à plein de façons d'obtenir justice pour ce que tu as fait. La première fois, j'ai agi sous l'impulsivité, ce qui n'a pas été concluant sachant que tu es toujours en vie. Mais cette fois-ci, j'ai décidé de faire différemment. Après tout, si je veux atteindre mon but, il est parfois plus judicieux d'être patient.

— On ne te dira jamais où ils sont, maugréa Léa. Tu penses peut-être tout savoir et tout connaître de la loyauté, mais tu ne sais pas ce que c'est. La loyauté ne se gagne pas avec des mensonges ou des menaces. La peur ne rend pas les gens fidèles, elle ne fait que les faire obéir. Mais le respect et la confiance poussent les gens à te respecter.

Valénia éclata de rire, ce qui énerva davantage Léa. Elle exagéra son fou rire, le transformant en moquerie.

— Excuse-moi, dit-elle en faisant semblant de s'essuyer une larme. Je suis navrée, c'est ton discours. Il était tellement beau mais ridicule à la fois que je n'ai pu m'empêcher de rire.

Léa serra les dents, sentant son souffle s'accélérer. Son élément ne réagissait pas, comme prisonnier lui aussi du Brixma. Valénia se pencha afin de mettre son visage au même niveau que celui de sa rivale.

— Tu ne t'étais pas demandé comment on vous avait trouvés ? nargua-t-elle.

Léa sentit un vent frais lui glacer le dos. Bien entendu, cette interrogation lui avait traversé l'esprit.

Golra ne laissait entrer que les Élérias qui avaient été bannis. Personne ne connaissait la localisation de cet endroit. Alors comment les avaient-ils trouvés ?

Ses yeux la trahirent quand elle comprit ce qu'elle avait loupé. Ce qui ne manqua pas de rajouter un sourire sur le visage de Valénia. Personne ne connaissait ce lieu à part les gens qui s'y trouvaient déjà. Tout en détachant son regard de celui de son bourreau, ses yeux se posèrent sur les quatre personnes en face d'elle. Parmi eux, une les avait trahis.

— Ton visage vaut toutes les pierres du monde. J'avoue que ce moment est encore plus jubilatoire que prévu, se gargarisa Valénia.

Léa sentit la panique l'envahir. Peu importe qui les avaient dénoncés, tous connaissaient l'emplacement approximatif des Défenseurs.

— Je n'ai pas besoin de vous faire parler. D'ici peu, leur localisation ne sera plus un secret.

Les yeux de Léa devinrent rouges. Ses paupières se fermèrent en repensant à Hecto resté sur place.

— Vous vous croyiez plus malins ! diffama-t-elle. Vous pensiez sincèrement pouvoir agir comme bon vous semblait sans que les Élérias ne disent rien ?

— Nous sommes des Élérias ! s'écria Tristian. C'est juste que nous n'avons pas voulu nous plier à vos stupides règles ! Mais ça n'enlèvera pas qui nous sommes.

Les mots de Tristian résonnèrent dans la cour. La peur se lisait sur les visages. Même Golra restait silencieux et n'avait pas essayé un instant de se libérer. Le regard dans le vague, comme absent de la situation. Hecto l'avait décrit comme un Éléria si puissant, Léa avait espoir de le voir les sortir de ce piège. Mais il était immobile et désintéressé des évènements qui se déroulaient sous ses yeux. Son aisance à cacher les faits pouvait-il faire de lui un traître ?

Un par un, Léa s'interrogea sur les motivations de chacun à les tromper. Sa confiance venait une nouvelle fois d'être mise à rude épreuve. En l'espace de peu de temps, toute sa vie avait basculé, elle avait découvert un tout nouveau monde, une nouvelle famille, mais l'histoire semblait se répéter. Est-ce que tous ses proches allaient la quitter ou la trahir un jour ? D'abord son père, sa meilleure amie, puis Éric et Lorie et enfin sa mère… Tous ses points de repère sur Terre s'étaient évanouis. Maintenant, eux.

Léa voulut cacher sa tristesse mais ne put contenir les quelques larmes débordant du coin de ses yeux.

Son attention se posa sur Kayle. Le visage fermé, la mine basse, son monde venait également de lui éclater à la figure. Ses yeux plongés dans les siens, elle aurait juré pouvoir entendre, l'espace une fraction de seconde, ce qu'il pensait.

— Allons assez perdu de temps, le suspense est à son comble ! s'exclama Valénia en frappant dans ses mains. Qui crois-tu avoir réussi à se jouer de toi ?

Ses larmes avaient cessé et c'est un regard noir qui se posa sur Valénia.

— Tu sais quoi ? Je m'en fous. Je n'ai pas envie de jouer à ton jeu stupide, attaqua Léa.

— Tu penses que c'est un jeu ? Tu es encore plus inutile que je l'aurais pensé.

— Et pourtant tu as besoin de moi.

Valénia la regarda, dubitative.

— Moi, j'ai besoin de toi ? répéta-t-elle sur un ton moqueur en posant une main sur sa poitrine.

— Bien sûr, tu as besoin de moi pour exister, pour te donner un but. Sinon pourquoi tu serais là ? Les Défenseurs avaient disparu depuis des années, il n'y avait aucune menace contre vous. Pourquoi faire tout ça ? Même ton père, le chef des Fonnarcales, n'a pas cherché à me nuire. Il était même prêt à m'accepter. En fin de compte, tu prônes la paix, la protection de ton peuple et des lois, mais c'est toi qui es en train de créer le chaos. Tout ça pour donner un peu de sens à ta misérable vie. Même ton mec en a eu ras le bol de toi.

L'assurance présente sur le visage de la jeune femme s'effaça. Elle s'approcha de Léa et lui décocha un coup de poing. Mais ce ne fut pas le poing qui heurta son visage, mais plutôt la bulle d'air formée autour. Le coup, si violent, la fit basculer sur le côté pendant que le goût du sang se répandait dans sa bouche.

Au même moment, Kayle réussit à se relever et courut dans la direction de Valénia pour se jeter dessus. Arrivant à sa hauteur, il la percuta de plein fouet. Sous son poids, son corps céda, l'envoyant au tapis quelques instants.

Il n'eut pas le temps de préparer sa seconde attaque que trois Élérias se jetèrent sur lui. Il se débattit si férocement qu'ils eurent du mal à l'immobiliser. Tristian, voyant son action, lança sa tête en arrière qui vint s'écraser sur le nez de l'homme qui le tenait. Il fonça en direction de la bagarre. Son pied atterrit dans le visage d'un des trois hommes, donnant à Kayle suffisamment d'espace pour envoyer son coude dans l'estomac d'un autre.

Tristian passa son bras autour du cou du dernier et tira en arrière, en prenant appui sur ses genoux. L'Éléria lâcha sa prise sur Kayle pour essayer de se dégager des mains de Tristian. Le premier Éléria qui avait reçu un coup de pied était en train de se relever mais Léa, toujours au sol, lui fit un croche-patte, le faisant retomber.

Alors que Tristian maintenait sa pression sur son cou, il ressentit d'un coup une violente douleur dans le dos, le faisant lâcher prise. Affalé sur le sol à hurler de douleur, son corps se contorsionna. Léa s'apprêtait à se jeter sur l'homme à terre, avant de comprendre les raisons de ses cris. De longues lianes aussi dures que du bambou avaient percé le dos du jeune homme. Elle s'approcha de lui pour l'aider mais le moindre contact lui faisait mal. Suivant du regard la provenance de cette attaque, Léa découvrit qui les avait trahis.

Chapitre 39

Debout, les mains libres, le regard sombre, sa gentillesse avait totalement disparu. Son regard attentionné avait laissé place à de la colère. La haine sur son visage l'enlaidissait. Était-il vraiment si facile de blesser les gens qu'on aime ?

— Pourquoi tu me fais ça ? bredouilla Tristian, la douleur étant à peine surmontable.

— Parce que j'ai d'autres ambitions que de pourrir sur cette sphère, cracha Ramélia.

Entendre ces mots fut plus douloureux que les bouts de bois enfoncés dans son dos. Tristian attrapa la main de Léa en la serrant de toutes ses forces. Elle sentit ses os craquer sous sa pression mais ne bougea pas pour autant. Ramélia intensifia la pression de ses lianes, provoquant un nouveau cri de douleur chez le jeune homme.

— STOP !! hurla Léa.

— Tu ne te trouves plus aussi puissante maintenant, nargua Ramélia.

Léa se releva si vite que Ramélia fut surprise par sa réaction. Elle était persuadée de pouvoir l'atteindre, avant de se retrouver aspirée en arrière.

— Ça suffit ! ordonna Valénia.

Léa se releva en étant aussitôt saisie par deux Élérias. Forcée à s'agenouiller, sa lutte cessa quand elle vit la dague orangée sous le cou de Kayle.

Golra, quant à lui, n'avait toujours pas bougé. Toujours le même regard vide, son corps semblait comme une enveloppe sans vie. La pâleur sur son visage devenait inquiétante.

On menotta ses mains avec deux gros bracelets en argent. Les mêmes que portaient Edine, Golra et Aléna. Par réflexe, Léa essaya de tirer dessus, mais rien à faire. Les anneaux se refermèrent davantage sur ses poignets. Le métal scia sa peau, lui provoquant une grimace. Kayle tenta d'intervenir mais le même sort s'abattit sur lui.

Léa tenta de brûler ses liens mais à peine essaya-t-elle de les enflammer qu'une violente décharge l'envahit. Comme si ses mains venaient de se poser sur de la glace. Entre ses dents, son cri s'étouffa.

— Je t'explique, reprit Valénia en ajustant sa coiffure. Ces jolis bracelets sont magiques. Leur particularité, tu vas me demander, est de maîtriser les éléments. On les utilise contre les fortes têtes.

Léa essaya de se débattre mais rien à faire, plus elle forçait, plus les anneaux se resserraient. Et à chaque nouvelle tentative de les faire fondre, une vague de froid envahissait sa peau.

— Tu perds ton temps ! Tu ne pourras pas t'en débarrasser. Plus tu vas essayer de les brûler, plus le froid t'envahira, jusqu'à ce qu'il arrive à ton cœur pour le geler et là… paf ! dit-elle en mimant une explosion avec ses mains.

— Ne te méprends pas, j'aimerais beaucoup admirer ça. Mais avant, j'apprécierais que tu voies quelque chose. De tous les Brixma, une de mes combinaisons préférées est l'orchidée jaune avec le saphir, expliqua-t-elle en caressant les cheveux d'Edine, comme on caresserait un animal.

La jeune Éléria n'avait pas cessé de pleurer. Son visage était bouffi par les larmes.

— Connais-tu les effets de cette association ?

— J'espère que ça te fera fermer ta gueule, renchérit Léa en toussant.

Valénia abandonna Edine pour se rapprocher une nouvelle fois de Léa. Elle laissa glisser le bout de son ongle sur sa joue, la forçant à se dégager.

— Cela efface les mémoires, chuchota-t-elle à son oreille en lui attrapant les cheveux.

Elle lui repoussa la tête en arrière avant de reprendre :

— J'avoue que le processus est assez douloureux, mais efficace.

— Tu crois qu'effacer ma mémoire changera quelque chose ? C'est ta seule option pour me stopper ? C'est pathétique ! ricana Léa.

— Mais qui a dit que je parlais de toi ?

Valénia jubila de voir la panique se dessiner sur son visage. Léa comprit une nouvelle fois, trop tard, à qui ce sort était destiné.

— Non !

— Réjouis-toi, tu seras aux premières loges pour le voir se détourner de toi et t'oublier.

Léa se débattit, risquant encore une fois de se libérer de ses liens, mais ces derniers commençaient à lui couper la circulation sanguine. Le bout de ses doigts devenait blanc. Kayle, qui avait également compris, lutta, mais il était tout aussi impuissant. Tristian était toujours maintenu par Ramélia dont les tiges s'enfonçaient encore un peu plus dans son dos. Aléna semblait tétanisée, quant à Golra, il n'avait toujours pas bougé.

Son élément semblait inefficace face à ces bracelets. La douleur de la glace pénétrant dans ses veines, devenait plus forte à chaque tentative. Léa laissa échapper un cri.

— Arrête ! supplia Kayle.

— Je ne peux pas, lui dit-elle dans un sanglot. Je ne peux pas arrêter.

— Allez, assez de bavardages ! Messieurs s'il vous plaît, exigea Valénia en tapant dans ses mains.

Tandis que l'Éléria derrière Kayle passait son bras autour de son cou afin de le maintenir, un autre se positionna devant lui. Il sortit de sa poche un petit flacon de couleur jaune.

— Ne faites pas ça ! hurla Léa.

Kayle essaya de se débattre mais c'était peine perdue. L'homme ouvrit la fiole avant de murmurer :

— EFFACER.

— Laisse-le tranquille, s'il te plaît Valénia ! supplia Edine, toujours la dague sous la gorge.

— Ne t'en fais pas, il ne souffrira que quelques instants, rétorqua cette dernière, un sourire diabolique habillant son visage.

Le sort sortit de son récipient, flotta quelques secondes dans les airs, avant de venir se poser sur la peau de Kayle. D'un seul coup, il pénétra sous son épiderme, ce qui le fit crier. Le Brixma commença à remonter le long de ses veines, comme des ronces s'enfonçant sous sa peau ; la douleur se lisait sur son visage.

Léa ne pouvait endurer cette vision. Encore et encore, tentant de se débarrasser de ses liens, ses forces l'abandonnaient au fur et à mesure que le froid remontait le long de ses bras. Ses veines devenaient bleues, sa respiration se saccadait, faisant ralentir son cœur. Plus elle appelait son élément, plus il disparaissait petit à petit.

Son corps sans énergie se ramollissait, laissant place au vide. La vie commençait à l'abandonner. La scène se déroulait sous ses yeux sans qu'elle puisse appuyer sur pause. Spectatrice et impuissante face à la fureur de cette femme.

Les lèvres d'Edine tremblaient, de peur et dedésespoir. Léa voulut s'excuser mais aucun mot ne put sortir de sa bouche. Aléna, si mystérieuse et discrète d'ordinaire, fondit en larmes, visiblement très affectée par ce qui se passait. Tristian était en train de rendre son dernier souffle, sa poitrine peinait à se soulever.

Kayle luttait contre les effets de la douleur tandis que le sort continuait son ascension. Une fois dans son esprit, il serait trop tard. C'est de cette façon que ça devait finir... Léa espérait encore un miracle, un renfort imprévu, un héros de dernière minute, mais rien de tout cela ne se passa.

À bout de force, tentant une dernière fois, son corps fut pris d'un sursaut. Une secousse lui rappelant que la prochaine tentative lui serait fatale. Elle se mit à suivre les pulsations ralenties de son cœur qui luttait pour survivre. Écoutant plus intensément son pouls sans savoir quel battement serait le dernier, le monde extérieur devint d'un coup silencieux. Seul le son de ses palpitations tintait dans ses oreilles. Ses paupières se fermèrent afin d'écouter une dernière fois cette douce mélodie.

Un voile de givre enveloppa son cœur, son esprit lui envoya le souvenir de certaines paroles.

« *Ton pouvoir vient du cœur. Tu te battras avec tes émotions et ça te rendra plus puissante. Ton énergie vient de là. N'en aie pas peur. Ne doute pas de toi. Plus tu accepteras ce pouvoir, plus il grandira en toi. Il suffit de trouver ce qui déclenche ton élément. Qu'as-tu ressenti les fois où il t'a envahie ? C'est quoi un animal totem ? C'est l'animal qui représente qui nous sommes. Il ne se dévoile que lors d'une transformation complète. Il nous donne plus de puissance. Notre totem reflète notre intérieur et se projette à l'extérieur. Une fois que tu auras pleinement accepté cette partie de toi, tout changera.* »

En ouvrant les yeux, une force nouvelle l'habitait.

Son cœur brisa le mur de glace qui l'entourait en se mettant à battre plus férocement. Sa respiration devint plus lourde et plus profonde, la chaleur revenait. Mais pas n'importe laquelle. Celle-là, Léa ne l'avait encore jamais sentie auparavant.

Autant dans le Globe, le contrôle lui avait échappé, autant à cet instant précis, elle se sentait pleinement présente.

Ses poignets s'élargirent, rompant les bracelets comme des fétus de paille. Son corps tout entier s'enflamma et elle se sentit prendre de la hauteur. Sa vision devint plus claire, son ouïe meilleure, ses sens étaient plus en éveil. Dominant l'espace, une onde de feu se propagea en balayant tous ses assaillants à plusieurs mètres.

Valénia fut jetée en arrière, tout comme les hommes qui maintenaient Kayle. Sans effort, Léa détruisit les liens qui retenaient ses amis prisonniers. Les lianes prises dans le dos de Tristian brûlèrent, blessant sévèrement Ramélia.

Aléna se précipita vers Kayle dont le poison agissait toujours. Arrachant son collier, elle plaça l'opale sur sa poitrine avant de murmurer :

— EMPRISONNER.

Le sort stoppa sa course et s'évapora par tous les pores de sa peau pour venir s'enfermer dans la pierre. Sous l'effet de la libération, il bascula sur le côté. *In extremis,* Aléna rattrapa sa tête avant qu'elle n'heurte le sol. Edine accourut à son tour pour l'aider.

— Est-ce que ça va ? bredouilla Aléna paniquée en jetant l'opale au loin.

— Qu'est-ce qui s'est passé ? articula Kayle en essayant de se relever.

— Je ne sais pas vraiment, lui dit Edine.

Tous les trois se tournèrent vers Léa. Sous leurs yeux ébahis, elle avait laissé place à son totem. Loyauté, puissance, famille, *leadership*, il était évident en la voyant que seul un lion pouvait la représenter.

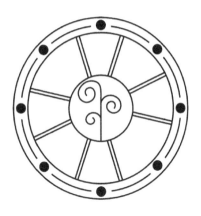

Chapitre 40

Les Élérias propulsés à quelques mètres d'eux commençaient à se relever. Tous le regard figé sur la transformation de Léa. Le temps sembla se suspendre quelques instants. Encore secouée par l'onde de feu subie, Valénia se redressa en essayant de dissimuler au mieux son étonnement. Puis le temps reprit son cours, chacun sortit de sa torpeur et se prépara à faire face. Léa se retrouva alors plongée au milieu d'un ensemble de totems. Malgré leur nombre, aucune hésitation n'émana d'elle.

Kayle était toujours affaibli par le sort qu'il venait de subir et Tristian peinait à se relever malgré l'aide d'Aléna.

— Restez derrière moi ! leur dit Léa.

L'angle du manoir fit office d'abri, permettant d'anticiper les éventuelles futures attaques. Ils réussirent à tirer Golra près de la façade. Son corps ne réagissait toujours pas en dépit des secousses d'Edine.

Tour à tour, les Élérias s'élancèrent sur Léa. Ne faisant plus qu'un avec son élément, c'est avec agilité qu'elle évitait leurs attaques. Plusieurs furent envoyés au tapis, mais le surnombre rendait le combat peu équitable.

Ramélia, qui avait gardé forme humaine, se faufila sur le côté afin de passer sous le radar de Léa et s'approcha des autres. Le sol se mit à trembler, faisant sortir de terre d'immenses racines. Kayle éleva son bouclier de protection afin de les protéger de l'attaque. Ses forces réduites rendaient néanmoins sa défense vulnérable. Tout d'abord, les lianes se brisèrent sur la surface de l'eau mais Ramélia, le visage et les mains à demi brûlés, recommença. Plus férocement cette fois-ci. Une des branches traversa le bouclier, laissant juste le temps à Kayle d'esquiver. Cette dernière se planta dans le mur derrière lui. Lors de sa nouvelle offensive, une seconde racine passa au travers, touchant cette fois-ci Tristian à l'épaule. Ce dernier s'était jeté sur Aléna pour la protéger. Il lâcha un cri de douleur qui attira l'attention de Léa. Les voyant en difficulté, elle tenta de leur porter secours, mais trop de totems lui barraient la route.

À nouveau sous forme humaine, Valénia abandonna ses camarades pour se diriger vers sa nouvelle alliée. Dans un élan, Léa sauta au-dessus de ses adversaires, mais une boule d'eau la propulsa contre un arbre. Sans perdre une seconde, sa patte s'enfonça dans le sol, provoquant un chemin de feu souterrain qui fit fondre le béton sous les chaussures de Valénia, qui sentit ses pieds s'enfoncer. Le goudron redevenu chaud la prit au piège. Léa eut à peine le temps de savourer sa victoire que les Élérias étaient à nouveau sur elle.

Les lianes continuaient à percer le bouclier de Kayle de plus en plus facilement. À ce moment-là, Edine effleura le sol avec ses mains, ses yeux changèrent de couleur, et la terre se fissura. Une faille se dessina jusqu'aux pieds de Ramélia, lui faisant perdre l'équilibre quelques instants. Poursuivant son attaque, le béton craqua sous ses pieds. Immobile pendant un instant, refusant d'admettre l'inévitable, le sol s'ouvrit d'un seul coup. Comme effacée de la scène, sa disparition fut instantanée.

Kayle abaissa son champ de protection et reprit son souffle. La prochaine attaque arrivait déjà sur eux quand Golra s'écroula par terre. Aléna se précipita vers lui, laissant Tristian faire pression sur sa blessure. Elle essaya de le relever mais ses yeux étaient clos et son teint livide. Personne ne comprenait ce qui lui arrivait, jusqu'à ce qu'une passerelle s'ouvre sur le côté.

Pendant tout ce temps, Golra tentait d'ouvrir une passerelle à distance et depuis une autre sphère. Ce qui était normalement impossible à faire pour les Protecteurs.

Hecto apparut alors, accompagné de Mayanne et d'une vingtaine de Défenseurs. Cette dernière se précipita pour les aider pendant que les autres se jetèrent dans la bataille. Il leur fallut peu de temps pour prendre le dessus sur le reste des Élérias, maintenant en sous nombre mais surtout surpris et terrifiés de les affronter.

Valénia réussit à se libérer du goudron en reprenant sa forme totem et s'envola s'abriter derrière ses alliés. Les deux clans se retrouvèrent en ligne droite face à face. Léa jeta un rapide coup d'œil à Kayle qui était sous les soins de sa marraine.

— Un lion, hein ! chuchota Hecto en se positionnant avec son totem d'ours à côté de Léa.

— Apparemment.

— Un symbole qui en dit long.

— Vous me raconterez une autre fois, on doit partir d'ici.

— On est plus nombreux, se vanta-t-il.

— J'ai peur que ça ne dure pas.

— Comment veux-tu qu'ils puissent venir aussi vite…

Sans avoir le temps de finir sa phrase, plusieurs passerelles s'ouvrirent devant eux. Gorus apparut, en compagnie de Mult et d'une multitude d'Élérias.

— Eh merde, lâcha Hecto.

— Il faut partir tout de suite, s'empressa d'ajouter Léa.

— Je ne suis pas sûr qu'on ait un Protecteur en état de nous ouvrir un nouveau passage, s'inquiéta Hecto en regardant derrière lui.

— C'est toi qui l'as formé, ne le sous-estime pas.

Hecto comprit son allusion à Kayle. Il avait effectivement été un de ses élèves les plus puissants.

— On va seulement avoir quelques secondes pour traverser, expliqua Léa.

— Je sais.

— Il faut les prévenir.

— C'est déjà fait, affirma Hecto.

Léa se tourna vers lui sans comprendre comment il avait pu les prévenir, sachant qu'à cette distance personne ne pouvait entendre leur chuchotement.

****

Kayla se redressa et observa la scène de loin. Les deux clans s'étaient séparés naturellement et pour le moment, chacun se regardait. On pouvait sentir une certaine frayeur du côté des Élérias. Ils n'avaient pas vu les Défenseurs depuis des années et à l'origine, c'étaient eux qui les défendaient contre les agressions extérieures. Ils étaient de redoutables combattants, résistants et tenaces. Devoir les affronter à nouveau aujourd'hui les déstabilisait un peu.

Les voyant en surnombre, Kayle se dit que les Élérias allaient battre en retraite, juste avant que des passerelles ne s'ouvrent. La panique le saisit. Prêt à aller les rejoindre pour se battre, Mayanne le retint par le bras.

— Attends.

— Attendre quoi ? Je ne vais pas rester là. Ils vont se faire massacrer, s'impatienta Kayle.

Restant un instant en silence, les yeux de Mayanne se mirent à bouger plus rapidement de droite à gauche.

— Il va nous falloir un passage, finit-elle par dire.

— De quoi tu parles ?

— On va seulement avoir quelques secondes pour traverser. Il faudra donc se tenir prêts, ajouta-t-elle en s'adressant à tout le monde. Aléna, Edine, aidez Tristian à se relever. Kayle aide-moi à porter Golra.

— Je ne laisserai pas Léa ici, protesta ce dernier.

— Fais-moi confiance mon néfi, elle sera derrière nous. Tiens-toi prêt.

Il regarda sa marraine, comprenant qu'elle était en connexion avec Hecto depuis le début.

****

Gorus s'avança vers les Défenseurs.

— Je n'aurais pas cru vous revoir un jour, s'exclama-t-il.

— Tu as eu tort de nous sous-estimer, rétorqua Hecto.

Et juste avec ces quelques mots, la tension s'installa entre les deux hommes.

— Tu as si peur de moi que tu restes en totem, lui dit Gorus avec taquinerie.

Sous la provocation de son adversaire, Hecto reprit forme humaine. Les deux hommes ne s'étaient pas vus depuis quinze ans.

— Je vois que l'exil t'a bien conservé, mon ami.

— Tu devrais essayer dans ce cas, rétorqua Hecto.

Gorus sourit au sarcasme de son ancien allié.

— Je ne pense pas qu'on ait des raisons d'en arriver là.

— Et c'est toi qui dis ça ! Tu as passé ces dernières années à vouloir nous éliminer.

— Il est vrai que c'était mon objectif au début. Ces dernières années m'ont toutefois fait réfléchir...

Il marqua une pause avant de reprendre :

— En plus j'ai rencontré ta fille, si je puis dire...
d'ailleurs, où est-elle ?

À ce moment-là, Léa abandonna à son tour son
totem. Gorus poussa une exclamation de surprise qu'elle
interpréta comme de la fierté.

— Impressionnant ! s'exclama-t-il.

— Que voulez-vous dire par « il n'y a pas raison
d'en arriver là » ? lança Léa.

— Tout simplement que nous pourrions mettre un
terme à tout ça.

Hecto et Léa échangèrent un regard sans savoir si ce
que Gorus venait de dire était sincère ou si c'était
simplement un piège. Un revirement de situation qu'aucun
n'avait pensé.

— Après toutes ces années, tu vas nous faire croire
que tu es prêt à tourner la page ? questionna Hecto.

— Et pourquoi pas ?

Gorus prit une profonde inspiration avant de
reprendre.

— Je suis fatigué. Les Élérias sont au-dessus de tout
ça.

— Vous n'êtes pas sérieux, Père ? s'empressa
d'intervenir Valénia.

— Il est temps de faire preuve de résilience, affirma
Gorus.

— Vous ne pensez pas ce que vous dites ?

— Ta fille a raison Gorus. Accepter de leur
pardonner, ne serait que signe de faiblesse, compléta Mult.

Les yeux de Léa se posèrent sur ses mains gantées.

— C'est ton œuvre, dit-il en voyant Léa lorgner
dessus. Tout ceci montre bien leurs véritables intentions !
Tout ceci nous conforte dans l'idée qu'ils ne font plus
partie de notre peuple.

Il cria suffisamment fort, tout en retirant son gant
afin que les Élérias puissent voir ses mains brûlées.

— Tout ceci vous montre simplement qu'il ne faut pas rentrer dans ma tête, objecta Léa.

— De quoi parle-t-elle ? interrogea Gorus.

Son étonnement laissa à penser qu'il n'était pas au courant.

— Vous allez me faire croire que vous n'avez pas orchestré mon interrogatoire ? lui demanda Léa.

Gorus se tourna vers Mult, les yeux plissés.

— Tu as organisé ça sans l'approbation du conseil ? Tu m'as dit qu'elle vous avait attaqués sans raison !

— Il fallait en savoir plus. D'ailleurs, mon plan a bien fonctionné puisqu'elle nous les a amenés. Depuis le temps que je rêvais de vous retrouver.

Un sourire des plus démoniaques se dessina sur son visage, mais Léa ne lui laissa pas le temps d'agir.

— Vous pouvez continuer de rêver.

Dans la foulée, elle dressa un mur de flammes entre eux et les Élérias. À cet instant, Léa se rendit compte que c'était cette scène qui lui était déjà apparue en rêve.

****

— Maintenant ! dit Mayanne à Kayle.

Il n'hésita pas une seconde et créa une passerelle.

Pendant que Mayanne faisait passer Edine, Aléna et Tristian, Léa fut rejointe par les autres Défenseurs afin de consolider le mur de flammes. De l'autre côté, les Élérias utilisaient leurs éléments pour passer outre la muraille. Valénia tenta de passer par-dessus en utilisant son totem, mais Léa anticipa sa montée et fit courber le mur, ce qui sembla brûler les ailes du pygargue. Hecto ordonna à ses hommes de battre en retraite au fur et à mesure.

Tour à tour, chacun passa à travers la passerelle jusqu'à ce qu'il ne reste que lui, Léa et Desmien.

— Allez-y, leur cria ce dernier.

— On part tous ensemble, lui indiqua Hecto.

— Il faut continuer à maintenir le mur le temps que les derniers traversent, répliqua Desmien.

Léa regarda en arrière. Tout le monde était passé sauf Mayanne et Kayle qui soutenaient Golra.

— Allez-y, répéta Desmien. On ne tiendra pas longtemps.

Le mur commençait à perdre en puissance face aux attaques incessantes de l'autre côté.

— Dès que vous serez au portail, vous maintiendrez à votre tour l'attaque et je vous rejoindrai, enchaîna-t-il.

— D'accord, lui répondit Hecto.

Il attrapa Léa par le bras et l'entraîna vers leur porte de sortie. Remplaçant Kayle, Hecto aida Mayanne à soutenir son ami qui n'avait toujours pas repris connaissance. Le temps d'une seconde, Léa regarda Kayle, ravie de voir qu'il allait bien. Elle se retourna ensuite pour maintenir le mur de feu afin que Desmien puisse les rejoindre, mais au même moment, les serres d'un rapace lui traversèrent le buste.

— Nonnnn ! hurla-t-elle.

— Il faut y aller, s'écria Kayle, encourageant Mayanne et Hecto à traverser.

Le mur de flammes s'effondra, laissant apercevoir le totem de Mult. Desmien tomba à genoux, une main sur la poitrine, couverte de sang. Léa voulut lui porter secours mais Kayle l'en empêcha.

— On ne peut rien faire pour lui !

— On ne peut pas le laisser !

— Il faut y aller, insista Kayle.

Il l'entraîna par le bras à l'intérieur du portail. Juste avant de traverser, Léa échangea un dernier regard avec Valénia. Les deux femmes se toisèrent de loin, la traque ne faisait que commencer.

Chapitre 41

Assise sur un banc, Valénia fixait la grande fenêtre de la salle de méditation quand la porte derrière elle s'ouvrit avec éclat.

— Comment as-tu pu me désobéir ?! Comment as-tu pu agir dans mon dos comme ça ? hurla Gorus, fou de rage.

Sa fille continuait à lui tourner le dos.

— Ma fille, je te parle ! Comment as-tu pu nous faire ça ? *Me* faire ça ? Je te faisais confiance et…

— Je vous faisais confiance aussi, Père, le coupa-t-elle. Je pensais que vous étiez de notre côté. Du côté des Élérias.

— Ils en font aussi partie !

— Vous les avez bannis il y a des années et je vous ai respecté pour ça. Un homme qui ne craignait pas de faire des choix, même difficiles. Aujourd'hui, vous me décevez.

— Ma fille, quand je te parle j'aimerais…

Au même moment où Valénia se levait brutalement pour lui faire face, Gorus ressentit une violente douleur au ventre. Il baissa les yeux et vit la dague bleutée plantée dans son abdomen.

Elle retira la lame délicatement et l'essuya sur le costume de son père. Sa main vint caresser son visage comme si c'était la première fois, ou plutôt la dernière fois qu'elle le voyait.

— Comme vous m'avez déçue, Père. Vous vous êtes affaibli avec les années. Mais ne vous inquiétez pas, je vais faire des Élérias le plus grand des peuples. Je serai leur guide vers l'excellence.

— Ma fille, tu ne te rends pas compte de ce que tu viens… de faire, bredouilla-t-il en toussant du sang.

Avec douceur, elle l'aida à s'asseoir sur un des bancs présents dans la salle.

— Tout aurait pu se terminer ce soir, tout ceci aurait pu prendre fin, pourquoi tu as fait ça ? hoqueta-t-il, le sang dégoulinant de sa bouche.

— Parce que je veux le pouvoir.

Elle sortit de sa poche une orchidée grise et une améthyste. Serrant dans ses doigts les deux composants, Valénia prit une profonde inspiration avant de prononcer :

— TRANSMISSION.

Le Brixma s'éleva, poussant Gorus à suffoquer. Une lueur blanche s'échappa de lui pour venir se loger à l'intérieur de Valénia. Il agonisa dans un dernier souffle et sa tête roula en arrière, bouche ouverte.

Balançant sa tête de droite à gauche, elle observa son père autrefois admiré, qui aujourd'hui n'était plus.

— Je te félicite, complimenta l'ombre qui venait d'apparaître.

— Je vous remercie.

— Tu as l'air triste.

— Non. Je pensais que cela serait plus difficile, répondit-elle avec indifférence en se relevant.

— Tout se déroule comme prévu !

— Vraiment ? Loin de moi l'idée de vous contredire, s'empressa-t-elle d'ajouter, mais les Défenseurs se sont enfuis et nous n'avons pas la moindre idée de leur destination. Nous avions déjà fouillé les sphères auparavant sans les avoir trouvés, de plus vous avez perdu votre espion…

— Ramélia n'était pas vraiment une espionne, je l'ai simplement persuadée que nous effacerions son passé si elle acceptait de me servir. Cela n'a pas été difficile de la convaincre. Un simple pion sur mon échiquier. Mais un plan ne se déroule pas toujours comme prévu. Le plus important, c'est de toujours avoir une autre alternative pour arriver à ses fins.

— Qu'est-ce que vous attendez de moi maintenant ?

— Que tu prennes les rênes d'Éléria !

— Que faisons-nous pour Kayle et Léa ?

— Ne t'inquiète pas pour eux, ils ne pourront pas se cacher indéfiniment de moi. Au vu de ce que j'ai prévu, ils viendront d'eux même à nous. L'alignement est proche…

À suivre…

Chère lectrice, cher lecteur,

J'espère que le voyage vous a plu. Pour ma part c'est un réel plaisir de partager ensemble les aventures de mes personnages.

Vous venez d'entrer au cœur d'une Saga de Fantasy qui va se poursuivre pendant encore 3 tomes.

Afin que cette aventure puisse continuer, si le cœur vous en dit, je vous invite à me soutenir dans cette aventure. Vous avez le pouvoir de m'aider.

Dans un premier temps vous pouvez recommander cette lecture à vos proches, puis vous pouvez aussi me laisser un avis positif sur Amazon, en scannant le QRCODE ci-dessous.

Rentrez dans l'univers, scannez-moi

Ces petits gestes représenteront beaucoup pour moi et pour l'avenir de Léa et Kayle.
Grâce à vous, l'histoire continue déjà. Rendez-vous au tome 2.

Merci, je vous souhaite une belle journée.

Remerciements

Tout a commencé un soir d'été où j'ai décidé d'écrire une conversation entre deux personnes. Un an plus tard, ce simple échange s'est transformé en 350 pages.

Durant cette incroyable année, j'ai été accompagnée par des personnes extraordinaires.

Je tiens tout d'abord à remercier Isabelle @zadsd et Margaux @vertdemousse pour leurs retours de bêta-lecture. Ce sont les premières à avoir lu mon premier jet qui était loin d'être évident. Mais elles ont tenu jusqu'au bout et leurs conseils m'ont permis de dégrossir mon histoire.

Puis Audrey @audrey.pasthi et Virginie @arthanie sont entrées en jeu et autant vous dire que sans elles, Éléria n'aurait pas le même visage. Elles ont été les alphas que je n'avais pas eues pendant mon écriture. Je tenais vivement à leur présenter ma gratitude pour le temps qu'elles m'ont accordé et leur sincérité.

Elles m'ont poussée dans mes retranchements pour en sortir le meilleur.

Un grand merci à Samantha @sos.samantha pour la sublime couverture. J'ai découvert une personne à l'écoute, qui donne de son temps afin de créer ce qu'il y a de mieux. Je suis tombée immédiatement amoureuse de sa création.

Un applaudissement particulier à Aurélie @abracorrectio, ma correctrice. Loin d'être un travail évident, je lui ai donné du fil à retordre et pourtant à chaque fois où j'en ai eu besoin, elle était là.

Ana @ana.r.blanc, merci pour la mise en page et tes idées. Je vous recommande ses services, elle est géniale.

Al, Mathéo, Sonia, Elodie, je vous suis reconnaissante de m'avoir accordé votre temps et une partie de votre corps, lol, pour les photos.

Encore un grand merci à Audrey PASTHI pour son aide et son accompagnement sur ce chemin. Je tiens également à saluer toute la communauté du Wonderchro et des auteurs et autrices qui m'ont conseillée.

Mille mercis à tous ceux qui m'ont soutenue, amis et famille pendant cette période. Et je finirai par une dédicace toute particulière à Céline pour son inébranlable soutien.

Afin de vous tenir informé des prochaines sorties, je vous invite à me suivre sur Instagram @laura_esquine.

Printed in France by Amazon
Brétigny-sur-Orge, FR

15414328R00212